풀꽃

자세히 보아야
예쁘다

오래 보아야
사랑스럽다

너도 그렇다!
2016. 11. 30

내가 준 사랑은 얼마큼 자랐을까

고등학교 현직 교사의 교단 산문집

내가 준 사랑은 얼마큼 자랐을까

초판 1쇄 인쇄일 2017년 7월 31일
초판 1쇄 발행일 2017년 8월 07일

지은이 배철호
펴낸이 양옥매
디자인 박무선 남다희 송다희
교　정 조준경

펴낸곳 도서출판 책과나무
출판등록 제2012-000376
주소 서울특별시 마포구 방울내로 79 이노빌딩 302호
대표전화 02.372.1537　**팩스** 02.372.1538
이메일 booknamu2007@naver.com
홈페이지 www.booknamu.com
ISBN 979-11-5776-460-0(03810)

이 도서의 국립중앙도서관 출판시도서목록(CIP)은 서지정보유통지원 시스템
홈페이지(http://seoji.nl.go.kr)와 국가자료공동목록시스템
(http://www.nl.go.kr/kolisnet)에서 이용하실 수 있습니다.
(CIP제어번호 : CIP2017018754)

| 고등학교 현직 교사의 교단 산문집 |

내가 준 사랑은 얼마큼 자랐을까

배철호 지음

책과나무

학생 · 학부모 · 선생님
우리 모두, 함께 보면
좋은 책

장준성 (서울 단대부고 교상)

새로운 책을 처음 만난다는 것은 언제나 행복하고 즐거운 일입니다. 출간되기까지 그 과정의 어려움을 잘 알기 때문입니다. 좋은 글을 쓰고 그것을 모아 책을 낸다는 것은 결코 쉬운 일이 아닙니다. 한 문장, 한 문장 뼈를 깎는 고뇌와 살을 에는 듯한 고통이 없이는 불가능한 일이라고 생각합니다. 물론 책의 궁극적 가치는 책을 손에 든 독자들이 판단할 몫이지만, 글쓴이가 책에 바친 열정과 정성은 기본적으로 모든 책이 마찬가지일 것입니다.

무엇보다도 많은 연구에 몰두하는 대학 교수들과 달리 아이들과 하루 종일 부대껴야 하는 바쁜 가운데서도 교사로서 글을 쓰고 책을 낸다는 것은 어려운 일입니다. 그것은 아이들을 생각하는 선생님의 깊은 마음이 있었기에 가능합니다. 아이들을 가르치는 것은 반드시 교실 안에서만 가능한 것은 아닙니다. 책을 통해서 마음의 양식, 무형의 가르침과 지혜를 주는 것도 교육의 훌륭한 방편이 될 수 있습니다.

이 책은 학생들이 현실적으로 가장 고민하는 '어떻게 공부할 것인가, 대학 입시 준비는 어떻게 할 것인가, 그리고 가장 중요한 삶의 문제인 장차 어떤 마음의 자세로 살 것인가' 등 학창 시절의 근본적인 문제에 대하여 질문을 던지고 있습니다. 그런데 책을 읽다 보면 그 해답을 스스로 얻고 찾아가도록 이끌어 주고 있습니다. 글이 쉽게 서술되어 있어 누구든 편안하게 읽습니다.

아이들과 부모님, 선생님의 이야기를 담고 있어 청소년기 학생은 물론 그들을 뒷바라지 하는 부모님들과 현재 아이들을 가르치고 있는 선생님들이 읽으면 지도에 많은 도움이 되는 책입니다. 이 책이 아이들의 꿈과 사랑을 찾아 주고, 그 꿈이 이루어지게 하는 조력자 역할을 해 주었으면 합니다. 그래서 이 책은 우리 모두 함께 보면 좋은 책입니다.

교육 현장에서 농부가 씨를 뿌리는 정성된 마음으로 책을 쓴 선생님의 마음이 아이들과 선생님, 학부모님과 선생님, 더 나아가 아이들과 학부모님이 학교와의 소통에 있어 그 관계를 더욱 원활하게 해 줄 것이라는 점에서 큰 기대감을 갖게 합니다. 이 책을 읽고 아이들은 자신의 꿈을 이루고, 부모님에게는 자녀 교육의 길라잡이가 되길 바라며, 나아가 교육공동체에게는 상호 이해가 깊어지는 소통하는 자리가 되었으면 합니다.

아이에게 준
내 사랑을
돌아보게 만드는

문성학 (경북대학교 교수)

    고등학교 현직 교사의 교단산문집인 이 책은 단순히 교단일지가 아니다. 후기자본주의 시대에 세상에서 가장 출세 지향적이고 경쟁 지향적인 대한민국의 수도 서울에서 인문계 고등학교 교사는 어떤 방식으로 교직을 수행해야 하는가? 이 산문집은 이러한 본질적인 물음을 화두로 붙잡고 치열하게 고민하고 있다.

    왜 우리는 아이들을 교육하는가? 교육의 국가적 이념 같은 것은 제쳐 두고 말한다면, 우리는 아이들을 독립시키기 위해 교육한다고 말할 수 있을 것이다. 교육자는 아이들의 신체적·인격적·경제적 독립을 위해 노력해야 한다. 고등학교 학생들은 이미 신체적 독립에 도달했으나 아직 인격적·경제적 독립에 이르지는 못한 나이이다. 이 산문집은 아이들이 이 두 가지 독립을 위해 교사가 어떤 가르침으로 도움을 주어야 하는가 하는 문제에 대한 모범 답안을 보여 주고 있다.

이 책은 한편으로는, 아이들의 공부와 입시 준비에 관련하여 학부모들이 갖고 있는 가장 빈번한 질문과 문의에 도움을 주는 글들로 채워져 있다. 입시제도가 워낙 복잡하다 보니 학생과 학부모들은 많은 궁금증을 가지고 있지만, 정작 학부모들은 학교와 선생님들로부터 적절한 조언과 도움을 받지 못하고 있는 것이 현실이다. 이 책은 그런 궁금증을 해소하는 데 큰 도움을 줄 수 있을 것이다. 아이들 공부와 입시 준비에 도움이 되는 금과옥조 같은 글 이외에도, 다른 한편으로 이 책에는 현직 교사인 글쓴이의 교육철학과 가치관을 담은 글들이 많기에, 아이들이 올바른 인생관과 가치관을 형성하는 데도 큰 도움이 될 것이다.

글쓴이가 현재 작가로 활동하는 만큼 문학적인 다수의 글들은 독자들의 마음에 훈훈한 온기를 불어넣어 줄 것이다. 학교 현장의 선생님들이 쓴 이러한 책이 더 빨리 나왔으면 아이들에게 얼마나 좋았을까 하는 생각을 한다. 고등학생과 학부모님들에게 가장 유용한 책이겠지만, 어린 자녀와 청소년기 아이를 둔 모든 부모님들에게도 한 번쯤 읽어 볼 것을 권하고 싶다.

이 책을 통해 우리 모두가 바쁜 일상에 쫓겨 그동안 내 아이, 우리 아이들에게 얼마큼 사랑을 주었으며, 그 사랑이 어떻게 자랐는지 돌아보게 만들었다. 오늘부터라도 부모로서, 어른으로서 아이들을 바라보는 따스한 눈길이 더 필요하다는 생각을 하게 되었다. 그래서 책을 읽는 동안 스스로 행복했다.

아이들을
가르치고,
그들에게 배우다

"세상 어디에도 이름 없는 꽃이 없고, 특별하지 않은 꽃이 없듯이, 선생님들에게 아이들은 세상에서 가장 소중한 '오직 한 사람'입니다. 그래서 선생님들께선 도드라지든 그렇지 않든, 아이들 하나하나의 이름을 불러 주면서 그들을 모두 특별한 존재로 이끌어 주고 계신 것입니다. 지금 이 순간에도 소중하고 특별한 '오직 한 사람'인 모든 아이들에게 온통 사랑을 쏟는 선생님들께 감사와 존경의 마음을 보냅니다."

금년 서른여섯 번째 스승의 날을 맞아 이러한 축하 인사를 받았습니다. 정말 가슴 뭉클하고 황홀한 인사말이 아닐 수 없습니다. 잠시 지쳐 가던 몸과 마음이 마치 기나긴 가뭄 끝에 오래오래 기다린 단비를 맞은 듯 삶의 활력소와 에너지가 되었습니다. 그러면서 다시 한 번 자신을 돌아보는 성찰의 시간도 되었습니다. 지금 나는 아이들을 위해 부끄럽지 않게 최선을 다하고 있는지 제 자신을 되돌아보았습니다. 이후 수없이 저 자신을 향해 묻고, 우리 모두에게 묻지 않을 수 없었습니다.

그리고 아이들을 가르치는 동안 저도 아이들에게서 배우는 이야기를 썼습니다. 아이와 학교 이야기를 하고 싶었습니다. 아이들을 잘 가르치려면 선생님들도 교단을 떠날 때까지 끊임없이 공부하고 배워야 합니다. 교사는 가르치는 아이들을 통해서도 배우고, 함께 가르치는 젊은 동료 선생님에게도 기꺼이 배워야 합니다. 그 어떤 경우에도 교육의 질은 결코 교사의 질을 뛰어넘을 수 없기 때문입니다. 그래서 오늘도 교학상장教學相長을 꿈꿉니다.

이 책에서는 조금도 티 없이 맑고 순수한 아이들의 이야기, 그 아이들이 다 함께 고민하며 사는 학교 이야기, 그들이 살아갈 세상에 대해 꿈과 희망, 사랑을 이야기하고 싶었습니다. 오랜 교단 생활의 삶과 지혜를 축적한 이 책이, 청춘이 목마른 이 시대 젊은 벗들에게 잠시 샘물 같은 역할을 했으면 하는 작은 바람입니다. 생각해 보면 그래도 아이들을 가르칠 때, 가장 행복했습니다.

그동안 옆에서 늘 격려해 주고 도움을 주신 많은 분들에게 지면을 통해서라도 진심 어린 고맙다는 말을 전하고 싶습니다. 정작 제 자신은 부족한데, 그 재능을 썩히지 말라고 한결같이 응원하는 착한 아내와 가까이서 또 멀리서 늘 격려해 주시는 가족 모두에게도. 특히 살아생전 글 잘 쓰는 아들을 자랑스러워했던 어머니, 부모님 영전에 이 책을 바칩니다.

아침 햇살 쏟아지는 교단에서 배 철 초

차례 ——————

1부 |　가르치며 꿈꾸는 날에

2부 |　반짝이며 자라는 날에

3부 | 살아가며 배우는 날에

4부 | 돌아보니 소중한 날에

1

가르치며 꿈꾸는 날에

우리들이 꿈꾸는 수업

너희는 풀에서 피는 풀꽃이다

자세히 보아야 예쁘다.
오래 보아야 사랑스럽다.
너도 그렇다.

_ 나태주, 「풀꽃 · 1」

어느새 한 학기가 마무리되는 시점이다. 고등학교 2학년 문학 과목의 1학기 마지막 수업. 언제나 그렇듯 늘 아쉬운 시간이다. 아이들은 기말고사가 끝나고 담당교과 선생님이 어떤 수업을 할지 몹시 궁금하다. 교실 문을 열고 들어가 교단에 서자마자 한마디 툭 던졌다. 올해 여러분을 만나서 반갑고 고맙고 기쁘고 행복했다고, 우리가 서로 만나서 이렇게 스승과 제자라는 사제 간의 인연을 맺는다는 것은 참 놀랍고 대단한 일이라고 말했다. 아이들은 1학기 마지막 수업 시간이 마치 다시는 못 볼 이별의 시간처럼 느껴졌는지 수업 시작 전의 요란스럽던 것도 잠잠해지고 일순간 숙연해진다.

1학기 마지막 수업이라 교과 진도를 나갈 수 없었다. 오늘 수업 시간에는 나태주의 시인의 시 「풀꽃」 전문과 들녘에 피어 있을 이름 모를 예쁜 풀꽃 사진을 함께 빔 프로젝트 프레젠테이션 화면에 띄워 놓았다. 아이들과 시와 문학에 대해 서로의 생각을 나누는 시간, 흔히 말하는 소통의 시간을 가졌다. 매우 짧은 시 한 편이지만 아이들의 반응이 가히 폭발적이고 기대 이상이다.

이 시 한 편으로 인해 금방 아이들과 연결되는 것은 매우 놀라운 일이다. 솔직히 쉬는 시간, 아이들의 입에서 작금의 혼란한 정치 이야기가 나오는 것이 슬펐다. 그보다는 인근 여고 친구에게 달달한 사랑 편지를 보내고, 또 한 권의 소설을 읽고 함께 소설의 인물과 내용에 대해 이야기하는 모습이 보고 싶었다. 어떤 꿈도 꿀 수 있는 청초한 나비 꿈의 나이인데, 그 마음과 정신에 어울리지 않은 이야기로 얼룩지고 멍들어 가는 모습이 그들을 지켜보고 바라보는 나를 우울하게 만들었다.

마치 자신들이 초등학생들처럼 쉴 사이 없이 연이어 질문이 터진다. "'풀꽃'이라는 꽃말을 가진 꽃이 있나요?", "꽃이 예쁘면 보는 순간 단박에 예쁜 것이지, 앞에 '자세히 보아야', '오래 보아야'라는 조건이 붙는다면 실제로 예쁜 것이 아니지 않나요?", "'나도 그렇다' 하면 되는데, 군이 '너도 그렇다'는 것은 자신을 속인 진심이 아니지 않나요?" 등 질문이 쏟아진다. 나도 모르게 놀라움에서 나오는 탄성과 웃음이 절로 나온다. 마치 마음속으로 연모하던 첫사랑 앞에 선 것처럼 얼굴이 화끈 달아오른다. 바로 이러한 모습이 내가 그렇게 보고 싶었던, 비로소 제대로 꿈꾸는 아이들의 모습이었다. 이처럼 꿈꾸는 아이들의 모습보다 아름다운 것은 이 세상에 없다.

아이들의 질문과 의문 가운데 분명 맞는 부분이 있었다. 그러나 설명이 필요했다. 풀꽃은 따로 있는 꽃이 아니라, 말 그대로 풀에서 피는 꽃이다. 이 꽃은 우리가 잘 아는 장미나 벚꽃처럼 결코 화려하거나 예쁘지 않다. 어떤 향기도 자취도 이름도 없고, 예쁘지도 값지지도 않은 꽃이다. 그렇지만 이 풀꽃도 자세히 보면 예쁘고, 오래 보면 그렇게 사랑스러울 수가 없다. 하물며 사소한 풀꽃도 이러할진대 우리 주변에 있는 모든 사물이 그렇다. 지금 같은 교실에 함께 있는 친구가 그렇다.

우리는 살아가면서 많은 인연을 만난다. 그래서 그 이름을 알고 나면 이웃이 되고, 색깔을 알고 나면 친구가 되고, 모양까지 알고 나면 연인이 된다. 그리고 연인들은 사랑을 한다. 어떤 사랑을 하면 참 좋을까 하고 생각을 하게 된다.

서로 사랑하면서 예쁘지 않은 것을 예쁘게 보아 주고, 좋지 않은 것을 좋게 생각해 주고, 싫은 것도 잘 참아 주면서 처음만 그런 것이 아니라 나중까지, 아주 나중까지도 그렇게 하는 것이 바로 사랑이다. 그 서툰 것도 사랑이다. 두려워하지 말자.

그렇다. 지금 어딘가 내가 모르는 곳에 보이지 않는 풀꽃처럼 웃고 있는 너 한 사람으로 인하여 세상은 다시 한 번 눈부신 아침이 되고, 어딘가 네가 모르는 곳에 보이지 않는 풀잎처럼 숨을 쉬고 있는 나 한 사람으로 인하여 세상은 다시 한 번 고요한 저녁이 된다. 그리하여 모두가 행복한 꿈을 꾸는 잠자리가 되지 않을까.

우리가 또 살아가면서 주변에서 쉽게 마주하는 예쁘지 않은 것도 자세히 보아서 예쁘게 볼 필요가 있다. 또 사랑스럽지 않은 것도 오래 보아서 사랑스런 것을 느끼고 위해 주어야 한다. 이 시의 마지막 시행 '너도 그렇다'는 다름 아닌 이른바 호혜정신이다. 이 시가 말하는 것처럼 지금이야말로 우리는 서로 위하면서 더불어 살아가는 따뜻한 학급 공동체, 학교 공동체를 만들어 가야 하지 않을까? 여기에 요즘 우리가 늘 걱정하는 왕따나 학교폭력이 끼어 들 여지는 조금도 없다.

누군가를 사랑하고, 그리워하고, 기다리는 일은 정말 좋은 일이다. 사람을 사랑하고 그리워하고 기다리는 일은 참으로 아름다운 일이다. 꽃이나 새, 산이나 구름, 바람이나 풀, 바위나 돌 등 어떤 자연이든 생물이든 무생물이든, 책 속의 기록이나 인물이나 예술품이거나 가릴 것 없이 사랑하고 그리워하자. 이 봄날에 모두.

우리는 한시도 잊지 말자. 앞의 「풀꽃」 나태주 시인의 노래처럼 우리는 결코 혼자가 아니라는 것을. 외로울 때는 혼자서라도 부를 노래가 있다는 것을. 저녁때는 돌아갈 집이 있다는 것을. 또 힘들 때는 마음속으로 생각할 부모님이, 기다리는 가족이 있다는 것을 생각하자. 그래, 살아가며 생긴 상처도 잘 아물면 날개가 된다.

시 「풀꽃」은 짧지만 참, 긴 여운이 남는 시다. 이른 봄에, 이름에 푸른 풀숲과 길섶에 가만히 쪼그리고 앉아 이름 없이 자라고 있는 작고 여린 풀꽃을 시인만이 가진 눈으로 자세히 보지 않고서는 쓸 수 없는 시다. 시인의 섬세한 관찰 없이는 쓸 수 없는 시다. 이 시는 비록 한 사람의 시인이 썼지만, 우리 모두를 울리는 영혼의 언어는 울림과 감동을 선사한다. 이렇듯 좋은 시는 보석 같은 존재이다.

이제 우리 모두 아무리 바쁘더라도 하루 한 편의 시를 마음으로 읽고, 가슴으로 느끼면서 읽어 보자. 그리하여 청춘의 나이인 너희들의 순수한 마음이 메마르지 않고 풍요로워지도록 하자. 그리고 지금부터라도 저 '풀꽃'처럼 소외받고 외면받아 마음 아파하는 친구들이 있는지 내 주변부터 살펴보자.

이른 아침, 저 여름 햇살처럼 뜨거운 청춘의 계절이다. 이 땅의 젊은 벗들이여! 너희들은 못난 어른들의 잘못 때문에 더 이상 아프지 마라. 하늘의 별처럼, 땅 위의 꽃처럼 기죽지 말고 살고, 자신만의 꿈을 꾸고, 꽃을 피우고 사랑하라. 마음도, 몸도, 그 무엇도……

오늘 우리는 교과서 덮고, 어떤 책도 없이, 또 수업 진도 상관하지 않는 수업을 했다. 저마다 가진 자유로운 상상의 날갯짓으로 다 함께 이 정열의 여름날에 시원하게 꿈꾼 '풀꽃수업'을 마쳤다. 앞으로도 '풀꽃수업'은 계속될 것이다. 미래를 꿈꾸며 씨를 뿌리는 '풀꽃' 너희들을 진심으로 응원한다.

친구, 그리고 선생님과 친해지는 방법

너의 이름은, 다가서고 배려하며 솔선수범

새 학년, 새 학기가 다가오면 아이나 부모 모두 마음이 설레면서도 살짝 두려운 마음이 앞선다. 유학 때문에 아이를 혼자 멀리 이국땅으로 떠나보내는 부모의 마음이 이럴까. 아이가 어릴수록 학교 수업은 잘 따라갈 수 있을지, 요즘 초중고 모두 학교폭력이 무섭다는데 친구들과 관계는 잘 맺을 수 있을지, 마음에 걸리는 게 한두 가지가 아니다. 아이나 부모의 최대 관심사인 새 학기 성공적인 학교생활을 위해 학교, 선생님, 친구와 친해지는 정말 좋은 방법은 없을까.

앞서 말한 고민은 아이나 부모 모두에게 마찬가지다. 그리고 이처럼 걱정되고 고민스런 상황은 초등학교는 그렇다 해도 아이들이 다 큰 중·고등학교는 괜찮지 않을까.

결코 그렇지 않다. 십 년, 이십 년을 학교에서 근무한 선생님들도 이 문제는 늘 최대의 관심사로, 그 해답을 찾기 위해 고민한다. 수학 문제의 정답처럼 딱 떨어지는 정답은 없기 때문이다. 그렇다고 아예 방법이 없는 것은 아니다. 지금 여기서 들려주는 이야기는 학교 현장에서 선생님들이 직접 느낀 것으로, 아이나 부모님들에게 도움을 주고자 한다. 더욱이 나 한 사람만의 견해나 생각이 아닌, 여러 선생님들의 생각과 견해를 모은 것이기에 많은 도움말이 되리라고 생각한다.

새 학기, 새 학년, 새 학교는 언제나 생소하고 누구나 두렵기만 하다. 평생 학교를 직장으로 하는 선생님들도 학교를 옮기면 또한 예외가 아니다. 하물며 아이들은 더 말해 무엇 하겠는가. 비록 내색은 안 해도 그 걱정과 두려움이 이만저만이 아니다. 우선 무엇보다 자신감을 가지고 스스로 당당해야 한다. 여기서 아이들 말로 표현하면, 절대로 나대거나 잘난 척해서는 안 된다. 물론 친구 사이에도 내가 먼저 다가가 인사하고, 관심과 도움을 주려는 적극적인 태도가 필요하다. 친구의 장점을 인정하고 칭찬해 주고, 말을 많이 하기보다는 잘 들어 주고, 모든 면에서 친구에게 배려하는 등의 생활 태도는 친구 사이가 가까워질 수 있는 가장 좋은 방법이다. 그 외에 운동, 특별활동, 동아리활동, 봉사활동에서 같은 팀이 되어 친구와 공감대를 형성하는 것도 많은 도움이 된다.

담임 선생님, 교과 담당 선생님과의 관계 설정도 매우 중요하다. 선생님 입장에서 보면 평소 예의 바르고 책임감이 강한 아이, 교사가 눈길을 줬을 때 피하지 않고 교감을 나누는 아이는 정말 예쁘고 좋다고 선생님들은 이구동성으로 말한다. 또한 수업시간에 발표나 질문을 잘하는 아이, 평소 교실 청소나 학급의 궂은일에 솔선수범하는 아이, 예의범절이 좋은 아이, 어느 한 분야(춤, 악기 연주, 운동 등)에 열정을 다하는 아이에게도 눈길이 간다. 선생님들은 안 보는 것 같지만 아이들을 면밀하게 관찰하고 있음도 명심해야 한다. 아이들은 '선생님이 아직 나를 잘 모르시겠지?' 하지만, 대부분의 선생님들은 얼마 지나지 않아 아이의 모든 것을 파악하게 된다.

아울러 교내에서 열리는 각종 경시대회에 참가하여 도전해 보는 것도 학교생활을 보다 충실하고 도전적으로 잘할 수 있는 방법이다. 자신만의 전문 특기가 있다면 교내·외 각종 백일장, 경시대회, 체육대회 등에서 상을 받아 자신감을 키우는 것도 좋다. 그런 과정에서 같은 목표를 가진 친구끼리 자연스럽게 어울리게 된다.

특히 중·고등학생들은 학기마다 매번 바뀌는 여러 선생님의 성향을 빨리 파악하고 과목별 과제나 수행평가, 시험일정 등을 수첩(스터디 플래너를 제작하여 지급하는 학교도 있음)에 꼼꼼히 기록해 누락되는 일이 없도록 해야 한다. 그리고 어느 집단에서나 요구되는 리더십을 기르기 위해서 학급이나 다양한 동아리에서 대표 학생이나 임원에 도전해 보는 것도 권장할 만하다. 아이들을 관찰해 보면 중간 이하의 성적, 왜소한 체격, 내성적이던 학생이 학급이나 학교 임원이 되면서 성적이 향상되고 적극적인 성격으로 변하는 모습을 볼 수 있다. 이처럼 매우 긍정적인 부분이 있기 때문에 학급이나 학교 임원에 도전해 보는 것도 매우 좋다.

한편 부모 입장에서 아이를 이해하려면 학교에서 어떤 일들이 당장 내일, 이번 주, 이번 달에 진행되는지 아는 것이 참으로 중요하다. 그러기 위해서는 학교에서 집으로 보내는 가정통신문을 반드시 확인해 학교 일정을 파악하는 것이 좋다. 그런데 아이가 가정통신문을 제대로 가져오지 않고 전달하지 않는 경우도 많다. 이때에는 학교 홈페이지에 자주 접속해 공지사항, 학부모게시판, 가정통신문 등의 콘텐츠를 클릭해 꼼꼼히 살피면 대부분 해결된다. 요즘 어느 학교나 중요한 전달 사항은 학교 홈페이지에 꼭 올리므로 아이들이 참여하면 좋은 각종 교내경시대회, 학교에서 진행되는 교육적 행사 등을 모두 빠짐없이 체크할 수 있다. 또 학교에서 학사 달력을 만들어 배포하는 경우에는 1월부터 12월까지 각종 시험(중간·기말고사, 수능모의평가 등), 소풍, 교육수학여행, 진로 관련 다양한 체험행사 등의 일정이 매우 자세하게 나와 있으므로 이를 참고하여 장기 플랜을 짜고 평소 아이와 수시로 대화하면 좋다.

초중고 대부분의 모든 학교가 학기 초에 진행하는 학교 설명회, 학부모 회의에는 반드시 참석하는 것이 좋다. 회의 때 배부되는 학사일정표를 챙기는 것은 물론, 담임 교사의 교육방침 등을 귀담아 들을 필요가 있다. 학급의 다른 엄마들과 친해지려면 직접 비상연락망을 챙기는 일도 필수다. 개인정보가 중요해져서 선생님이 직접 전화번호를 주기는 어렵다. 대부분 학급 회장이 선출된 다음이기 때문에 회장이나 부회장 엄마를 도울 일이 무엇인지 물어 학급 일을 분담하면서 엄마들과 친목을 쌓는 것도 결정적인 상황에서 아이 문제를 해결하는 데 매우 도움이 된다.

학교 입장과 선생님의 입장에서 연간 교육활동을 진행하다 보면 학부모들의 적극적인 참여와 도움이 필요한 부분이 많다. 녹색어머니회, 급식도우미, 도서관봉사, 각종 시험감독, 학습도우미활동, 재능기부활동, 봉사활동 참여 등과 같은 활동에 함께 참여하는 것도 학교와 친밀해질 수 있는 더없이 좋은 기회가 된다.

요즘 교실 안의 새로운 풍경으로 휴대폰 게임과 문자메시지 중독, 오락 프로그램 중독, 정신적 우울증 등으로 학교생활에 어려움을 겪는 학생들이 늘고 있다. 아이가 우울증으로 괴로움을 호소하는데도 공부만 마냥 강조하는 부모들이 많다. 내 아이의 현 상태를 잘 살피고 그에 맞는 교육을 하는 것이 정말 중요하다.

사실 새 학기 초기에는 아이에 대한 상담을 하기 위해 학교를 찾는 부모들이 많은 편이다. 이때에는 가급적이면 담임 선생님이 아이들에 대해 제대로 파악하고 상담할 수 있도록 3월 이후에 미리 연락하고 찾아가는 것이 좋다. 반면에 담임 선생님이 학기 초기에는 학급 모든 아이들의 질병이나 가정환경 등을 정확히 파악하기 어렵다. 그래서 아이에게 질병이 있거나 질병으로 인해 학습에 어려움이 있는 경우엔 4월 이전이라도 미리 상담하는 것이 바람직하다.

고등학생의 경우에는 가장 중요한 대학 입시를 앞두고 있기 때문에 아이가 수시를 선택할지, 정시에 집중할지 또는 수시에서도 학생부종합전형을 선택해야 할지, 아니면 일반전형을 선택할지 등 다양한 진학 문제에 대해 학교 진로 담당 선생님, 담임 선생님과 많은 이야기를 나누는 것이 좋다. 담임 교사 및 진로 지도교사와 유기적인 관계를 갖고 아이의 진학과 진로 문제를 상담하고 또 도움을 받아 보라고 권하고 싶다.

학교와 친해지려면 부모님은 1주일에 2~3회 이상 학교 홈페이지에 접속해 아이가 다니는 학교의 학사 일정을 파악해야 한다. 그리고 나이스학부모서비스를 클릭하면 학교를 직접 찾아가지 않아도 학교 정보와 자녀 성적, 일일출결, 학교생활기록부(수상경력, 자격증, 체험학습활동) 등 자녀의 학교생활을 인터넷으로 열람할 수 있다. 또 선생님과의 상담, 가정통신 등 자녀의 담임 선생님과도 상호 의견을 교환할 수 있는 쌍방향 서비스를 제공하고 있다. 잘못 수록된 정보나 누락된 내용은 담당 교사에게 알려 정정할 수 있다.

그리고 학교알리미를 적극 활용하기만 해도 스쿨 포트폴리오라고 할 만큼 전국 모든 학교에 대한 정보가 들어 있다. 자녀가 인생에서 가장 중요한 상급 학교 선택이나 대학교 진학을 앞두고 있을 경우, 일찍부터 가고자 하는 학교의 정보를 꿰뚫고 있으면 어떤 상황이 닥쳐도 큰 도움이 된다.

교육적 측면에서 결코 바람직스럽지 않지만, 바야흐로 부모의 정보 경쟁력이 자녀의 학습과 입시 경쟁력이 된 사회다. 또 저출산 사회다 보니 부모들은 사설학원에서라도 학습과 입시정보를 얻으려고 울며 겨자 먹기로 많은 사교육비를 지출하고 있다. 요즘은 우리네 부모들이 다섯, 여섯이나 낳아 길렀던 예전과 달리 아예 아이를 낳지 않으려 하고 낳아도 기껏 하나 아니면 둘이다. 적은 수의 자녀를 낳다 보니 '치맛바람', '바지바람'이라는 말이 생길 정도로 그만큼 자식에 대한 부모의 관심도 상대적으로 높은 가운데 부작용도 많아진 교육이다.

부모들은 모이면 이런 말을 한다. "살면서 많은 농사를 짓는데, 그중에서 가장 중요한 농사는 '자식농사'라고". 그래서인지 날이 갈수록 점점 부모 노릇하기도 어렵고, 그 자식 농사도 만만치 않은 힘든 시대에 살고 있다는 생각을 한다. 그래서 부모들에게 늘 조금이라도 도움이 되는 말을 하고 싶었다.

아무쪼록 이 글이 자식 농사에 모든 걸 다 거는 부모들에게 조금이라도 도움이 되었으면 하는 마음 간절하다. 우리 아이들의 즐겁고 신나는 학교생활보다 더 중요하고 소중한 것은 없기 때문이다.

닉 부이치치를 만난 시간

넘어지면 누구나 일어설 수 없다

"우리는 모두 다 다르게 생겼기 때문에 아름답습니다. 당신이 비록 어떤 모습이든, 이제 당신은 그 자체로서 매우 소중하고 아름답습니다. 그런데 사람들은 언제나 자신의 외모나 인기, 학벌이나 직업 등 보여 주는 것에 연연해합니다. 그러나 오늘이 마지막 날이라면, 사람들은 나의 외모나 성공은 기억하지 않습니다. 다만 내가 어떻게 사랑하고, 용서하고, 용기를 줬는지 기억할 것입니다."

_ 닉 부이치치

학교에서 창특 과목 '장애 이해 교육' 시간에 처음으로 닉 부이치치를 만났다. 장애를 멋지게 이겨 낸 닉의 모습과 삶은 그동안 말로만 듣다가 실제 보고 듣는 아이들에게 감동 그 자체로, 희망의 사다리로 다가왔다.

닉 부이치치는 1982년 목회자牧會者인 아버지와 어머니 사이에서 오스트레일리아에서 태어났다. 사지四肢가 없는 장애를 가진 어린 시절은 그에게 참담했다. 자신의 모습이 너무 싫었던 그는 여덟 살이 된 후 실제 무려 세 번이나 되는 자살시도를 하기도 했다. 그에겐 희망이 없었다. 늘 혼자였고 삶의 의미가 없었다. 자라면서도 자신이 대학에 갈 것이라는 생각은 아예 하지 못했다.

그럼에도 그의 부모님은 아들 닉을 포기하거나 좌절하지 않았다. 아들 닉 부이치치를 항상 정상인과 똑같은 아이로 대하며 끝까지 사랑으로 키웠다. 그의 부모는 다만 아들 닉에게 어떤 미래가 있고 그가 어떤 삶을 살 것인지 상상하려고 노력했다. 그리고 아들이 좋은 삶을 살게 될 것이라고 믿었다. 결국 부모님의 헌신적인 노력과 가르침 덕분에 닉은 비장애인 중·고등학교를 다니며 학생회장까지 했다.

생기다 만 발에 펜을 끼워 글씨를 쓰는 그는 대학에서 회계와 경영을 전공했고, 취미로 절대 가질 수 없는 스케이트보드 타기, 서핑, 드럼까지 섭렵했다. 그리고 오로지 희망과 용기를 주려는 사명감 하나로 우리를 찾아왔다. 어린 시절은 절망했지만 이제 활기찬 청년이 된 그는 지금도 미국, 호주 등 전 세계를 다니며 남녀노소를 가리지 않고 다양한 사람들을 대상으로 행복을 전하는 전문 강사로서 자신의 삶을 누구보다 당당하게 살고 있다.

그가 학교를 방문했을 때의 일이다. 닉은 아이들 앞에서 자신은 팔다리가 없고 신체에 작은 닭다리 같은 드럼채만 하나 있다고 소개한다. 그렇지만 그는 아무도 예상치 못한 음악 연주 실력을 보여 주었다. 그때까지만 해도 닉을 이상야릇한 시선으로 바라보던 아이들은 금세 환호하며 박수를 쳤다. 그리고 그는 자신만의 이야기를 시작했다.

길을 가다 보면 누구나 넘어질 수 있다. 팔다리가 멀쩡한 친구는 손쉽게 일어날 수 있지만 자신은 그렇지 못하다고 했다. 현재 팔다리가 없는 그의 신체적 조건은 누가 보더라도 도저히 불가능해 보였다. 실제 넘어진 모습을 보인 그는 절대로 일어날 수 없을 것처럼 보였다. 그러나 그는 말했다. 처음에는 실패하더라도 열 번, 백 번이고 일어서기 위해 시도하고 또 시도해 보라고 했다. 넘어진 상태로는 아무데도 갈 수 없기 때문이다. 백 번 모두 실패하고 일어나는 것을 포기한다면 영원히 일어나지 못한다. 따라서 실패해도 시도하고, 그리고 또다시 시도하면 반드시 일어닐 수 있다고 했다.

도저히 불가능해 보였지만 마침내 그는 온몸을 비틀어 천신만고 끝에 기어이 일어나는 모습을 보여 주었다. 문제는 어떻게 이겨 내는가가 중요한 것이다. 이겨 내겠다는 강인한 신념만 가지고 있으면 반드시 해낼 수 있다고 말했다. 닉의 모습을 지켜본 아이들은 순간 숙연해지면서 저마다 눈물을 흘렸다. 강연이 끝나자, 아이들은 닉과 감격의 포옹을 하며 진심 어린 감동의 눈물을 쏟았다.

닉의 강연을 들어 보면 늘 자신을 굉장히 보잘것없는 사람으로 소개한다. 또한 그는 장난도 많이 치고 굉장히 유쾌하다. 그가 항상 강조하는 부분은 자신도 이렇게 긍정적으로 살고 있으니, '당신들도 할 수 있다!'는 것이다. 지금 닉은 자신이 단지 신체의 몇 부분이 없어 다만 불편할 뿐 정상이라고 말했다. 자신이 가진 장애를 불평하기보다는 인정하고 자기 삶 자체로 여긴 것이다. 즉, 자신의 부정적인 측면을 어떻게 긍정으로 이끌어 내느냐가 평소 그가 가장 강조하는 부분이다.

직접 공도 차고 수영도 하는 그는 결혼도 했다. 그의 아내는 일본계 여성 카나에 미야하라이다. 그녀도 남편의 장애는 아무것도 아니라고 말한다. 오히려 누구보다 훌륭하고 큰사람이라고 말하고 있다. 처음 그들은 한 강연장에서 연설자와 청중으로 만났고, 오랜 연락 끝에 6개월 만에 교제를 시작했다고 한다. 그 후 결혼을 약속하고 카나에의 집에 얘기했을 때에도 그녀의 가족들은 한 번의 거부감도 없이 닉 부이치치를 받아 줬다고 한다.

누군가가 닉에게 아직도 팔과 다리를 갖기를 원하느냐고 물었다. 그의 대답은 '그렇다'이다. 그리고 연이어 말했다. 그러나 신이 주시지 않는다고 해서 크게 실망하는 것은 아니다. 지금 신이 들으시든 듣지 못하시든 상관없고 괜찮다. 왜냐하면 신은 대신 나에게 너무나 위대한 사명을 주셨기 때문이다. 그는 내가 가지지 못한 것보다 내가 가진 것에 집중하고, 스스로 한계를 정하지 말고 날마다 새로운 것에 도전하면 어떤 고난과 역경도 극복할 수 있다고 조언한다.

물론 그런 그에게도 시련이 찾아왔다. 닉 부이치치가 운영하는 비영리단체인 '사지 없는 인생'이 자금난에 부딪혀 도산할지도 모를 위기에 처한 것이다. 이때 제일 힘이 되어 준 것은 옆에서 항상 닉 부이치치를 믿어 준 아내 카나에다. 그의 삶에 있어 부모님, 가족과 친구들이 가장 큰 힘이 되었음을 말하는 닉은 이러한 역경을 이겨 내고 2012년에는 득남도 했다. 전 세계에 지치고 힘든 사람들에게 삶의 희망을 주기 위해 최선의 노력을 하고 있는 그는 지금까지 많은 불가능을 가능하게 만들었다.

사람은 살면서 누구나 실패를 한다. 다시 일어설 수 있는 힘이 없다고 느낄 때가 있다. 그러나 닉은 말한다. 누구든지 다시 일어설 수 있다는 노력과 믿음이 중요하다고……. '힘들다', '어렵다', '안 된다' 등과 같은 부정적 생각보다는 '된다', '가능하다', '괜찮다', '할 수 있다' 등 보다 긍정적인 생각을 하며 살아야 한다. 그 상황을 어떻게 받아들이고 판단하는가에 따라 결과는 생각보다 엄청 달라진다.

그를 통해 우리는 다시 일어서는 용기를 배웠다. 그래서 우리친구들은 앞으로 어떤 고난과 역경이 닥쳐와도 멋진 친구 닉 부이치치를 생각하며 잘 이겨 내었으면 한다. 넘어져도 노력하면 결국 일어설 수 있다는 닉의 말처럼 말이다.

내가 가장 받고 싶은 상

받고 싶다고, 그렇다고 늘 받을 수 없는 상

"선생님, 수상경력이 많을수록 평가에 유리한가요?"
"지원 학과와 관련된 수상이 없으면 평가에 불리한가요?"
대학 입시에서 학생부종합전형의 비율이 높아지면서
고등학교 학생부에 기재되는
'수상경력'에 대한 관심과 질문이 많아졌다.

예나 지금이나 그 누구라도 아무리 받아도 좋은 것이 상이다. 그렇다고 받고 싶다고 늘 받을 수 없는 것이 바로 이 상이다. 앞의 학생의 질문에 대한 최소한의 정확한 내 답변은 이렇다.

대부분의 대학이 학생부종합전형에서 대체로 수상 개수가 많은 학생이 학교생활 및 학업에 전반적으로 성실히 임한 학생으로 평가하는 것은 맞다. 그러나 학생부종합전형에서는 수상경력을 단순히 정량화하여 평가하지 않는다. 주요 대학의 입학처의 평가 실무자와 책임자를 고교에서 초빙하여 교사 연수를 하면서 대학의 입장을 들어 보면, 최근 많은 고등학교에서 경쟁적으로 지나치게 많은 대회와 수상, 불명확한 수상명, 소규모 대회와 수상자 남발, 별로 의미 없는 수상 등이 늘어나고 있기 때문이란다. 따라서 대학의 평가자는 고등학교에서 제출한 고교 프로파일과 공개한 수상 실적 현황 자료를 참고하여 평가하고 있다.

고교와 대학의 교육 과정은 다르기 때문에 지원 전공과 직접적으로 관련된 교내 대회 자체가 고등학교에는 없는 경우도 많다. 물론 일반적으로 말하기(토론), 읽기(독서), 쓰기(글쓰기) 관련 수상 실적은 모든 경우에 해당되지만, 그렇지 않은 수상도 많다. 따라서 평가자들은 단순히 전공과의 관련성만을 평가하는 것이 아니라, 수상경력을 통해 학교생활을 얼마나 적극적이고 도전적으로 충실하게 했는가와 어떻게 진로를 탐색했는지 등을 총망라하여 평가하고 있음에 유의한다.

요즘 학교에서 열리는 학교장이 시상하는 각종 교내대회의 관심도와 인기는 그야말로 최고조이다. 학생부 수상경력 항목에 기재되는 것은 바로 교내 수상에만 국한되기 때문이다. 향후 학생부종합전형의 비율이 점차 커지는 상황이 되고 보니, 학생들의 관심도는 커질 수밖에 없다. 어차피 교내에서 이루어지는 경쟁이라면 관심을 가지고 차근차근 잘만 준비하면 얼마든지 수상이 가능하다.

교내에서 열리는 대회는 학년 초에 모든 학교마다 발표하는 연간학사일정을 통해 대략적으로 볼 수 있으며, 세부 내용은 적어도 대회 10일 전에 전체 학생들에게 공지된다. 또 학교 홈페이지와 학급통신문을 통해 게시되기 때문에 관심을 기울여 대회의 성격과 진행 방향을 알면 얼마든지 사전에 잘 준비할 수 있다. 특히 학년에 따라 학생의 능력이 다르기 때문에 많은 학교들이 수상 인원을 늘리기 위해 학년별로 대회를 실시하는 경우도 많다. 결국 대회 수상은 학생의 관심과 준비에 달려 있다.

다만 수상을 위해 사교육에 의존하는 경우는 반드시 피해야 한다. 대회 준비에 많은 시간을 뺏기다 보면 실제 수상도 못하고 정작 해야 할 공부도 하지 못하는 상황이 발생할 수도 있기 때문이다. 교내 대회는 열심히 학교생활을 하면서 동아리 활동 등에서 여러 선배들에게 조언을 얻어 순리대로 준비해야 좋은 결과를 얻을 수 있다. 1학년 때 비록 수상을 못하더라도 대회에 참가한 경험을 통해 2, 3학년 때 얼마든지 수상을 할 수 있다. 최선을 다해 열심히 하는 학생은 어떤 경우에도 좋은 결과를 얻는 것을 수없이 보아 왔다.

그러나 우리 모두 상에 대해 지나치게 청춘의 삶이 매몰되지 않고 한 번 더 생각해 보자는 의미에서 우리 모두의 마음을 애틋하게 적시는 초등학생의 동시 한 편을 읽어 보자.

가장 받고 싶은 상

이 슬 (우덕초 6학년 1반)

아무것도 하지 않아도 / 짜증 섞인 투정에도 / 어김없이 차려지는 / 당연하게 생각되는 / 그런 상 //

하루에 세 번이나 / 받을 수 있는 상 / 아침상 점심상 저녁상 //

받아도 감사하다는 / 말 한마디 안 해도 / 되는 그런 상 / 그때는 왜 몰랐을까? / 그때는 왜 못 보았을까? / 그 상을 내시던 / 주름진 엄마의 손을 / 그때는 왜 잡아 주지 못했을까? / 감사하다는 말 한마디 / 꺼내지 못했을까? //

그동안 숨겨 놨던 말 / 이제는 받지 못할 상 / 앞에 앉아 홀로 / 되뇌어 봅니다 "엄마, 사랑해요." / "엄마, 고마웠어요." / "엄마, 편히 쉬세요." / 세상에서 가장 받고 싶은 / 엄마상 / 이제 받을 수 없어요 / 이제 제가 엄마에게 / 상을 차려 드릴게요 / 엄마가 좋아했던 / 반찬들로만 / 한가득 담을게요 //

하지만 아직도 그리운 / 엄마의 밥상 / 이제 다시 못 받을 / 세상에서 가장 받고 싶은 / 울 엄마 얼굴(상) //

어느 날 아침, 우연히 방송을 통해 앞의 동시를 전해 듣고 한동안 가슴이 먹먹했다. 초등학교 6학년이 쓴 동시 한 편이 5월 가정의 달에 즈음하여 신문과 방송에 소개되면서, 한동안 잊고 있던 동심과 어머니를 생각하게 하며 잔잔한 감동을 주었다. 이 동시는

'전라북도 교육청 공모전' 동시 부문 최우수상을 받은 작품으로, 초등학교 6학년 이슬 양이 암 투병 끝에 지난해 돌아가신 어머니를 그리워하며 쓴 동시이다.

신문과 방송을 통해 알려진 이슬 양의 사연을 간단히 소개하면, 이슬 양은 엄마가 병원에 다녀온 뒤 처음 엄마가 암에 걸렸다는 사실을 알게 됐다고 한다. 그때만 해도 슬이는 암이라는 그 병이 얼마나 무서운 것인지 몰랐다고 한다.

"슬아, 사실 엄마가 좀 아파."

엄마도 슬이에게 좀 아프다고만 했다. 그러나 유방암 투병 중인 엄마는 암세포가 이미 손을 쓸 수 없을 만큼 온몸 여러 장기에 전이되고 말았다. 그리하여 슬이의 엄마는 너무나 일찍 나이 어린 사랑하는 딸 슬이 곁을 떠나고 말았다.

슬이는 이제 엄마의 밥상을 받고 싶어도 받을 수 없다. 슬이는 무엇보다 엄마가 살았을 때, 엄마에게 '감사하다'는 말 한마디 못한 것이 너무나 후회가 됐다. 그래서 그 마음을 늦게나마 오롯이 이 동시에 담았다. 암에 걸려 세상을 떠난 엄마가 생전에 차려 주시던 밥상을 생각하며, 하늘나라에 계신 엄마를 그리워하며 초등학교 6학년 여학생 이슬 양이 쓴 동시다. 특히 이 시의 마지막에는 엄마와 딸이 손을 꼬옥 잡고 밥상 옆에 서 있는 그림이 그려져 있어 보는 이에게 안타까움을 더했다.

슬이를 생각하면 나이 서른이 넘도록 엄마의 밥상을 받은 나는 참으로 행복한 사람이라는 생각이 든다. 그 밥상을 이제는 영원히 받을 수 없는 슬이와 같은 처지이기에 더욱 동병상련하는지도 모르겠다. 많은 어른들의 가슴을 울리는 것도 잊고 있었던 엄마 밥상을 찾았기 때문이 아닐까. 나 역시 슬이를 통해 비로소 엄마 밥상의 의미와 소중함을 뒤늦게나마 깨달았으니, 슬이에게 많이 부끄럽고 한편으로 무척이나 고맙다.

그리고 현재 내가 학교에 몸담고 있다 보니 무엇보다 이러한 자신의 생각과 마음을 예쁘게 표현하고 좋은 시를 쓸 수 있도록 옆에서 잘 가르쳐 주시고, 훌륭한 교육적 환경을 만들어 준 슬이의 학교 선생님께 진심으로 그 고마움을 전하고 싶다. 누구나 영원히 받고 싶은 엄마 밥상의 의미를 새삼 일깨워 준 슬이가 정말 고맙다. 그리고 우리 모두에게 묻고 싶다.

"여러분은 지금 이 순간, 가장 받고 싶은 상이 어떤 상인가요?"

그리고 이렇게 되묻고 싶다.

"누구나 가장 받고 싶은 상은, 세상에서 가장 행복한 엄마 밥상이 아닐까요?"

스승의 날, 이렇게 해 봐요
우리 모두 손편지를 모아 만든 작은 책

어느 시인이 '잔인한 달'이라고 설파했던 그 사월도 가고 계절의 여왕인 오월이 왔다. 이 오월은 우리에게 많은 것을 뒤돌아보게 하는 달이다. 어린이날이 있어 아이 키우는 부모로서 자식 교육을 생각해 보고, 어버이의 날이 있어 잠시나마 소홀했던 부모님과 효에 대해 더욱 생각하게 한다.

이 오월은 특히나 내게 있어 유난히 의미 있는 달이다. 이제 얼마 안 있으면 '스승의 날'이다. 학교에 몸담고 있는 나로서는 보통 사람들이 느끼는 의미와는 사뭇 다른 날이다. 그런데 뭐 그리 대단하고 훌륭하게 스승 노릇을 한 바가 없기에 오히려 스승의 날이라는 말이 무색하고 어색하기만 하다. 딱 꼬집어 말할 수 없지만, 언젠가부터 이날이 내게 너무나 불편해졌다. 새삼 학생이나 학부모들이 선물 공세를 하거나 반 아이들이 교실 앞에 나를 세워 놓고 스승의 은혜를 부르는 오그라드는 시간을 견뎌야 해서가 아니다.

요즘은 그런 선물을 선생님들이 매우 부담스러워 한다는 사실을 모두 알기에 과거처럼 손에 선물을 들고 오는 학생이나 학부모를 만나는 일이 아예 없다. 그럼에도 불구하고 세상이 보기에 교사는 아직도 고가의 선물을 기다리는 파렴치한破廉恥漢으로 보이나 보다. 아직도 스승의 날이 다가오면 먼저 언론에서 설레발을 치고 야단이다. 올해는 그래도 덜하다. 김영란법이 시행되고 교육감님이 전체 학교 선생님들에게 청렴 서한을 보내오고, 교장 선생님과 교감 선생님도 번갈아 가며 절대로 아무것도 받지 말라고 누누이 전체 교사에게 교내 메시지를 보낸다.

그리고 나를 비롯한 대부분의 선생님들은 쓸데없는 기우杞憂임에도 아이들을 향해 아무것도 가져오지 말고, 아무것도 하지 말라고 몇 번이고 강조한다. 그러자 아이들이 "안 그래도 아무것도 안 가지고 올 건데요!" 하는데, 순간 개그 콘서트의 한 장면 같은 상황이 연출되기도 한다.

재작년 이맘때였다. 이른 아침 출근하여 노트북을 열자마자 날아든 메시지 하나를 확인했다. "입시 준비에 정신없이 공부해야 할 고등학생에게 쉬는 시간이라도 편지를 쓰게 하고 종이학을 접게 한다거나, 학급회장이 스승의 날 선생님 선물을 핑계로 돈을 걷는 일은 민원 발생의 사유가 되니 주의해 달라."는 내용이었다. 그리고 또 얼마 안 있어 또 교감 선생님으로부터 "우리 학교 교사들은 절대로 아무것도 받지 않으니 혹시나 받으면 즉시 돌려보내 행여 불미스러운 일이 생기지 않도록 해 달라."는 메시지가 연속적으로 날아왔다.

그 메시지를 읽으며 기분이 참으로 묘했다. 다른 것은 몰라도 자신을 가르치는 선생님을 위해 강제가 아닌 스스로 편지를 쓰거나, 자발적으로 종이학을 접는 아이들의 마음이 정말로 '불미스러운' 행동이던가? 지금까지 30년 가까이 되는 세월 동안 교단에 선 교직 생활, 그 가치관의 혼란이 순간 나를 물밀 듯 덮치고 있었다. 어쩌다가 이 지경에 이르렀는가 싶었다.

하루가 시작되는 아침부터 그러한 메시지 내용을 보고 마음이 몹시 상해서 무거운 마음으로 수업을 하고 교무실 자리로 돌아오니, 한 학생이 학년부장 선생님 옆에 앉아 울고 있었다. 그 '종이학' 사건이 어느 반에서 나온 것인지 우리 모두는 알고 있었다. 4월 말에 시작하여 5월 초까지 실시된 중간고사가 끝난 그 반 아이들이 서술형 답안 점수를 확인하고 있었다. 평소 수업 시간에 잘 졸기만 하던 학생들까지도 열심히 종이학을 접고 있었기 때문에 학급회장인 그 학생이 주도해서 담임 선생님께 스승의 날 깜짝 선물로 드리려 한다는 걸 알고 있었다. 요즘 누가 선생님께 선물하려고 저렇게 정성껏 종이학을 접는단 말인가? 비록 겉모습은 선머슴 같이 무뚝뚝한 남학생들이지만 그 예쁘고 속이 깊은 마음이 내심 기특하고 대견했던 터였다. 내가 본 그 학생은 몹시 상처받은 얼굴로 울고 있었다.

학부모 항의가 들어왔으니 민원 처리를 해야 하고, 입장이 곤란한 담임 선생님 대신 학년부장 선생님이 나선 것이었다. 나중에 들었지만 그 반 학생들의 말을 들어 보니 편지도 읽히는 사람만 썼고, 종이학도 원하는 사람만 접었다고 한다. 그리고 돈도 안 낸 사람도 있고 원하는 사람만 낸 것이며, 종이학 접을 색종이 산 거 외에는 교실에서 조촐한 학급파티 할 때 자기들 먹을 과자 살 돈이었다고. 사실이 그렇다면 그 아이들을 누가 탓할 수 있겠는가? 그럼에도 어쨌든 누구 한 아이라도 불만을 제기했다면 곤란한 일이다. 돈은 백 원이든, 천 원이든 당연히 다시 돌려주어야 했다.

그때 선생님이 아닌 어른의 한 사람으로서 당시 내가 느낀 자괴감은 이루 말로 표현할 수 없었다. 자신들을 위해 혼신의 힘을 다해 지도하는 선생님을 위해, 행복하고 즐거운 마음으로 아이들의 소망을 담아 쓰고 접던 편지와 종이학이 순식간에 어른들의 사려 깊지 못한 생각과 판단으로 불미스러운 일이 되어 버렸다. 그리고 그 일을 학급회장으로서 주도했던 그 학생은 평생 지우지 못하고 아물지 않을 마음의 상처를 크게 받았던 것으로 기억된다.

앞으로 살아가면서 그 아이는 자신의 순수한 마음이 누군가에게 불합리한 강제로 비춰질 수 있다는 사실에 움츠러들 것이다. 그러면 누가 이 일을 책임질 것인가. 앞뒤 찬찬히 살펴보지도 않고 항의 전화를 했던 그 지각없는 학부모인가? 매년 연례행사처럼 무작정 대책 없이 써대고 보도하는 언론인가? 아니면 속수무책으로 그냥 무책임하게 앉아 있는 전국의 모든 학교 선생님들인가?

당시도 그러했지만 지금도 생각하면 그 아이가 너무나 안타깝고 가여웠다. 그리고 그 상황을 모른 척 방관했던 내게도 평생 두고두고 남을 오점이 되었다. 교육의 나라 핀란드에서는 학교에 관한 언론 보도만큼은 여러 번 생각하고 신중을 기한다는 이야기를 들었을 때, 참 부럽게 느껴졌다. 물론 일면 불미스런 일들 중에는 우리 교사들이 자초한 면도 있다.

최근 내가 주례를 본 한 졸업생은 어느 날 갑작스레 연락을 하고 불쑥 찾아왔다. 그리고 주례를 부탁하는 말을 하는 바람에 나 자신도 깜짝 놀랐다.

"고등학교 시절, 선생님은 항상 정겹게 내 이름을 불러 준 유일한 선생님이었어요. 저는 그때 말을 많이 더듬어 친구들도 다들 나를 놀림감으로 삼고 기피하고 싫어했는데, 국어 시간에 시와 소설을 정말 재미나게 가르쳐 주신 선생님은 언제나 제 이름을 불러 주시고 시도 암송하게 했습니다. 그때 배운 시처럼 평생 이렇게 착한 마음으로 살 수 있었던 것도 모두 다 선생님의 가르침 덕분입니다."

내가 그의 이름을 불러 준 것은 분명 맞다. 김춘수의 시인의 시 「꽃」에 나오는 구절처럼 나름 아이의 존재감을 일깨워 주기 위해 수업에 들어가는 모든 반의 아이들 이름을 불러 주기 위해 무던히 애쓰고 최우선으로 신경을 썼던 것이다. 지금도 그러하지만 특히 반에서 성적순으로 꼴찌인 아이들 이름을 더 외워 발표도 시키고 질문을 많이 했는데, 이 친구도 그중하나였다. 결코 예뻐서 내가 그렇게 한 것이 아닌데, 그가 그때의 고마움과 감사함의 표시로 내 손을 아플 만큼 꽉 쥐었을 때, 오히려 내가 더 많이 미안했다.

오늘자 조간신문을 보니 올해 스승의 날은 청탁금지법 시행 이후 처음 맞는 기념일이어서 대학에서도 학생과 교수 모두 혼란과 부담을 느끼고 있다는 기사를 접했다. 스승의 날을 앞두고 다양한 이벤트를 준비해 온 일부 대학의 학생들은 청탁금지법 조항을 챙겨 보며 계획을 바꾸고 있다는 내용이었다. 청탁금지법 영향으로 학생 개인이 전달하는 카네이션과 케이크가 문제를 일으킬 수 있기 때문이다. 그래서 이벤트에 참가한 학생과 교수에게 주려고 했던 식사상품권도 전달하지 않기로 했다고 한다.

내가 맡았던 2학년 반 아이들은 스승의 날에 학급회장의 제안으로 학급 전체 학생이 손편지를 쓰고 그것을 모아 작은 책을 만들어 내게 주었다. 비록 어설프고 조악했지만, 그동안 받아 왔던 어떤 선물보다도 행복했다. 그래서 한 가지 제안을 하고 싶다.

학생들이 예전처럼 십시일반十匙一飯 돈을 모아 준비하는 선물 대신에 직접 손편지 쓰기, 영상메시지 전달, 장기자랑, 사제동행 운동회, 단체 춤을 통해 스승에게 감사의 마음을 전하면 어떨까. 대학생들은 고등학생들보다 시간적 여유가 있는 만큼 미리 직접 쓴 손편지를 책으로 만들어 감사의 마음을 지도 교수에게 전하면 참으로 좋을 것 같다는 생각을 해 본다. 생각보다 큰 비용도 들지 않고 오히려 마음은 고스란히 담을 수 있어 더욱 좋다.

아침 햇살은 어둠이 울어야 깨어나고 밝아 온다. 싱그럽고 따스한 아침 햇살 같은 아이들도 정성스레 키우는 인고의 시간을 견뎌

내는 어둠 같은 어른들의 고통 없이는 불가능하다는 생각을, 오월 이맘때면 해 본다. 우리 모두가 행복한 마음으로 진정 감사하는 마음으로 기다리는 스승의 날은 언제 올까?

그리운 밥상머리 교육
내 아이 인생을 위한 가장 소중한 유산

"현빈아, 수업 시간에 엎드려 잘도 자더니
급식 밥 먹을 때는 살아 있네."
시끌벅적한 학생 식당의 점심시간,
급식 지도하던 선생님이 한마디 던진다.
점심 급식시간은 역시 활기가 넘친다.
5일장 열린 시골장터가 따로 없다.

"선생님, 오늘은 완전 풀밭이에요. 우리가 소도 아니고, 너무 해요!"

"반찬이 좋은 날과 좋지 않은 날의 차이가 심해요. 치킨과 돈가스가 좋은데!"

이런 장면이 어느 학교에서나 늘 반복되는 일상인지라 이렇다 할 의미를 찾지 못한다. 급식 지도하는 선생님들도 이젠 지쳐 아이들 모습에 많이 무감각해졌다. 아이들 밥 먹은 모습을 지켜보노라면 그 옛날 밥상머리에서 할아버지, 할머니 등 어른들이 들려주고 남긴 말씀들이 문득 떠오르고 그 시절이 그립기도 하다.

아이들이 반찬 투정을 하고 입에 맞든 안 맞든 한 번의 급식이 아이들 앞에 오르기까지 다양한 분들의 수고로움이 따른다. 식사 준비부터 잔반 정리까지 그 수고로움을 생각한다면, 아이들이 급식에 대해 감사하는 마음을 먼저 가져야 함은 더 이상 말해서 무엇하랴.

무거운 책가방에, 도시락을 싸 가지고 다니다가 처음 학교급식이 처음 시작되었을 때를 생각하면 학교급식은 점점 좋아지고 있다. 몇몇 학교에서 학교급식의 질과 양의 문제로 파동을 겪어서 그런지, 최근 들어서는 많은 학교에서 급식에 대해 각별히 신경을 쓰고 있다.

그런데 급식의 질과 양은 점차 좋아지는 데 비해 아이들의 식사 예절은 도무지 나아질 기미가 보이지 않는다. 밥을 다 먹고 잔반을 버리면서도 급식 도우미분께 인사하는 모습을 전혀 찾아볼 수가 없다. 초등학생들은 그나마 교육이 되는데, 중·고등학생들은 어려서부터 좋지 않은 식사 습관이 이미 몸에 배어서 그런지 급식 지도하는 선생님들이 곤욕을 치르는 일이 다반사다. 학교에서는 선생님들이 교대로 매일같이 급식 지도에 매달린다.

그러다 보니 옛 어른들이 하던 '밥상머리 교육'의 중요성이 최근 교무실에서 선생님들의 화두가 되었다. '밥상머리'라는 말은 우리나라만이 가진 고유의 자랑스러운 가정 전통을 담고 있는 말이다. 밥상머리의 '머리'는 '서로 마주하다', 즉 밥상에서 서로 마주히면서 가족끼리 상호 소통한다는 의미다. 우리가 잇고 있어서 그렇지, 예로부터 우리 선조들은 바로 식사 자리에서 대화를 나누며 예절을 배우고 이웃과 더불어 사는 살아가는 지혜를 가르치고 배웠다.우리의 식탁에는 이처럼 우연히 올라온 음식은 하나도 없다. 그런데 지금은 어떠한가? 식사 시의 기본예절은 물론이고 어른들의 삶의 지혜를 배우는 이런 소중한 시간을 일주일에 단 한 번도 잘 갖지 못하는 가정이 많아졌다. 그뿐만 아니라 가정에 어른인 할아버지와 할머니가 없다 보니 어떻게 예절을 교육할 수 있는지 방법조차 깜깜한 부모님들도 많은 것이 엄연한 현실이다.

그러나 관심이 없고 몰라서 그렇지, 조금만 알고 나면 밥상머리 교육은 그다지 어렵지 않다. 우리가 밥을 먹기까지 농부들의 땀과 수많은 사람들의 노고가 들어 있던 사실을 아이에게 이야기하고 이들에게 감사하는 마음을 가지도록 말하고, 이 마음을 발전시켜 굶주리고 있는 우리 이웃들에게 베푸는 나눔으로 이어질 수 있도록 아이들과 정겹게 대화하는 것이 중요하다.

밥상머리 교육을 실천하려면, 부모의 역할이 무엇보다 가장 중요하다. 집에서는 부모가 선생님이며 본보기이다. 식사 분위기는 물론 맛있는 음식 준비, 아이들 대화 이끌기 등 나름 준비가 필요하다. 그러기 위해서는 우선 먼저 가족 식사의 날을 정하고, 기본 식사예절 지키기, 일상적인 소재로 대화하기, 부정적인 말은 가급적 피하기, 아이들을 칭찬하는 말을 많이 하기 등으로 자연스럽게 시작하면 그다지 어렵지 않다.

당장 오늘부터라도 우선 자녀에게 "넌 할 수 있어.", "너는 세상에서 가장 소중한 존재야."라는 말을 건네는 것으로 시작하면 된다. 이 한마디가 아이에게 주는 용기와 전달되는 그 심리적 변화는 놀랄 만큼 크다. 밥상머리에서 아이에게 격려와 축복의 말을 건네 본 적이 없는 가정이 요즘 대부분이다. 모두들 바쁘다는 핑계로 밥도 저마다 각자 먹지만, 그나마도 시간에 쫓겨 식사 시간은 기껏해야 10분 남짓이다. 이에 비해 유대인의 식사 시간은 보통 2~3시간을 족히 넘긴다고 하는데, 그 이유가 바로 '이야기밥상' 때문이라는 점은 참고할 만하다.

사실 기본적인 식사 예절은 학교 수업 시간 교과 교육 못지않게 아이들이 앞으로 한 사람의 인격체로 살아갈 때 꼭 필요한 미덕이며 반드시 배워야 할 밥상머리 교육이다. 그럼에도 학교 현장에서 직접 급식지도를 해 보면 제각각의 이유로 밥과 반찬을 남기거나 밥상머리 예절을 제대로 갖추지 못한 아이들이 생각보다 많아도 너무 많다. 시대가 변해 맞벌이 가정이 유난히 많아진 요즘이다. 우리 아이들의 식사 예절은 과연 이래도 되는지 의문이 들 때가 많고, 어느 선까지 어떻게 급식 지도를 해야 할지 고민도 많다.

그 옛날 보릿고개로 배를 곯던 우리네 부모 시절을 생각하면 너무나 풍요로워진 우리의 밥상이다. 그러나 아이들은 한 끼 밥의 소중함을 모른다. 맛있는 배달 음식과 다양해진 외식 요리, 인스턴트 음식들이 이미 우리의 밥상을 지배하고, 거기에 중독된 우리의 입을 즐겁게 하고 있다. 급변하는 사회보다 더 빠른 속도로 변하고 달라져 버린 식사 문화에 익숙해진 탓에 아이들은 한 끼 식사에 대한 고마움을 모르고 아예 생각조차 하지 않는다.

어른들이, 우리 부모들이 가정에서 아이들에게 식사 예절을 가르칠 기회를 놓치고 있는 것은 아닌지 우리 모두 한 번 뒤돌아볼 일이다. 학교현장에서 선생님들이 시간을 쪼개 가며, 자신들의 식사를 부실하게 하면서까지 급식 지도를 하고 있다. 그것은 다름 아닌 그래도 학교만은 그 교육을 포기할 수 없다는 책임감, 식판 위에 오르기까지의 많은 분들의 수고로움에 아이들이 관심을 가져주길 바라는 간절하면서도 소박한 마음 때문이다.

밥상머리 교육, 모든 가정에서는 이 교육을 날마다 할 필요는 없다. 처음에는 조금 부담스럽다면 토요일이나 일요일 저녁에, 일주일에 한 번 또는 한 달에 두어 번 정도부터 시작하여 차근차근 그 횟수를 늘려 가면 된다. 조용하고 사랑이 담긴 인자한 목소리로 많은 이야기를 들려준다면 아마 아이들도 그저 부모님의 잔소리라고만 여기지 않으리라 싶다. 그래서 오늘부터라도 아이들을 우리 가족만의 특색 있는 밥상머리 교육으로 시작해 보는 건 어떨까 하고 정중히 제안해 본다. 무엇보다 소중하고 사랑하는 내 아이이기에…….

그 옛날 우리네 할아버지와 할머니, 아버지와 어머니가 자연스럽게 해 주시던 밥상머리 교육이 요즘 따라 더욱 그립다.

잊지 못할 제자, 잊지 못하는 선생님
교단 위, 그 삶의 방향과 길에 대한 질문과 대답

"선생님, 저 우현이에요. 그동안 잘 계셨죠?
저도 회사 잘 다니고 있습니다. 그리고 저 장가갑니다."
"그래, 결혼 축하한다."
"근데 선생님, 부탁이 있습니다. 주례를 꼭 맡아 주세요."
"그게 무슨 말이냐? 아무리 급해도 결혼식 주례는 안 돼!"

삼월이었다. 개학한 지 이틀밖에 지나지 않아 모든 것이 어수
선했다. 신학기는 모든 학교가 마찬가지이지만 아이들도, 선생님
들도 정신이 반은 나가 있을 정도로 매우 바쁘다. 그런 상황에 휴
대폰으로 갑자기 걸려온 제자 우현이의 전화였다. 그 후 몇 번이
고 거절하고, 주저하고 사양하다가 결국은 맡은 주례였다. 부모님
도, 신부 될 사람도 흔쾌히 동의했기에 맡지 않을 도리가 없었다.
물론 주례가 처음은 아니었지만 늘 부담감은 그 이상이었다. 한
인생의 첫 출발인데 준비하지 않은 주례는 내 스스로 용납되지 않
았다.

결혼식이 삼월 말이었으니 근 한 달간 이어진 주례 준비 시간이었지만, 늘 그렇듯이 내가 결혼식장에 들어설 때보다 더 떨렸던 것이 솔직한 고백이다. 열심히 준비한 주례 덕분에 천신만고 끝에 결혼식을 무사히 잘 끝냈다. 또 올해 삼월에는 우현이의 첫애 돌잔치까지 다녀오고 나니 아무리 세월이 흘러도 우현이와 있었던 일들이 주마등처럼 새삼 내 눈앞을 스쳐 간다.

올해로 교직 30년이 머지않았고, 십오 년 전의 그해 담임은 2학년 문과 인문과정 반을 맡았다. 이른바 '신비'들이 모인 이과 반에 비하면 그만큼 문과 반은 힘들었다. 흔히 말하는 잘나가는 '물건'들이 한두 명이 아니었다. 경찰서에 드나들지 않고 그해를 마치면 문과 반 담임들은 학년 말에 모여 행운과 축복의 한 해라고 자축했다.

그런데 그해는 개학 첫날부터 일이 터졌다. 교실 흡연자가 적발되었다는 생활지도부의 연락이었다. 그전에도 화장실 등 교내 흡연자는 더러 적발되었지만, 교실 흡연자는 그 당시로서도 결코 흔한 일이 아니었다. 교실 흡연은 장소가 장소인지라 학교가 발칵 뒤집혔고 당시 교직 10년 차였던 나로서도 상당기간 곤욕을 치르는 것으로, 그해 일 년이 우현이의 교실 흡연과 함께 요란하고 성대(?)하게 시작되었다.

"지금 고등학교 2학년, 지금까지 20년 가까이 살아오면서 나는 부모님과 대화와 감정의 담을 쌓고 살았다. 집에서나, 학교에서도 아무리 봐도 내 편은 없다. 내가 손에 잡고 있는 이 펜 속에 하고 픈 말들이 숨어 있다. 그동안 한 번도 글로 쓰지 못한, 말하지 못한 가슴속의 말들이 숨은 채 내 방의 어둠 속에서 이 순간도 방 안을 빙글빙글 맴돌면서 나를 지켜보고 있다. 그리고 선생님, 죄송합니다."

그때 우현이가 썼던 이상한 '자기소개서'를 지금도 잊지 못한다. 요즘도 많은 담임 선생님은 삼월 첫 주에 학생들의 신상 파악을 위해 자기소개서를 받고 있다. 비교적 짧은 시간에 학생의 신상과 전반적인 개인 상황을 파악하는 데 매우 유용하기 때문이다. 학생들은 이 소개서에 자신의 꿈과 장래희망, 새 학년에 대한 각오 등을 거창하게 써서 담임 선생님의 주목을 끌고 또 받고 싶어 한다. 그런데 지금까지 보지도 듣지도 못했던 마치 '일기' 같은 우현이의 자기소개서를 보게 된 것이다.

처음엔 고마웠다. 몇 줄 쓰지 않았거나 아예 아무것도 제대로 쓰지 않고 내는 학생도 있는데, 비록 긴 글의 거창한 자기소개서는 아니었지만 그렇게 써서 낸 우현이가 매우 고마웠다. 그리고 희망이 있었다. 교실에서 흡연한 자신 때문에 동분서주하는 담임을 보고 무언가 느꼈는지 마지막에 죄송하다고 하지 않았는가?

그러나 그것은 간절했던 내 작은 희망사항이었다. 그 이후에도 수많은 일들이, 사건 사고가 꼬리를 물고 연이어 일어났다. 당시 나는 우현이의 자기소개서를 읽고 사랑과 관심만이 우현이에게 다가갈 수 있는 길이라고 생각했다. 실제로 담임을 맡은 하금이 문제아가 내 관심과 정성에 달라져서 착한 학생으로 돌아온 경험을 훈장처럼 가지고 있었다.

그러나 우현이 만큼은 예외였다. 3월부터 4월까지 지속적으로 돌아서고 나면 연이어 일이 터졌다. 옆 반 학생과의 싸움으로 코뼈를 부러뜨린 일, 수업시간 잠만 자다가 깨우는 교과 선생님께 욕설하며 대든 일, 살고 있는 아파트 앞에 잠시 세워 둔 음식 배달원 오토바이를 타고 가다가 절도범으로 몰려 경찰서에 잡혀 가는 등 당시 교직 10년 동안 겪을 일을 한 번에 모두 겪는 기분이었다고나 할까?

"문제 있는 학생 뒤에는 반드시 문제 있는 부모가 있다."

이 말은 적어도 학교에 몸담고 있는 일정 교육 경력이 있는 교사라면 누구나 수긍하는 말이다. 즉, 마음이 아픈 학생, 상처 받은 학생 뒤에는 그 상처를 아직 해결하지 못한 부모님이 계시다는 것을 많은 선생님들이 절실히 느낀다. 역시 가장 큰 문제는 우현이의 부모였다. 크는 아이들이 그럴 수도 있다는 무관심과 방관이었다.

이런 경우 이 상처를 치유할 수 있는 사람은 의사도 아닌, 또 다른 부모인 양육자인 바로 교사, 선생님들이다. 그래서 나는 포기하지 않았다. 그러는 사이 나도 모르게 결코 네게 질 수 없다는 승부사가 되어 가고 있었다.

그간 우현이가 지각은 밥 먹듯 자주 하지만 결석은 없었는데, 사건이 일어난 그날은 아프다는 이유로 결석을 했다. 그래서 매일

매일 긴장의 하루하루를 보내다가 그날 하루는 적어도 아무 걱정이 없을 것 같았다. 우현이가 결석을 했으니까. 그날도 올해 더위처럼 마치 여름이 이미 시작된 듯 오월 말의 하오下午이지만 무더운 날씨였다. 계절로 보면 늦봄인데도 올여름처럼 무더위가 매우 일찍 찾아왔었다. 강한 햇빛이 본관 3층 2학년 교실 창가에 축 늘어진 마로니에 나뭇잎을 핥고 있었다.

수업에 열중하다 보면 이마에 땀이 송골송골 맺혔다. 유월이 되기 전이라 에어컨은 아직 깊은 잠이었다. 하늘색 차양遮陽 블라인드를 비집고 들어온 뜨거운 햇살이 매끈한 교탁 위에 불그스레한 오렌지 빛의 뜨거운 입자를 뿌렸다. 더운 날씨 탓에 학생들은 오후 수업시간에는 엿가락처럼 늘어지고 있었다. 그러면서도 더위로 인한 불쾌지수가 높아 누가 살짝 건드리기만 해도 금방 터질 것 같았다. 그런 가운데 겨우 5교시 수업을 끝내고 쉬는 시간에 교무실 내 자리로 돌아와 잠시 눈을 감고 있는 중이었다. 그때 전화가 왔다. 내가 처음 듣는 우현이 엄마의 다급한 목소리였다.

"우현이 엄마예요. 선생님, 제발 도와주세요!"

우현이는 집에서 자살소동을 벌이고 있었다. 마음이 급했다. 나는 교감 선생님께 상황 보고도 하지 못한 채 정신없이 우현이의 집을 향해 달려가고 있는 내 자신을 발견했다. 다만 '제발 도와주세요!'라는 그 말만이 내 귓전에 메아리치고 있었다.

내가 우현이의 집 앞에 도착했을 때, 이미 119 구급차가 도착해 있었다. 이미 일은 떨어진 뒤였다. 나는 사책했다. 내가 소금만 더 세심하게 우현이를 보살폈더라면 미연에 방지할 수 있는 일이 아니었던가. 모든 것이 무너져 내리는 아픔이었다. 당시 내 자신도 많이 흔들렸다. 그러나 좌절과 절망도 그건 내겐 사치였다. 우현이는 상처가 심하지 않아 다행이었다.

　모든 걸 떠나서 자칫하면 큰일이 날 뻔한 위험한 상황이었다. 더욱이 문제는 이 사실이 학교에 알려지면 그동안 일어났던 일들과 함께 우현이는 더 이상 학교에 다니기 어려울 것 같았다. 소문이 나면 전교생의 시선이 우현이를 더 힘들게 할 것 같았다. 그래서 나는 이 사실을, 이 엄청난 일을 부득이 비밀로 했다. 학급 아이들에게는 우현이가 급성맹장염 수술을 했다고 말했다. 그리고 수업이 끝나면 상처 치료를 위해 입원해 있는 병원으로 매일 찾아갔다.

　부모님께는 내가 설득을 했고, 우현이에게는 지금 집에 가면 부모님 뵙기도 그렇고 하니 얼마간 선생님 집에서 다니면 어떠냐고 제의를 했다. 처음에는 고개를 돌리고 들은 체 만 체 외면하더니 그간의 내 마음이 전달되었는지 우현이도 한참만에야 비로소 그렇게 해도 되느냐고 물어 왔다. 그렇게 우리 집에서 보름을 함께 지냈다. 같이 등교하고 운동하고 샤워도 같이했다. 함께 밥을 먹으며 내가 예전에 부모님이 원하는 법학과나 경영학과 대신 국문학과를 가겠다고 고집부리다가 기어이 가출까지 감행한 일, 입시를 코앞에 두고 시와 소설을 쓰다가 들킨 일 등 부모님 속을 엄청 썩인 내 학창 시절 이야기도 들려주었다. 선생님도 불효자였지, 결코 효자는 아니었다고.

지금 생각하면 그때 아내가 무척 고마웠다. 며칠이 될지도 모르고 학교에서 늘 문제만 일으키는 학생이라 어쩌면 무섭기도 했을 텐데⋯⋯. 집엔 어린아이도 둘이나 되어 아내는 큰애 학교 보내고, 둘째 유치원 보내느라 하루 종일 종종걸음을 하면서도 나를 묵묵히 도와주고 이해했다. 아내의 도움이 없었다면 어려울 일이었다. 언젠가 우현이는 따스하게 대해 주는 아내의 모습에서 감명받았다고 했다.

나중에 알고 보니, 우현이에게는 단순한 관심이 아닌 마음을 나눌 사람이 필요했다. 친구들과 잘 어울리지 못하는 이유도 있었다. 중학교 때는 요즘으로 말하면 학교 폭력으로 1년을 쉬어 또래들보다 나이도 한 살 많았다. 친구들에게 먼저 다가가야 하는데, 나이가 많다 보니 자존심에 그러질 못했다. 우현이의 어머니는 강남의 여느 부모들처럼 과외 시키고 학원 보내면 부모로서의 역할을 다하는 것으로 알고 있었다. 아버지는 사업으로 바빠 아들과 단 5분의 시간도 내지 못했다. 사춘기가 찾아와 감수성이 예민할 대로 예민했지만 작은 고민 하나 들어 줄 사람이 없었다. 고통스런 감정의 억제는 우현이의 사고능력에도 부정적인 영향을 주었다. 억제된 마음의 고통은 정신적 고통과 방황의 원인이 되었던 것이다. 우현이를 알고 나니 단순히 그저 '문제아' 정도로만 생각했던 내 자신이 많이 부끄러웠다.

1학기 끝나고 여름방학이 시작되는 날, 반 아이들에게 시간이 되는 사람은 우리 집으로 가자고 했다. 모두 스무 명이 넘는 아이들이 왔다. 미리 아내에게 부탁하여 과자와 수박파티를 했다. 우현이도 함께 왔음은 말할 것도 없다. 그간 많은 반복학습을 한 탓에 2학기에도 나는 혹여나 하고 마음을 놓지 않았다. 우현이의 상처 난 마음을 치료하기 위해 상담 선생님의 도움도 받았다. 방심하지 않았다. 그러나 기우였다. 아이들과의 관계가 좋아지자 모든 일이 만사형통이었다.

우현이의 부모님도 많이 달라졌다. 3학년 진급을 앞둔 어느 날, 우현이 아버지께서 내게 처음으로 전화를 했다.

"선생님, 고맙습니다. 선생님의 도움이 정말 컸습니다. 죄송스럽고 부끄럽지만 앞으로도 계속해서 우현이에게 관심을 갖고 격려해 주세요."

다행히 그 이후 더 이상 우현이는 내 기대를 저버리지 않았다. 졸업 후 스승의 날, 설날에 가장 자주 안부를 물어 오는 등 제자라기보다는 자식 같은 존재로 다가왔다. 문득 신임교사 시절에 퇴직을 앞둔 선배 교사가 들려준 말씀이 떠오른다.

"교직 생활 중에 '교사를 가장 아프게 했던 제자가 가장 큰 기쁨이 되어 찾아올 때' 비로소 교사임을 느꼈다고…, 아이들만 생각하고 바라보고 가라고……."

교사는 아이들을 가르치면서 스스로도 매일 배워 나가는 사람이다. 그들을 통해 인생을, 삶을 배운다는 것을 생각하면 아이들이 얼마나 고마운 존재인가. 지금은 적지 않은 교직 경력이 점차 쌓이면서 아이들의 침묵과 반항은 상대가 알아주길 원한다는 신호이며, 알아줬을 때 치료와 치유가 이루어짐도 배웠다. 우현이가 있었기에 그 이후 힘들 때마다 지금까지 쉽게 교직을 포기하지 않을 수 있었다. 그리고 시련과 난관이 있을 때마다 잘 헤쳐 나갈 수 있는 힘이 되었다.

아이들은 풀꽃이다. 이 풀꽃도 자세히 보면 예쁘고, 오래 보면 그렇게 사랑스러울 수가 없다.

아이들에게 배우는 시간

내 마음의 밭을 가꾸게 한, 인생 훈수 한 수

이 세상 단 한 명이라도 소중하지 않은 아이가 있을까요? 이 세상
단 한 명이라도 특별하지 않은 아이가 있을까요? 우리는 압니다.
아이들에 대한 우리 모두의 배려와 마음가짐이, 우리 모두가 꿈꾸
는 더 좋은 세상을 만들어 간다는 것을 말입니다. 그래서 늘 아이
와 함께하고, 그들에게도 끊임없이 삶을 배우겠습니다.

교직에 몸담고 있는 선생님이라면 신학기 시작 전 매년 2월은
여러 복잡 미묘한 감정의 시기이다. 일 년간 가르쳤던 아이들이
힘들고 어려웠던 시간들을 잘 이겨 내고 상급학교로 진학하는 모
습을 보면 절로 뿌듯한 마음이 생긴다. 그러나 한편으로 졸업 후
이 아이들을 영원히 다시는 못 볼 것 같은 마음에 서운하고 아쉬운
마음이 생기는 시간 또한 학교 선생님들에게는 마치 피할 수 없는
운명과도 같다.

반면에 졸업을 앞두고 있는 학년이 아니라면 이번에는 또 아이
들과 '이별 아닌 이별'을 앞둔 시간이다. 잠시 이별했다가 학년이

바뀌면 다시 만나기도 한다. 그래서 오늘은 내가 맡은 고2인 우리 반 아이들의 얼굴을 찬찬히 한 번 더 살펴본다. 마치 내일이면 시집갈 딸과 마지막 밤을 함께 보내는 친정어머니의 마음이다. 내년 고3 교과 수업시간에 다시 만날 수 있을지 알 수 없는 경우가 더 많기 때문이다.

신학기를 앞두고 모든 초중고, 전국의 모든 선생님과 학교는 바쁘다. 학기 초와 학년 말은 더 말해 무엇 하겠는가. 정말 너무 바빠서 반쯤 정신이 나가 있고, 아예 정신이 없을 정도다. 다소 과장은 되었지만 적어도 학교에 몸담고 있는 선생님들만은 전적으로 내 말에 공감하리라 싶다. 학교폭력, 따돌림의 왕따, 게다가 요즘 들어서는 학교 내에서 심심치 않게 일어나는 성추행, 성폭력 문제 등으로 학교는 잠시도 조용할 날이 없다. 이처럼 여러 문제로 우리 사회가, 우리가 사는 세상이 시끌시끌하지만 역시 아이들은 천진난만하다.

미성년 중에서 그나마 성숙 단계가 최상위인 고등학생이라 하더라도 초등학생, 중학생들과 별반 다르지 않다. 봄방학을 앞두고 마지막 학년 정리를 할 시점이면 늘 가지게 되는 이 느낌과 감정은 썩 달갑지만은 않다. 그래도 떠나보내야 할 것은 미련 없이 보내야만 새로운 것을 맞이할 수 있는 것이 아닐까.

집에서 부모들은 잘 모를지 모르지만, 학교에서 담임을 하면서 수업 지도를 하다 보면 아이들의 엉뚱함과 그 기발함에 놀랄 때가 한두 번이 아니다. 기성인인 우리 어른들은 도무지 상상할 수 없는 이 기발한 생각과 행동이 나온다. 때론 엉뚱하기까지 한 이 답이 도대체 어디에서 나오는 걸까? 그 이유는 아이들'답기' 때문이다.

우리말에서 '~답다'라는 말보다 더 아름다운 말을 나는 알지 못한다. 나무는 나무답고, 계절은 계절답고, 사람은 사람다울 때 가장 아름다운 것이다. 그리고 아이는 아이다울 때 가장 아름답다. 모두 자신에게 주어진 신분과 직분에 충실할 때 가장 아름다운 것이다. 그럴 때 우리 사회는 한 단계 더 성숙하는 것이다.

지금도 우리 교실은 아이들의 장난과 그들만의 수다로 시끄럽다. 내가 얼굴에 잔뜩 힘을 주고 조용히 화를 낼 때면 아이들은 진심으로 반성하듯 고개를 숙이고 순간 조용해진다. 하지만 쉬는 시간이 되면 아이들은 언제 그랬냐는 듯 여기저기를 뛰어다니며 장난치고 친구들과 수다를 떨고 떠들어댄다. 마치 아무 일도 전혀 없었다는 듯이. 그렇다면 아이들은 내 말, 내 가르침을 대수롭게 여기지 않는 것일까? 결코 아니다. 그것은 아이들 나름의 삶의 방식일 뿐이다. 아이들의 아이다움을 엿볼 수 있는 너무나도 아름다운 삶의 방식, 스트레스 해소 방식일 뿐이다.

아이들은 단지 바로 '지금'이라는 이 시간을 즐기는 것뿐이다. 아이들에게 중요한 것은 떠들었기 때문에 야단맞았던 지난 수업시간이 아니라, 지금 자신들에게 찾아온 즐거운 쉬는 시간이다. 과거에 어떤 아픈 일이 일어났고 미래에 어떤 일이 일어날지, 아이들은 어른처럼 걱정하지 않는다.

아이들은 자신에게 주어진 '지금'이라는 시간에 제 힘을 다해 전력하고 있는 것이다. 어른들이 자주 잊고 사는 삶의 진실, 행복이란 '지금'이라는 시간에 몰두해 사는 것이라는 걸 아이들은 몸소 실천하고 있는 것이다. 그만큼 중요한 것은 눈에 잘 보이지 않는 법이다.

잊어도 좋을 아픈 기억조차 잊지 않고 혹은 잊지 못하고 사느라 우리 어른들의 삶은 얼마나 고달픈가. 불안해하지 않아도 될 미래를 지레짐작으로 걱정하느라 우리 어른들의 오늘은 얼마나 처절하고 눈물겨운가. 이제 우리도 '지금'이라는 이 멋진 시간에 몰두하고 살아가자. 그것이 바로 우리의 삶이 아름다워지는, 우리의 삶이 삶다워지는 비결이다.

2월 아이들과의 이별 아닌 이별을 앞둔 오늘, 아이들에게 또 인생 훈수 한 수를 배운다. 그것 또한 당연한 자연의 순환 같은 우리 삶이기에 그렇다. 아이들과의 이별을 앞두고 이미 흘러간 어느 대중가수의 〈이별 아닌 이별〉이라는 노래가 문득 생각나는 하루다. 어디를 가든, 무엇을 하든 부디 아프지 말거라.

요즘 선생님들의 가장 큰 고민
가르침과 배움에는 도무지 그 끝이 안 보인다

"학교에서 수업 시간에 이렇게 많이 자는데
부모님들은 아실까요? 참으로 걱정이에요."
"요즘은 학원에서 늦은 시간까지 공부해서 그런지 성적이 좋고
공부를 잘하는 아이도 수업 시간에 잠을 자는 경우가 많아요.
어디에서부터 문제가 생겼는지 잘 모르겠어요."

앞의 이야기는 아이들이 저마다 하는 이야기가 아니다. 1교시부터 수업을 마치고 교실을 나온 선생님들이 교무실 자리에 앉으면서 늘어놓는 푸념과 하소연이다. 5교시에 춘곤증, 식곤증으로 잠시 졸거나 자는 이야기는 아주 먼 옛날이야기가 되어 버린 지 오래다. 1교시부터 7교시까지 아이들이 자는 시간은 무제한이다.

연수 때 만나는 인근 학교 선생님들도 도무지 해결 방법이 없다고 걱정이 이만저만이 아니다. 그래서 선생님들은 스스로에게 묻고 또 묻는다. '혹시 아이들 수업 시간 수면의 원인이 아이들에게 있는 것이 아니고 자신한테 문제가 있는 것은 아닐까? 아니면 내

수업 방식에 문제가 있는 것은 아닐까?' 하고. 만약에 그렇다면 '아이들이 자지 않는 좋은 수업을 하는 선생님은 자신만의 어떤 노하우가 있는 것이 아닐까?' 하고…….

최근 날씨가 더워지면서 아이들은 수업 시간에 잠을 많이 잔다. 엎드리지 않고 조는 모습은 애처롭고 이해도 되고 그나마 나은 편이다. 그런데 아예 대놓고 엎드려 자는 모습이다. 불과 몇 년 전과 또 많이 달라진 풍경이다. 그러다 보니 가르치는 선생님 입장에서 보면 여간 고민스럽지 않다. 그래서 선생님들은 수업을 계속할 수도 없어 중단시켜 가며 매번 깨우고 있다. 깨워서 그때 얌전히 일어나는 경우는 그렇게 고마울 수가 없다.

더 큰 문제는 잠을 깨우는 과정에서 교권침해 사안이 빈번하게 일어나고 있는 점이다. 잔뜩 인상을 쓰고 선생님께 폭언과 욕설을 하며 자신은 옆 사람한테 피해를 주지 않고 조용히 자는데 왜 깨웠느냐는 식이다. 선생님의 입장에서는 그렇다고 잠을 자는 학생을 깨우지 않으면 금방 전염병처럼 번져 나가는데 그냥 놔둘 수도 없는 일이다. 자괴감에 아이들 앞에서 민망할 때가 한두 번이 아니다. 잠을 자는 학생들과 개인면담을 해 보면, 학교 수업이 끝나고 학원 수강에다가 과외까지 받다 보니 잠이 부족해서 어쩔 수 없다는 말도 한다.

가정에서 아이의 생각과 의지와 상관없이 학원과 과외로 내몰고 있는 부모님이 원망스럽기도 하다. 그러나 한편으로 교실에서 아이들은 가르치는 내게는 문제가 없는지 돌아본다. 교사로서 나는 얼마만큼 좋은 수업을 하기 위해서 준비하고 노력했는가 하고 자문한다. 그런 면에서 보면 자신만만하지 못하다. 그래서 좋은 수업을 하는 것이 수업 시간 아이들의 수면 문제를 해결하는 방법이 되지 않을까 하고 생각해 본다.

많은 교육전문가가 말하듯 수업 준비의 시작은 교사 자신을 이해하는 노력에서 시작된다. 수업을 잘하는 다른 선생님의 수업 방식과 스타일을 그대로 따라 한다고 해서 반드시 그 수업이 잘 이루어지는 것이 아니다. 수업 코칭 연수를 받아 보면, 교사의 인격과 삶이 수업 속에서도 그대로 묻어난다는 것이다. 실제 어떤 수업을 보면 수업 내용은 그리 재미있는 내용이 아님에도 불구하고 수업을 참관하는 것 자체가 즐겁게 느껴지는 경우가 있다. 그 이유는 수업을 하는 교사가 자기 수업에 대한 철저한 준비로 자신감을 가지고 있고 수업 자체를 즐기기 때문이다. 이처럼 교사의 철저한 수업 준비와 열정, 그 자신감이 학생에게 그대로 수업 시간에 노출된다.

반면에 가르치는 교사에게 수업 시간에 내면적 두려움이 있다면 수업 속에서도 그대로 드러난다. 교사가 자신의 전공 지식을 가르친다고 해서 모든 지식을 다 이해하고 완벽하게 가르치기는 힘들다. 자기가 자신 있는 내용을 가르칠 때는 수업이 재미있지만, 자기가 자신 없는 내용을 가르칠 때는 자신감이 떨어지고 수업 자체가 부실해질 수 있다. 최근 들어 교직 경력이 많음에도 불구하고 교사 입장에서는 이해하기 쉽지 않은 학생들이 점차 많아지고 있다. 그래서 상당수의 교사들이 오히려 수업 시간에 가르치는 학생들에게 마음의 상처받는 경우를 자주 본다.

또 교사가 자신의 수업을 공개하고 수업에 대하여 대화하고 수업 고민에 대하여 나눌 수 있도록 하는 것이 필요하다. 셀프 코칭도 필요하지만, 동료 교사 등 수업 친구를 통해 내 수업을 보다 객관적으로 바라볼 수 있으면 좋다. 수업을 잘하는 선생님들의 수업 방식을 별다른 문제의식 없이 그대로 따라 하기보다는 자기 스타일을 이해하고 자기 방식에 맞는 수업 방식을 스스로 찾아갈 수 있도록 해야 한다.

그리고 아무리 수업을 잘하는 교사라 할지라도 자기 수업에 대하여 끊임없이 성찰하지 않으면 교만해지기 쉽고, 교만한 수업 태도는 결과적으로 수업이 무너지는 일로 연결된다. 교사는 자신의 수업을 끊임없이 피드백을 통해 성찰해야 한다.

아울러 교사와 학생과의 신뢰 관계를 형성하는 것은 수업에 있어서 매우 중요한 일이다. 관계성을 세우기 위해서는 교사가 끊임없이 노력해야 한다. 학기 초 3월부터 문제 발생 가능성이 높은 학생들에게 먼저 다가가 미리 감정 계좌에 적립하고, 학생들의 이름을 외워 불러 주고, 의도적으로 학생들을 칭찬해 주고, 학생들이 이야기할 때 경청하고, 문제 학생들을 대할 때 형평성을 가지고 대하는 등의 행동을 실천해야 한다. 이처럼 좋은 수업은 바로 학생과의 관계성에서 나온다.

한편 수업 디자인도 매우 주요한 부분이다. 가령 초등학교 저학년생의 경우 5분, 초등학교 고학년생의 경우 10분, 중학생의 경우 15분, 고등학생의 경우 20분 정도 학습에 집중할 수 있다. 그러기에 교사가 1시간의 수업을 디자인을 할 때 한 통으로 이해하여 접근하기보다는 몇 개의 마디를 나누어 수업에 접근해야 한다. 즉, 10분 내지 15분을 기준으로 마디를 만들어 수업을 하는 것이 필요하다. 1시간의 수업을 기준으로 할 때 3~5가지 마디로 나누어 수업을 디자인하는 것이다.

교사가 수업을 준비할 때 자기가 가르쳐야 할 내용을 이해하는 것이 매우 중요하다. 비싼 학원비를 내고 빙과 후 지친 몸을 이끌고 일반 사설학원에서 학생들이 다시 수업을 수강하는 이유에는 여러 가지가 있다. 학습 수준을 고려한 개별 학습, 학교 수업에 대한 예습과 복습, 학부모들의 과도한 교육열, 치열한 경쟁 사회에서의 우월성 확보, 공교육에 대한 불신 등 사회구조적인 모순들과 결합되어 복잡한 원인들이 내재되어 있다. 그런데 학생들이 생각하는 수업의 만족도 측면에서 국한하여 살펴보면, 많은 학생들이 학교 수업에 비해 학원 수업에 대한 만족도가 높은 것이 사실이다. 현실적으로 학교 교사가 학원 강사에 비해 자질이 뛰어나면 뛰어났지, 결코 뒤지지 않음에도 불구하고 학생들의 수업 만족도가 학원 수업에 비해 그리 높지 않는 이유는 무엇인가? 우리 모두가 생각해 볼 필요가 있다.

사실 교사들은 교과서에 의존한 수업에서 크게 벗어나지 않는다. 교과서가 아무리 수준이 높고 잘 만들어졌다 하더라도 교과서를 만든 사람이 가르치는 해당 교사는 아니다. 그러므로 교사는 수업 준비를 할 때 다른 연구자들이 만든 교과서를 분석하고 재구성하여 수업 준비를 해야 한다. 즉, 다른 사람들이 만든 교재를 가지고 수업을 한다는 것이다.

게다가 교사는 수업만 하는 것이 아니라 담임업무와 생활지도, 행정 업무를 함께 수행해야 한다. 실제로 과도한 행정 업무의 부담은 수업 부실로 이어진다. 상당수의 교사들이 충분히 수업 준비를 하지 못한 상태에서 수업을 하는 경우가 많다. 대개 1시간의 일상 수업을 준비하기 위해서는 최소한 30분 이상을 투자해야 한다. 예를 들어 초등학교에서 6시간 수업을 담당했다면 최소한 3시간은 수업 준비할 수 있는 시간이 필요한 셈이다.

내가 있는 학교에서 보면 수업을 잘하는 교사들의 공통된 특징 중의 하나는 수업 관련 연구모임이나 수업 동아리에서 활동한 경험이 있다는 점이다. 혼자서 고민할 때보다 수업 공동체 안에서 교사의 수업 전문성이 신장되는 것이다. 혼자 가면 빨리 가지만, 함께 가면 오래 갈 수 있다는 말이 있다. 학교 안에서 교사들이 수업 전문가로 성장할 수 있도록 도와줄 수 있는 좋은 방안 중의 하나가 교사의 자발성에 근거한 수업 교사동아리이다. 수업 동아리 활동은 같은 학교 교사들끼리 수업에 대하여 고민을 나누고 서로 성장할 수 있도록 든든한 지지대 역할을 해 준다.

수업 공동체에서는 다음과 같은 내용을 진행하면 좋다. 같은 교과 선생님들끼리 수업에 대한 고민 나누기, 외부 전문 강사 초청 연수, 전문가 수업 컨설팅, 교사 독서 스터디, 수업 공개 및 수업 피드백의 날, 수업 우수학교 탐방, 다른 학교 수업 공개참여 및 교사 동아리 차원의 연수 참여, 교사 단합대회, 교사 자율연구 모임 및 관련 기관과의 연대 활동, 교사 연구동아리 활동과 그 최종 성과물을 책으로 발간하기 등이다.

선생님들은 점점 해가 갈수록 힘이 든다고 이구동성으로 말한다. 사회 환경이 달라지고 부모님도 달라지고 아이들도 짐짐 달라지면서 그에 정비례하여 선생님들의 고민도 하루가 다르게 점차 늘어나고 있다. 스승의 날을 앞두고 언론 매체를 통해 해마다 증가하는 교권침해 사안 발생 건수를 보면서 지금 우리 교단의 자화상을 보는 것 같아 한편으로 슬퍼진다.

교육의 문제는 교육감님부터 교육하는 선생님들이 나서서 해결해야지, 다른 누가 대신 해 줄 수 있는 문제가 아니다. 내 아이의 교육은 걱정하면서 이 나라의 교육 문제는 뒷전이다. 우리가 함께 안고 있는 교육의 문제는 나라의 장래, 미래가 걸린 만큼 국가적 차원에서 대처하고 문제 해결의 적절한 제도적 방안을 온 국민이 함께 고민해야 할 문제라는 점을 강조하고 싶다. 아울러 선생님들은 오직 교단에서 더더욱 좋은 수업과 바른 가르침으로 지금의 고민에 대응할 수밖에 없다.

아이들을 잘 가르치려면 선생님들도 교단을 떠날 때까지 끊임없이 공부하고 배워야 한다. 누구나 수긍하듯이 가르침과 배움에는 도무지 끝이 없다. 가르치는 선생님의 경우도 예외는 아니다. 가르치는 아이들을 통해서, 함께 가르치는 동료 선생님들에게도 기꺼이 배워야 한다. 그 어떤 경우에도 교육의 질은 교사의 질을 뛰어넘을 수 없다.

아이 마음에 들어가기

아이 마음 밭에 비친 따스한 햇살이 눈부시다

> 자식이 머리도, 신체도 부모의 좋은 점만 물려받으면 얼마나 좋겠
> 는가. 모든 부모의 바람이 이처럼 한결같겠지만 현실은 겸코 뜻대
> 로 되지 않는다. 의학적으로, 유전학적으로도 그것이 어렵다는 것
> 을 잘 알면서도……. 나 역시 그랬다.

이미 초등학교 때부터 같은 또래의 친구들에 비해 유난히도 운
동신경이 둔한 딸아이는 체육시간만 되면 마치 병적인 공포감을
가지고 있었다. 어려서 프로야구 선수가 되고 싶었을 정도로 운동
을 몹시 좋아했던 나로서는 몹시 충격이었고 여간 걱정이 되지 않
았다. 아이 엄마도 어떤 운동이든 자신 있게 하고 좋아하는 것을
알기에 나로서는 도무지 의아했다.

딸아이는 학교 운동장에 나가면 하늘을 향해 거침없이 솟아올랐
다가 아래로 떨어지는 축구공과 농구공이 그만 자신의 정수리에
떨어져버릴 것 같은 두려움을 내게 호소했었다. 그러다 보니 축

구나 농구시합이 있는 체육시간에는 늘 구석자리만 찾았다. 이외에도 또 네 명이 한 조가 되어 달리는 육상 릴레이에선 자신 때문에 항상 번번이 맡아 놓은 꼴찌였다. 친구들은 딸이 한 조에 들어가는 걸 노골적으로 기피하기까지 했다. 거기서 매번 느끼던 열등감을 딸아이는 공부로, 또는 글쓰기로 보충할 수밖에 없었던 매우 소심하고 내성적인 성격의 그저 착하기만 한 아이였다.

중학교 때 체육시간, 아이는 두 손으로 바닥을 짚고 일어서는 물구나무서기를 배웠다. 비교적 긴 다리의 우세함에도 불구하고 선천적으로 잘 달리지 못했기에 제자리에서 하는 물구나무서기야 그나마 잘할 수 있겠지 하는 자신의 생각은 수업 첫날 무참히 깨지고 말았다. 다람쥐가 나무를 타고 오르듯이 친구들은 탄력 있게 두 다리를 벽면에 고정시키는데, 자신은 두 발이 허공을 향해 한번 솟아 보기도 전에 비 오는 여름날의 모래성처럼 몸이 와르르 무너져 버린 것이다.

자신의 열등감을 씻기 위해 근 열흘 동안을 자신이 다니던 중학교 운동장의 구석진 담벼락 앞에서 물구나무서는 연습을 하던 딸아이의 모습을……. 그것도 남이 볼세라 도둑고양이처럼 어스름이 찾아드는 저녁까지 기다렸다가 막막한 학교운동장의 한 귀퉁이를 찾던 딸아이였다. 아마도 이 물구나무서기를 못한다면 영원히 자신은 아무것도 못하리라는 강박관념에 쫓기었고, 그럴수록 몸은 꼿꼿이 더욱 얼고 떨려서 번번이 실패해 버리고 마는 것이었다.

어느 날 지지노록 그 싸움을 계속하고 있는데, 아이는 크고 따스한 두 손이 살그머니 다가와서 자신의 다리를 꽉 부여잡아 주는 것을 아이는 느꼈다. 그러자 몸이 가뿐하게 들려지며, 비록 누군가의 도움으로지만 물구나무서기를 하게 된 것이다. 너무나 신기해서 온몸의 피가 얼굴에 몰려 하늘의 해처럼 뜨거워질 때까지 자신은 거꾸로 서 있었다고 고백했다.

"얘야, 이제 네 힘으로 한 번 서 보아라. 그렇게 열심히 하면 반드시 너도 잘할 수 있을 거야."

그분은 다름 아닌 당시 자신의 반을 맡은 체육 선생님이었다. 무엇인가 든든한 마음이 몸과 마음을 받쳐 주어 이후 정말 혼자서도 물구나무를 설 수 있었다.

"이제 늦었다. 집에 돌아가거라. 얘야, 네가 참으로 노력하는 사람이란 걸 그동안 지켜보며 알았구나. 네가 다음에 영 물구나무를 잘 설 수 없을지라도 노력 점수라는 좋은 평가를 해 주마. 많이 어두워졌으니 그만하고 집에 돌아가거라."

아이는 그날부터 평소 땀과 먼지에 절은 운동복에 호랑이처럼 그저 무섭기만 하던 체육 선생님이 그토록 다정하신 분이라는 걸 알게 되었다. 그다음부턴 체육시간이 그토록 공포스럽고 두렵지만은 않았다. 그 후 딸아이는 초등학교 때도 무딘 운동신경 탓에 엄두도 내지 못했던 자전거를 배우게 되었다.

몇 번이나 차라리 포기하라는 남동생의 핀잔을 받아 가며 무릎이 깨지고 멍이 드는 그 고생과 창피를 다 무릅쓰고 비틀거리며마 자전거를 타게 되었을 때, '자전거가 기우는 쪽으로 핸들을 잡아!'라고 캉캉 소리치던 남동생으로부터 마침내 누나에 대한 존경과 축하 인사를 받았다. 동생의 말이 없었대도 자신이 해냈다는 자신감에서 하늘을 날듯이 기뻐했다.

가만히 생각해 보면 딸아이의 열등감은 또래 친구들에 비해 유난히 운동신경이 무던히도 없는 아이로 태어난 것에 느꼈던 우울에서 비롯된 것이 아닌가 싶다. 늘 자신에겐 '과잉'이라고밖에 여겨지지 않는 관심을 받으며 온실 속의 성장한 아이에 불과했다. 그러다 보니 부모님 앞에서는 늘 물가에 내놓은 아이가 되었다. 집 밖엘 마음대로 나가질 못했고 또래 친구들이 식은 죽 먹듯이 하는 놀이와 일들은 늘 처음 보고 처음 겪는 일이 되었다. 더구나 사춘기를 맞으면서부터는 얼마나 예민해지고 많은 열등감을 느끼고 그걸 극복하기 위해 나름 얼마큼 끙끙거렸던가.

날렵하고 민첩하게 행동하는 같은 또래의 여자애들을 보면 본능적으로 느끼던 우울감과 열등감은 남보다 글쓰기를 잘했던 자랑스러움보다 깊었다. 그리고 〈라 스파뇨라〉라는 낯선 이국 발음의 노래를 아름답게 부를 수 있는 친구가 또 얼마나 부러웠던가. 학교 음악실 창밖으로는 아늑한 교정의 자작나무 숲이 보였고, 꿈꾸는 멘델스존의 얼굴이 내려다보고 있었는데, 합창 시간이면 가만히 조용히 따라 부르며 자신이 사랑하는 것만큼이나 잘 부르게 해달라고 기도하곤 했다고 고백했다.

나는 딸을 키우며 낳은 것을 배웠다. 낭연히 내 딸이니까 내사 모든 일을 당연히 잘해야 하고, 잘할 것이라고 생각하지만 그것은 욕심이고 오산이다. 부모는 자식에게 많은 것을 원하기 이전에 지금 자신이 자식의 마음을 잘 알고 이해하려면 먼저 아이의 마음에 들어가 보았으면 한다.

살아가면서 많은 부분에서 자신의 능력 부족과 거기에서 파생되는 열등감으로 우리는 쉽게 좌절한다. 그러나 작은 일에 지나친 열등감을 느끼고 고민만 하고 있을 것이 아니다. 그저 그렇게, 신이 가르치는 대로 순리대로 나답게, 너답게 살면서 때로 어떤 목적에의 노력도 해 보면서 최선을 다해 성실하게 살면 되는 것이 아닐까. 오늘의 열등감으로 느꼈던 것을 신神이 보았을 때는 오히려 우월감에 해당하는 욕심 많은 내 깜냥이었는지 모른다.

생각해 보니 그동안 딸아이는 자신이 남보다 열등하다고 느낀, 그 부족함을 메우기 위해 노력하고 스스로 매진하는 가운데 그래도 이만큼 성장해 오지 않았나 싶다. 말하자면 운동을 못하고 말을 유려하게 하지 못하는 대신 글을 잘 쓰려고 노력했다. 자신이 잘하는 부분의 능력을 키우려 노력했다. 그런 가운데 아버지인 나는 딸아이를 제대로 몰랐다. 그러다 보니 더러는 욕심을 부리고 집착하기도 했다.

특별히 영특한 천재로 태어나는 사람도 많지 않지만, 지나치게 우둔하게 태어나는 사람도 드문 법이다. '절대로 나는 이것을 할 수가 없어'라는 무력함과 열등감에 둘러싸여 전전긍긍하던 시절은 누구에게나 다 있기 마련이다. 그리고 자신에게 주어진 삶의 긴 여행에서 시시각각으로 다가오는 어려움도 누구나 웬만큼은 해결하는 기본 능력을 가지고 있다고 믿는다. 그래서 어떤 경우에도 좌절할 일만은 아니다.

딸은, 살아가며 내게 많은 부분에서 스승이었다.

그냥 웃기만 하던, 그 선생님

죽어서 영원히 다시 사는 그 윤회의 삶

"저어~ 선생님,
창을 통해 보이는 하늘이 오늘따라 눈이 시리도록 파라네요.
벌써 가을인데, 얼른 일어나 학교에 가고 싶네요.
우리 반 아이들도 많이 보고 싶고요.
근데 제가 다시 학교에 나갈 수 있을까요?"

그해 구월을 앞둔 어느 날, 동료 P선생님의 마지막 문병을 갔을 때, 선생님은 병실 창을 통해 보이는 가을하늘을 보며 마치 간절한 소원을 기도문 외듯 참으로 절실하게 말하고 있었다. 그토록 학교에 다시 나오고 싶어 하던 P선생님은 내가 병문안 다녀온 후 불과 열흘 사이에 저 하늘로 떠났다. 이로 인해 그날 이후 나는 뻥 뚫린 허전한 마음 한편을 뒤로한 채 얼마간 서울의 한 공원에 혼자 앉아 다시금 그 파란 가을하늘을 보고 있었다. 그리고 불과 며칠 전이 바로 P선생님의 기일이었다.

P선생님과 나는 같은 학교에서만 근 20년을 함께 근무하며 마음

으로 아끼던 직장 동료이자, 평소 서로의 답답한 일이 생길 때면 소주잔을 나누던 친구이기도 했다. 그 친구를 어느 날 갑자기 불쑥 불어와 공원 광장을 휩쓸고 지나가는 바람처럼 떠나보냈다. 한순간이었다. 그해 6월에 실시된 교직원 정기 건강검진에서 간수치가 지나치게 높게 나왔다. 그런데도 P선생님은 담임을 맡고 있는 고3 학생들이 영향을 받을까 걱정이 되어 그해 11월 수능시험이 끝난 후 병원에 가겠다고 말했다. 그러다 수능시험을 불과 며칠 앞두고는 결국 출근길에 갑자기 쓰러져 응급실로 실려 간 P선생님은 당일 별도의 검사 없이 즉석에서 간암 진단을 받았다. 입시를 목전에 둔 고3 아이들을 위해 늦은 밤까지 스스로의 몸을 돌보지 않고 수년 동안 과로한 것이 병을 키운 결정적 원인이었다.

그나마 그동안 선생님의 소식을 들은 전교생들과 졸업생, 동료 선생님들의 온정이 금방 꺼질 것 같았던 선생님의 생명을 지탱하게 한 등불이었다. 처음 선생님의 병이 알려지고 담임학급 학생들과 학생회를 중심으로 선생님을 돕기 위한 캠페인이 벌어지고, 이어서 졸업생들의 병원비 모금운동이 자발적으로 일어났다. 학생들과 선생님들의 마음들이 너나없이 한결 같았고 훈훈한 장면들이 아닐 수 없었다. 이러한 학교의 소식을 전해 들은 P선생님은 더욱 힘을 내어 투병할 수 있었다.

그해 11월 1일부터 시작되어 그다음 해까지 계속된 힘든 투병 생활이었다. 마지막 문병에서 내가 본 선생님은 누구도 더 이상 알아보지 못할 정도로 변해 버린 모습으로 누워 있었다. 이미 야윌 대로 야윈 앙상한 몸에 뼈와 가죽으로만 남은 채 병상에 누워 그토록 울지 않으려고 몸부림치다 내 손을 잡고 끝내 뜨거운 눈물을 주르륵 흘리던 선생님을 결국 떠나보내고 말았던 것이다. 그 흔한 드라마나 영화의 한 장면처럼 너무나 예고 없이 갑작스레 찾아온 야속한 병마病魔 앞에 속수무책으로 속절없이 당하고야 말았다.

강원도 홍천에 있는 고향 선산의 장지에서 수의로 감싼 친구, P선생님의 가슴 위로 눈물의 흙을 내려놓을 때, 비로소 인생무상人生無常과 삶의 의미를 골백번 더 되뇌며 서 있는 나를 발견했다. 그 빠르고 느림의 차이가 있을 수 있을 뿐 도대체 우리 삶에서 그 누구도 인간의 정해진 생로병사에서 결코 예외일 수 없고 벗어나지 못하는가. 인간의 생명이 이렇게 나약하단 말인가. 내년이 오십 줄인데 들어서 보지도 못한 채 가 버렸다. 아직 왕성한 나이인데, "다른 미련은 없지만 더 이상 아이들을 보지 못할 것 같아서, 내 나이 오십만 넘어도 이처럼 아쉬울 건 없을 건데……." 하며 파르스름하게 떨리던 P선생님의 입술과 목소리가 아직도 내 눈에 선하고 귀에 쟁쟁하다.

지금은 가정형편이 어려워 수업료나 방과후학교 수강료를 내지 못하는 학생들은 거의 없는 편이다. 증빙자료만 제출하면 대부분의 학생이 관할관청으로부터 교육비 지원을 받기 때문이다. 그러나 그 이전 보충수업이 학년별로 실시될 때, 반에서 상당수 학생이 학교로부터 보충수업비 납부를 독촉받아야 했다. 그러나 P선생님이 맡은 반의 학생들은 그런 시달림과는 거리가 멀었다. 선생님은 자신이 받은 보충수업 강의료를 한 푼도 쓰지 않고 항상 모아 두었다가 보충수업비를 내지 못하는 학생들을 위해, 그것도 몰래 대신 납부하고 시치미를 뚝 떼고 있었다.

이 사실을 안 학생들이 P선생님 자리로 찾아와 민망해서 어쩔 줄 몰라 하며 말이라도 하면, 선생님은 대답 없이 그저 마냥 웃기만 하셨다. 그 이후라도 수학여행비, 수련회비 등 적어도 학교 교육행사에 돈이 없어 행사 프로그램에 참여하지 못하는 일이 P선생님이 담임으로 있는 반에서는 없었다.

학급에서 가출한 학생이 나오기라도 하면 퇴근 후 PC방, 찜질방 등을 다 뒤져서라도 찾아내어 기어이 등교시켰다. 이에 결국 감동한 학생이 열심히 학교에 다니던 것을 본 것이 어디 한두 번뿐이었는가. 같은 교사로서 결코 쉬운 일이 아님을 난 잘 알고 있었다. 그 마음이 웬만한 천사 같지 않고서는 아무나 할 수 없는 일이었다. 한 번은 내가 물어본 적이 있었다. 긴 침묵 끝에 뱉은 P선생님의 한마디가 물었던 나를 더욱 부끄럽게 만들었다.

"그저 제가 부족해서요. 전, 어릴 때 참 너무 어렵게 살았어요."

그리고는 그냥 늘 웃기만 하시던 선생님. 뒤늦게 P선생님의 부음訃音을 들은 학생 몇몇이 학교에 찾아와서 눈물을 펑펑 쏟던 일은 지금도 아직 눈에 선하다.

대부분의 사람들은 누구나 할 것 없이 학창 시절의 추억을 소중히 간직하고 있다. 지금도 눈을 감으면 햇살 눈부신 창문을 사이로 학교 안팎에서 벌어지는 수많은 사연과 삽화들이 꿈같은 추억으로 엮이는 아련한 학창 시절, 그때를 생각하면 모교의 창 너머 교정의 플라타너스 한 그루도 예사롭지 않고 축구대와 철봉대 주변에서 뛰놀던 아이들의 시끄러운 소리도 막연히 그립기만 하다.

이제, 교단에 선 지 어느새 20년이 훌쩍 넘은 시간과 세월이 흘렀지만, 어렵고 힘들 때는 지금도 그 시절을 가끔 떠올리며 오늘의 우리 아이들을 생가하게 된다. 그러면서 내 추어보다 더 많은 이야기와 가르침을 받으면서 하루하루 새로운 추억을 쌓아 가는 요즈음의 아이들을 보면, 문득 부럽다는 생각마저 든다. 그러나 때론 점점 부모의 관심과 학교의 선생님과 친구들로부터 소외되어 날로 가출 학생과 학교 자퇴 학생, 비행 청소년들이 늘어 간다는 소식의 언론보도를 접할 때마다 가슴이 미어지고 저미어 옴을 억누를 길이 없다. 그럴수록 그리고, 이러한 시대일수록 요즘 같은 우리네 학교는 P선생님 같은 분을 더욱 많이 필요로 함을 왜 모르랴.

아이들은 누가 뭐라 해도 스승의 마음 밭에서 자란다. 스승의 밭이 기름지면 아이는 알차게 자란다. 나는 아이들을 어떻게 지도할 것인가를 생각하기 전에, 교사 자신의 밭을 기름지게 가꾸어야 한다는 것도 P선생님을 통해 알게 되었다. 교사는 아이에게 가장 좋은 환경이다. 아이가 바른 가치관을 지니는 것도, 아이의 행동이 좋아지는 것도, 아이가 바른 예절을 가지는 것도 이 환경에 달려 있다.

무거운 발걸음을 교실로 옮길 때면, 무언가를 절절하게 갈구하는 눈으로 교실에서 나를 기다리는 아이들을 생각하며 나약해지는 스스로를 채찍질하고 격려해 본다. 또 모든 선생님들이 좀 더 힘을 내셨으면 하는 바람이다. 그리고 어떠한 어려움이 닥쳐도 우리 모두 아이들과 마음을 함께하는 학교라면 좀 더 훈훈하고 밝고 행복한 학교가 되지 않을까 생각해 본다.

오늘따라 말없이 늘 웃기만 하시던 선생님이 더욱 그립다. 그동안 잘 계시는지(?) 주말을 이용하여 강원도 홍천에 있는 P선생님의 묘소라도 다녀와야겠다. 묘소 옆 밤나무의 밤송이도 삐죽삐죽 내민 밤 가시 대신 벌어진 몸 사이로 가을 햇살에 반짝이는 알밤이 반가운 얼굴로 나를 맞아 줄 것 같다.

"선생님, 이다음에 우리도 때가 되고 차례가 되면 선생님이 걸어간 그 산모퉁이로 돌아가서 거기서 반갑게 다시 만나 뵙겠습니다. 그때까지 부디 편히 쉬세요."

텃밭과 생태학습장이 있는 학교

동물과 식물에게 사랑을 배우는 시간

과일 나무에 꽃이 피고 벌과 나비가 찾는 동화 속 같은 아름다운 교정을 꿈꿉니다. 과일들이 자라나는 모습을 보면서 아이들이 자신들의 꿈을 키워 가는 모습을 꿈꿉니다. 이 나라 대한민국 미래의 주인공인 우리 아이들이 자연의 모습을 닮아 가기를 꿈꿉니다.

"학교 교정에 과일나무를 심어요!" 하고 매일 즐겁게 노래하는 선생님이 계신다. 현재 서울 송파구에 위치한 고등학교인 M고의 L선생님이 그 주인공이시다. 2008년부터 학교 정원과 울타리 주변에 텃밭을 만들고 40여 종류의 농작물을 재배해 온 선생님의 노력과 정성이 입소문을 타고 널리 알려지자, 서울 시내 학교 선생님들 사이에서는 화제가 되었다. L선생님의 노력이 2010년에는 농작물 재배를 주요 내용으로 한 에코스쿨을 주제로 열린 「대한민국 좋은 학교 박람회」에서 매우 좋은 평가를 받기도 했다.

L선생님은 수업 시간을 제외한 근무 시간의 대부분은 학교 텃

밭에서 보내고 지냈다. 재배하는 농작물에 물을 주고, 풀을 뽑고, 거름을 주고, 지주도 세우는 등 별도의 쉬는 시간이 없을 정도였다. 토요일과 일요일, 여름과 겨울방학 중에도 쉬지 않고 학교에 나가 텃밭 가꾸기에 온갖 정성을 쏟았다. 농작물이 자라는 모습을 학생들이 처음에는 무심코 지나치다가 과일나무에 과일이 열리는 모습과 수확하는 농작물을 실제 눈으로 보자 차츰 신기하게 바라보기 시작했다.

L선생님은 처음에는 혼자 시작했지만 나중에는 학교 창의적 체험활동 시간에 '농작물 재배반' 동아리를 만들어 아이들과 함께 했다. 아이들에게 산 경험을 하도록 했던 것이다. 농작물이 자라는 모습을 매일 관찰하는 아이들이 늘어났다. 그리고 나중에 어른이 되면 집을 짓고 집 마당에 농작물을 직접 재배해 보고 싶다는 아이도 생겨났다.

L선생님의 과일나무 심기와 농작물 재배는 전임학교에서는 물론 지금의 학교로 전근을 온 이후에도 계속되었다. 평일에는 현재 근무하는 M고에서, 토요일과 일요일은 전임학교인 Y고에 직접 가서 농작물을 재배했다. 농작물과 함께 약 6,000포기의 꽃 잔디를 교정에 심었다. 그 결과 지금 M고 교정은 꽃 잔디로 덮여 있다. 이 모든 과정이 결코 쉬운 일이 아니었지만 전임학교나 현재 학교 교장 선생님께서 적극 후원하고 지원해 주었기에 가능했다고 한다.

애초에 L선생님은 교직 처음 부임학교부터 텃밭에는 농작물을 줄곧 심었다. 근래에 와서부터 전임학교 Y고에 20여 그루의 보리수나무를 심은 것이 과일 나무 심기의 시작이었다. 그리고 지금은 부임하여 재직 중인 M고에는 2012년부터 감나무, 사과, 배, 복숭아, 석류, 대추, 모과, 키위, 호도, 밤나무 등 100여 그루의 과일 나무들을 교정에 심었다. 시간이 흐르자 마침내 땀의 결실인 그 열매를 맺기 시작했고, 과일 나무의 열매는 전원 같은 아름다운 교정의 상징물이 되었다.

모든 농작물이 그러하지만 과일 나무는 정성을 들인 만큼 무럭무럭 자란다. 과일 나무에 꽃이 피고, 작은 열매가 열리고, 섬섬 자라 가는 모습을 보면서 덩달아 이를 보는 아이들도 각자의 꿈을 키워 가고 있다. 물론 처음에는 색안경을 끼고 보는 사람도 없지는 않았다. 그러나 이제 교정에 심어진 과일 나무는 학생뿐만 아니라 함께 보는 선생님들에게도 기쁨을 선사하고 있다. 교정에 있는 과일 나무를 보면서 소속 학교의 많은 선생님들은 어린 시절 고향의 옛 추억을 다시 떠올리기도 한다.

L선생님은 곧 내년이면 교직을 마치게 되지만, 지난 40여 년의 교직 생활은 매우 만족했다고 자평하신다. 교직을 떠난 뒤에도 내 손으로 교정에 심어 둔 과일 나무들은 계속 자라서 많은 학생들에게 꿈을 심어줄 것이라고 한결같이 믿기 때문이다. L선생님이 가진 교육관은 비록 스스로 자청한 많은 희생과 헌신을 요구하지만, 아이들만을 생각하는 외곬으로 고집스런 참스승의 모습이다.

다음의 글은 L선생님이 교육청 메일을 통해 많은 선생님들께 직접 보내온 4.4조의 전통 노래가사 형식으로 된 노랫말이다. L선생님의 마음이 고스란히 담겨 있다.

학교마다 빈 공간에 과일나무 심어 보세 / 사과 살구 포도 앵두 자두 매실 대추 호두 / 모과 석류 머루 다래 체리 배 밤 보리수 / 각종 과일 한두 그루 고루고루 심어 보세 / 정성스레 심고 나서 거름 주고 물도 주며 / 삼사 년이 지나며는 열매들이 열린다네 / 교정마다 열린 열매 모양 색깔 다르구나 / 보는 학생 신기해서 감탄사가 절로 나네 / 주렁주렁 열매 보며 자연학습 절로 되고 / 과일나무 꽃 필 적에 벌과 나비 꽃을 찾네 / 벌과 나비 친구 되어 도란도란 얘기하네 / 과일 나무 성장과정 관찰하며 꿈 키우네 / 주렁주렁 달린 과일 과일밭이 따로 없네 / 과수원 된 교정에서 아이들은 꿈 키우고 / 스트레스 없는 학교 과일나무 심어 보세 / 우리 모두 과일나무 학교마다 심어 보세

최근 들어 전국적으로 도심지에 있는 일부 초·중학교를 중심으로 학교 내 동식물 체험학습장이 만들어지고 있어 자칫 정서적으로 메마르기 쉬운 도심지 학교 아이들에게 인성 면에서 큰 도움이 되고 있다. 그런 가운데 강남구에 있는 D고에 자연생태학습장이 고등학교로서는 드물게 문을 열어 지역사회와 주민들로부터 관심과 이목을 끌었다. 입시에 직접 쫓기지 않는 다소 여유로운 학

교생활로 다양한 체험학습장 조성 여건이 비교적 손쉬운 초·중학교와는 달리, 고등학교는 당장 처한 입시환경과 교육 여건 면에서 결코 쉽지가 않은데도 말이다.

이러한 체험학습장이나 생태학습장 조성은 해당 학교 교장 선생님의 지원과 그 학교 구성원인 아이들과 선생님들의 든든한 응원이 없으면 불가능한 일이다. 특히 이 과정에서도 역시 마찬가지로 앞의 M고 L선생님과 같이 철저하게 자신을 희생하며 이 일에 삶과 생활의 반은 미친(?) 선생님이 있어야만 가능한 일이다. D고도 과학 L선생님이 있어 가능했다. L선생님은 ㄱ 타고난 성정이 어려서부터 식물과 동물을 좋아해서 서울에서 지리적으로 멀지 않은 하남에 개인 농장을 직접 운영하고 있을 정도였다. 그리고 주말에 선생님은 그 농장에서 아예 살다시피 했다.

교직에 몸담고 있는 동안에 평소 늘 아이들을 위한 생태학습장을 조성하고 싶어 하는 L선생님의 간절한 마음과 대학 입시에 쪼들리는 아이들을 위해 정서적으로 힐링 공간이 필요하다는 소속 학교 교장 선생님의 생각이 맞아떨어져 생태학습장이 조성되었다. 이처럼 많은 학교들이 자연이나 동식물 생태학습장의 필요성을 인지하고 이를 만들려고 해도 학교 내 공간적으로 조성 가능한 땅이 있어야 한다. 요즘은 많은 학교가 도심지에 개교할 때 학교 부지가 협소해 운동장 없는 학교마저 생기는 상황이다. 다행히 D고는 한 울타리에 세 개의 학교가 있을 만큼 넓은 캠퍼스를 가지고 있었고, 학교 부지 한편에 제법 넓은 공간이 있어 일사천리로 생태학습장 조성이 진행되었다.

마침내 오랜 준비 끝에 처음 문을 열 때, D고 생태학습장에는 학교 실험실에서 직접 부화에 성공한 공작새, 원앙, 토종닭, 메추리, 잉꼬, 호금조, 금화조, 금정조, 모란앵무, 왕관앵무 등 많은 조류가 들어왔다. 어류로는 잉어, 붕어, 가물치, 버들치, 송사리 등 전통 민물고기와 제브라, 엔젤피쉬, 네온테트라, 몰리 등 열대어도 시설이 구비되는 대로 들여올 준비를 하고 있었다.

또 학교 생태학습장에서는 희귀하고 보기 드문 악어, 이구아나, 도마뱀, 거북, 카멜레온 등 많은 파충류와 여러 종류의 토끼와 고양이, 한국의 전통 혈통을 받은 강아지들이 식구로 들어왔다. 특히 파충류는 소속 학교에 다니는 생물반의 한 학생이 집에서 애지중지 키우던 것을 다른 학생을 위해 가져온 경우였다. 이처럼 생태학습장을 구성하고 있는 그 종류만 보더라도 문을 열기까지 L선생님의 정성과 노고를 한눈에 볼 수 있었다.

생태학습장 옆 텃밭에는 상추와 시금치는 물론 노랑꽃창포, 초롱꽃, 제비꽃 등을 심어 우리나라 전통 야생화를 공부하는 공간으로 제공했다. 처음에는 입시에 매달리는 고등학교에 어울리는 일이냐며 반대하는 선생님도 일부 있었다. 마침내 생태학습장이 완성되었을 때, 이를 보는 육체적 눈의 즐거움과 정신적 힐링은 모두에게 호사豪奢였다.

생태학습장이 생긴 다음에 이 학교 학생들은 생태 환경 체험활동을 통하여 자연과 생명의 소중함을 일깨우고 되있고, 탐구학습의 활동 공간으로 활용하게 되었다. 또 학생들의 동아리활동 시간에 생물반, 환경 생태반 학생들의 실습장으로 활용하게 되었으니 바로 일석삼조一石三鳥가 아니겠는가. 특히 파충류를 직접 가져온 학생은 생태학습장의 실습일지를 매일 적어 대입 수시 전형에서 S대 수의학과에 합격한 것은 앞으로 우리의 학교 교육이 어떤 방향으로 가야 하는지를 보여 주는 좋은 사례라고 할 수 있다.

생태학습장이 그 문을 여는 첫날에는 지역 신문사와 케이블 방송사에서도 취재를 나올 정도였다. 그리하여 지역 언론에 이 학교 생태학습장이 소개되었고, 이를 알게 된 인근 동네 주민들도 어린 아이들, 손자와 손녀의 손을 잡고 늦은 오후까지 구경을 왔다. 실제로 소속 학교의 학생들은 쉬는 시간과 점심시간, 방과 후 시간을 이용해 어미 닭이 병아리를 몰고 다니는 모습을 보며 신기해하며 환호성을 질렀으니, 그리고 보면 이보다 더 좋은 인성교육의 장場이 어디 있겠는가.

학교에 자연이나 동식물 생태학습장이 만들어지는 것은 쉬운 일이 아니다. 열정만 있다고 되는 일도 아니다. 조성되기까지 드는 예산도 무시하지 못한다. 국가적이고 교육적 차원에서 이에 대한 관할교육청의 지원이 있었으면 하는 바람을 학교 구성원의 한 사람으로서 바라는 마음이 간절하다. 모든 것이 기계화되고 물질화되는 교육적 환경 속에서 배우고 자라는 지금의 우리 아이들을 생각하면 더더욱 그러하다.

학교마다 M고와 D고의 L선생님 같은 분이 더 많이 필요하다. 이제 입시 성적만이 최고라는 성적지상주의에서 벗어나서 바야흐로 아이들을 위한 인성교육과 창의교육을 향해 방향을 잡고 그 눈길을 제대로 줄 때다.

수많은 과일나무와 각종 농작물이 자라고 다양한 야생화가 피는 아름다운 꽃이 있는 학교의 교정, 그 자연에서 동물들이 뛰노는 학교는 또 얼마나 아름다운가.

2

반짝이며 자라는 날에

성적 좋은 친구의 비결 듣기
네가 이루고 싶은 것이 있다면 먼저 체력을 길러라

"네가 종종 후반에 무너지는 이유, 다 체력의 한계 때문이야. 체력이 약하면 빨리 편안함을 찾게 되고, 그러면 인내심이 떨어지고 그리고 그 피로감을 견디지 못하면 승부 따위는 상관없는 지경에 이르지. 이기고 싶다면 네 고민을 충분히 견뎌 줄 몸을 먼저 만들어. 정신력은 체력의 보호 없이는 구호밖에 안 돼."

_ TV 드라마 〈미생〉 대사 중에서

　언젠가 본 〈미생〉이라는 드라마에는 유난히 명대사가 많았다. 그중 체력을 길러야 하는 이유를 주인공에게 말하는 장면이 가장 기억에 남는다. 이 대사는 공부하는 학생들에게 큰 교훈을 주는 것 같다. 실제로 공부하다 보면 가끔 피로로 인해 몸이 지쳐서 하루 공부를 게을리 하고 무기력하게 살 때가 많다. 이때 나의 체력이 부족한 것이 아닌가 하고 생각해 보는 게 좋다. 공부를 함에 있어서 정신력도 중요하지만, 체력이 뒷받침해 주어야 그 힘이 비로소 발휘되기 때문이다.

　성적이 좋은 친구들은 저마다 특징들이 있었다. 그 대표적인 것이 운동이었다. 운동을 통해 적절히 신체적인 리듬도 찾고 공부로 인해 쌓인 스트레스도 해소하고 있다는 점이다. 그런데 많은 학생들과 학부모님이 공부할 시간도 부족한데, 언제 운동을 하느냐고 반문을 한다. 이 지면에서는 여기에 대한 답변을 하려고 한다.

우리가 너무나 잘 아는 원론적인 이야기지만, 공부를 잘하려면 먼저 건강에 신경을 써야만 한다. 공부는 지적인 활동으로, 정신적으로는 계속 활동하지만 육체적으로는 거의 움직임이 없다. 따라서 다른 활동을 할 때보다 육체적인 피로가 쌓이기 쉽다. 특히 입시를 앞둔 고등학교 3학년 말쯤 되면 많은 학생들이 매우 힘들어한다. 바로 육체적 피로가 누적되었기 때문이다. 이러한 피로를 그때그때 적절하게 잘 해소해 주지 못하면, 아무리 학습 능력이 있고 공부할 다짐이 되어도 건강이라는 걸림돌이 수험생의 발목을 잡게 된다. 그래서 적절한 운동이 필요하다.

필자는 담임을 하면서 성적이 좋은 학생이 어떻게 운동을 하는지 주의 깊게 살펴보았다. 우선 대부분의 학생들은 학교 체육수업 시간을 적극 활용하고 있었다. 그런데 여기서 또 하나의 문제가 있다. 현재 일주일에 겨우 두 시간밖에 없는 고3 체육시간으로 운동이 충분한지에 대한 의문이다. 그런데 성적이 좋은 학생들은 쉬는 시간과 점심시간을 효율적으로 활용하고 있다는 점을 발견했다. 바로 여기에서 답을 얻었다. 많은 학생들은 제자리 운동을 하고 있었다. 제자리 운동은 공부 틈틈이 제자리에서 크게 움직이지 않고 할 수 있는 운동을 말한다. 무엇보다 시간이 오래 걸리지 않으며 졸음을 쫓는 효과를 볼 수 있어 매우 좋다.

먼저, 스트레칭이다. 운동을 해 본 사람은 잘 알겠지만 스트레칭은 온몸에 있는 근육을 풀어 주고 늘이는 특성을 가지고 있다. 근육을 늘이면 근육이 살짝 긴장하면서 혈액 순환이 잘되는 것은 물론, 동시에 근육에 산소가 공급되므로 공부하는 데 있어 가장 무서운 적인 졸음을 쫓을 수 있어 매우 좋은 운동이다.

쉬운 스트레칭부터 나열하면, 학교에서는 앉은 상태에서 두 손을 깍지 끼고 손바닥을 위로 하여 양팔을 쭉 하늘로 밀어 올리는 스트레칭, 일어선 상태에서 발끝을 보고 서서 허리에 손바닥을 대고 상체를 뒤로 젖히는 스트레칭이 있다. 집에서는 누워서 하는 스트레칭으로 딱딱한 방바닥이나 거실에서 곧은 자세로 누워 무릎을 적당히 구부린 상태에서 허리에 힘을 주어 바닥에 5초 동안 붙였다가 떼는 것을 반복하면 된다. 또 아침에 일어나서도 책상 의자에 앉아 학교에서 했던 스트레칭을 한 후에 세면이나 샤워를 하면 한결 기분 전환이 되고 정신이 맑아진다.

다른 한 가지는 지압 운동이다. 지압은 혈액 순환에 도움이 되고 동시에 근육 등의 피로를 풀어 준다. 머리, 얼굴, 눈, 목, 어깨, 허리, 손과 발 등을 지압하면 짧은 시간에 비교적 많은 효과를 볼 수 있다. 가령, 머리는 엄지손가락으로 관자놀이를 아플 정도로 꾹꾹 눌러 준다. 금방 정신이 맑아지는 것을 느낄 수 있다.

눈 지압은 눈썹의 위아래를 집게와 엄지로 꾹꾹 눌러 준다. 또 따뜻하게 만든 손으로 눈을 지그시 눌러 주거나 집게손가락으로 아프지 않을 정도로 눈을 눌러 주는 것도 효과가 있다. 수험생들이 가장 잘 뭉치는 어깨는 한쪽 손으로 반대편 어깨를 눌러 주거나 친구들과 함께 서로의 어깨를 주물러 주는 것도 좋다. 서로의 어깨를 주무를 경우 친구 사이도 돈독해지고, 자신의 손이 닿지 않은 부분까지 마사지가 가능해 더욱 좋다. 그 외 허리나 손과 발 등도 적절히 움직이고 자극을 가하면 된다.

앞의 운동들은 그 강도가 다소 약하다는 점에서 약점이 있다. 어차피 수험생들은 항상 시간 싸움이다. 그래서 교실에서 쉬는 시간 10분 동안에 할 수 있는 운동으로는 필자가 건강을 위해 헬스장에서 배운 것을 추천하고 싶다. 먼저 우리가 잘 아는 맨몸 운동의 진수인 푸시업. 제자리에 엎드린 채 할 수 있는 운동으로 최고이다. 푸시업은 온몸의 근육을 동시에 사용하는 운동으로, 바닥에 짚은 손과 발 사이의 모든 근육을 단단하게 굳혀야 하므로 전신 운동의 효과를 기대할 수 있다.

다음으로 쪼그려 앉기의 미학이라고 불리는 스쾃. 운동 방법은 여러 형태로 할 수 있으나, 일반적으로 두 손을 앞으로 나란히 한 상태에서 다리를 어깨너비만큼 벌리고 발끝은 브이자 형태로 만든다. 그리고 시선은 손가락 끝을 향하며 허리를 꼿꼿이 편 상태에서 기마자세로 그대로 앉으며 엉덩이를 최대로 뒤로 빼며 앉는다.

쉬는 시간 10분이면 푸시업 20회 두 번은 누구든 할 수 있다. 다음 쉬는 시간에는 스쾃 25회 두 번을 주기적으로 하면 신체적 운동과 함께 공부의 능률도 얻을 수 있다. 그리고 엎드린 채로 간단히 할 수 있는 플랭크도 꿀복근과 꿀허리의 특급처방이다. 수험생들이여, 운동으로 건강도 잡고 대학 합격의 영광도 함께 잡아 보자.

현명한 친구의 학원 수강과 과외

친구여, 고통과 인내 속에서 꽃은 핀다

하루 24시간은 누구에게나 똑같이 주어지는 공평한 시간이다. 이 주어진 시간과 관련하여 중·고등학교 시절에는 흔히 '4당 5락'이라는 말을 자주 듣는다. 조금 더 오래 공부하기 위해 잠자는 시간을 줄이면 더 공부를 잘할 수 있다는 말이다. 그런데 이번에는 거꾸로 '5당 4락'이라는 말이 생겼다. 5개의 학원을 다니면 합격이라는 목표를 이루지만 4개만 다녀서는 대학에 떨어진다는 말이다. 부모 입장에서는 단지 우스갯소리로 듣고 지나치기에는 자꾸 마음에 걸린다고 하소연한다.

대학수학능력시험이 향후 절대평가제로 전환되고 논술전형이 폐지되는 등 대입 제도가 변경될 가능성이 높아지면서 학부모와 수험생의 걱정이 커지고 있다. 특히 내신 관리에 실패한 학생들일수록 그 동요가 크다. 그렇다면 좋은 내신을 받기 위해 학원 수강과 과외는 정말 꼭 필요한가?

이런 질문을 아이들과 부모님으로부터 많이 받는 것은 내가 근무하는 학교가 학원특별시라고 불리는 대치동에 위치하고 있기 때문에 더욱 그런 것 같다. 이에 비해 지방에 소재한 고등학교는 대학 입시의 성공을 위해 방과후학교 수업이나 야간자율학습에 올인 한다. 그러나 이곳 대치동엔 학원의 수도 워낙 많지만, 대부분의 학생이 학원 수강을 하고 있다고 보면 된다. 바꾸어 말하면 교사의 입장에서는 그만큼 선행학습을 하고 와서 가르치기도 어렵고 그에 따라 입시지도도 어렵다.

다시 처음으로 돌아가서 앞의 질문에 대해 어떤 이는 '그렇다'고 할 것이고, 또 어떤 이는 '꼭 그렇지 않다'고 대답할 것이다. 어떤 대답이든 여기서 하나 분명한 것은 학원에 가서 아이 성적 문제로 상담하면 대체로 전자의 대답을 들을 것이고, 학교에 가서 상담하면 후자의 대답을 듣는 경우가 많다. 지금 현재로서는 대학 입시가 사라지고 없어지지 않는 한, 앞의 질문과 답변은 계속될 것 같다.

20년이 넘도록 대치동에 있는 학교에 몸담고 있으면서 학생과 많은 부모님으로부터 늘 받는 질문이지만, 답변을 하고도 마음 한 구석이 찜찜했다. 의외로 자식의 모습을 있는 그대로 받아들이는 부모님이 적었다. 초임교사 시절에는 담임으로서 아이를 본 모습을 있는 그대로 모두 얘기했더니, 내 얘기를 그저 듣는 시늉만 하면서 "당신이 내 아이를 알면 얼마를 알아? 내 자식은 내 식으로 가르칠 거야!" 하는 표정이 역력했다. 그래서 그다음부터는 아이에 대해 이실직고하기보다는 듣기 좋은 인사치레의 격려성의 말을 더 많이 하는 내 모습에 스스로 깜짝 놀랐다.

이러한 내 경험을 아마 다른 많은 선생님들도 했을 것이다. 부모들의 태도는 '아이가 가진 문제의 핵심을 정확히 짚어 주는 선생님보다는 듣기 좋은 말만 하는 것으로 담임인 당신의 임무는 여기까지다. 어차피 내 식으로 학원 보내고 과외시킬 테니까' 정도로 느껴졌다. 따라서 학원과 과외에 관한 내 답변도 허술하고 부정확할 수밖에 없었다. 그것은 바로 아이에 성향에 따라, 또 개인적 학습능력에 따라 다르기 때문에 천편일률적으로 동일한 답변을 할수 없었기 때문이다. 실제 담임을 하면서 느낀 점은 학원과 과외가 도움이 된 경우도 물론 있었지만 반대로 오히려 독이 된 경우도 많았다는 것이다.

이 글을 통해 앞에서 말한 학원과 과외에 대해 비교적 명쾌한 답변을 하려고 한다. 정말 사심 없이 있는 그대로 적되, 판단과 선택은 아이들과 부모님의 몫으로 남겨 두고자 한다. 그만큼 아이의 성향과 학습 능력이 저마다 다르기 때문에 일률적인 잣대로 좋다, 나쁘다 이분법적으로 나눌 수는 없다.

그리고 지금 들려주는 이야기는 내 경험에 국한된 것임을 전제하고자 한다. 이 말을 먼저 하는 것은 학원 수강과 개인 교습 과외에 대한 생각이 저마다 다를 수 있기 때문이다. 그 득실을 논하고 또 이분법적으로 나누기도 어려울뿐더러 특히 이 일에 업으로 종사하는 많은 분들에게 선의의 피해가 조금이라도 가서는 안 되기 때문이다.

먼저 현재 학원에 다니고 있는 친구의 이야기를 들어 보자. 그들 중에서 학교에서 진교 1등을 하거나 학급에서 1등을 하는 학생들과 대화를 하며 놀란 것은, 지금 얻고 있는 성적에 비하면 의외로 개인교습인 과외 경험도 거의 없을뿐더러 학원도 남들이 다닌 것에 비해 그 수나 양이 적었다. 또 일반적으로 말하는 이른바 대치동 최고의 학원보다는 단지 자신이 다니기에 편한 학원이 많았다. 그것도 4~5개의 학원이 아닌 1~2개 학원을 다니고, 영어나 수학 정도의 주요 과목을 수강하고 있었다. 사회 탐구나 과학 탐구도 자신이 필요한 과목 위주로 단기간 수강하고 있었다. 그래서 학원을 많이 다니는 친구들에 비해 불안하지 않느냐고 물었더니 현재 잘하는 과목을 다녀서 구태여 시간을 빼앗길 필요가 있느냐는 답변이 돌아왔다. 이 친구들의 공통점은 철저한 자기 공부시간 확보에 있었다.

이런 얘기를 하면 많은 학부모들이 우리 아이는 지금 1등을 못하기 때문에, 또는 반에서 중간, 그 이하이기 때문에 당연히 학원을 더 많이 다니고 과외를 해야 되지 않느냐고 반문한다. 실제로 오랜 기간 담임을 하면서 좋다는 학원은 다 찾아다니고 한 과목에 몇 백 만원씩 하는 고액 과외를 받는 학생도 보았다. 그런데 그 학생들이 졸업하면서 최종 진학하는 대학은 그간 들인 돈, 비용과 시간을 생각하면 그 효과는 생각보다 기대 이하인 경우가 많았다.

내가 맡은 학급에는 이런 친구도 있었다. 고등학교 3년간 학원을 단 한 곳도 다니지 않으면서도 전교에서 최상위권을 유지했던 대단한 친구였다. 집안 형편 때문이기도 했지만, 그 친구는 스스로 자신을 통제할 수 있었다. 학교 수업에서 채워 주지 못하는 부분을 스스로 채울 능력이 있었다. 그런데 이 친구가 고3이 되자, 학교 내에서 라이벌 친구들 대부분은 학원에 다니지 않으면 내신은 몰라도 수능에서는 그 친구가 결정적으로 불리할 것이라고 예상했다.

그러나 그 친구는 주위의 예상을 모두 깨고 아주 높은 점수로 S대에 합격했다. 대한민국 학원의 메카 대치동에서 학원 위주의 공부와 학습을 대상으로 경쟁하여 완벽하게 승리한 것이다. 이 친구의 사례에서 볼 수 있듯이 학원은 1등과 명문대 합격을 위해 반드시 필요한 사항은 아니다. 물론 사교육이 어느 정도 도움이 된다는 사실은 누구나 인정할 것이다. 하지만 학원이나 과외가 반드시 필수불가결한 요소는 아닌, 단지 여러 방법 중 하나일 뿐이라는 점이다.

이런 친구도 있었다. 1학년 때 받은 성적은 학급에서 비교적 상위권에 속했다. 2학년 내내 받은 성적도 항상 그 범주에서 맴돌았다. 수업 태도나 공부하는 자세를 보면 성적이 오를 만한데 오르지 않은 것이 이 친구의 고민이었다. 수회에 걸쳐 정기적으로 면담한 결과, 부모님은 학원이나 대학생 과외는 시켜 주려고 했지만 본인의 고집으로 학원은 전혀 다니지 않고 있었다. 자신만의 공부 방법에 감옥처럼 갇혀 있다 보니 공부의 전환점이 될 만한 새로운 시도를 하지 못하고 있었다. 그래서 학원이든 대학생 과외이든 본인이 시도하고픈 방법을 선택해 보라고 조언했다. 결국 고등학교 선배의 과외를 선택했는데, 이후 성적이 부쩍 오르는 좋은 결과를 얻었다. 선배로부터 공부하는 방법이라든가 출제하는 해당 학교 선생님의 스타일 등 시험에 대비하고 준비하는 방법 등에서 많은 조언을 얻은 덕분이란다.

또 이와는 달리, 다니지 않던 학원에 다니면서부터 성적이 오르기 시작한 친구도 있었다. 이 친구는 여러 학교에 다니는 또래의 친구들이 학원에서 기를 쓰고 열심히 하는 모습을 보면서 스스로 이렇게 공부했다가는 대학에 가지 못하겠구나 하는 동기 유발의 측면에서 큰 자극이 되었다고 술회했다.

이처럼 여러 유형의 학생이 있었다. 공부하는 데 있어 반드시 하나의 방법만이 옳은 것은 아니다. 학교 공부에만 몰입하고도 꿈을 이룬 친구, 부족한 공부를 개인 과외를 통해 채우고 목표를 이룬 친구, 학원에 다니면서 경쟁의 무서움을 비로소 알고 열심히 해서 뒤늦게나마 정신을 차리고 공부를 했던 친구가 있었다. 이렇듯 저마다 가진 기질과 성질도 다르고 그 능력도 천차만별이다. 따라서 중요한 것은 그중에서 자신에게 맞는 공부 방법을 스스로 찾아내거나 주위에 있는 부모님이나 선생님이 아이의 특성을 잘 파악해 조언해 주는 것이다.

지금까지 한 이야기는 다음의 이야기를 하기 위한 전주곡에 지나지 않는다. 어떤 방법으로 공부하든, 어떤 유형의 학생이든 반드시 해야 하는, 반드시 지켜야 하는 그 무엇이 있다. 그것은 바로 다름 아닌 수업 시간의 자세와 태도이다. 성적이 나쁘거나 적어도 성적이 오르지 않는 학생들 사이에는 공통점이 있다. 그것은 바로 수업 시간에 잠이 부족해 집중력이 떨어져 있거나 졸거나 엎드려 잔다는 것이다.

학교 수업 시간에 초집중하여 조금의 흐트러지지 않는 자세로 공부하는 친구치고 내신 성적이 나쁜 경우는 정말 보기 힘들었다. 단적인 예로 최근에 졸업한 학생 중 최상위의 성적의 받았던 L군과 K군은 3년 내내 어떤 수업 시간이든 잠시라도 졸거나 수업 시간 자세가 흐트러진 경우가 없었다. 주요 과목 시간은 물론, 입시와 관련이 없는 과목 시간이라도 한 치의 빈틈이 없었다. 이 학생의 교과서를 보면 수업 시간에 설명된 모든 내용이 단 하나라도 빠지지 않고 모두 메모되어 있음을 보고는 가르치는 내 자신도 놀랐다. 그만큼 수업 시간의 자세와 태도보다 더 중요한 것은 없다고 단언한다.

가끔 수업 시간 태도가 정말 괜찮은데, 이런 학생 중 수능 점수는 생각만큼 안 나온 경우도 있었다. 하지만 내신 성적은 공통적으로 잘 받았다. 그래서 이 학생들은 수시로 대학을 진학했고, 설령 그해 진학에 실패했더라도 재수해서는 더 나은 입시 결과를 받는 것을 분명히 보았다.

이쯤 말하면 학생이나 부모님 모두 충분히 답을 얻었으리라 본다. 그래서 오로지 학원 수강과 과외만을 자신의 핵심 공부 방법으로 선택하려 한다면 다시 한 번 심사숙고하고 고려해 볼 것을 권한다. 학원 수강과 과외가 꼭 1등이라는 고지에 오르기 위한 길도 아니며 고지 자체는 더더욱 아니기 때문이다. 다만 고지에 오르기 편하도록 신은 좋은 신발일 뿐이다. 신발이 좋은지 안 좋은지 보다는 산을 오르는 능력이 중요하기 때문이다. 부대 장비와 환경에 의존하다 보면 결정적인 상황을 헤쳐 나오는 힘이 부족한, 오히려 자신의 능력을 저하시키는 결과를 가져올지도 모른다는 우려를 한다.

앞으로 대입 제도 등 주요 교육정책이 사교육 감소라는 큰 틀에서 기존의 제도가 변경될 전망이다. 이 중 관심의 초점은 대입 정책이다. 대통령은 수능 절대평가를 현재 중3이 대학에 들어가는 2021학년도부터 적용하고, 논술전형은 현 고1부터 없앤다고 공약했다. 현재로서는 정부의 교육정책 방향을 예단하기 어렵지만, 최근 수시전형의 비중이 점차 커지면서 현재 2학년이 치르는 2019학년도 대입에서는 수시에서만 76.2%를 선발하는 것으로 확정되었다. 역대 최대이며 상대적으로 내신이 좋은 학생들이 유리해지는 상황이다.

전형별로 살펴보면 학생부 위주의 전형이 차지하는 비중이 계속 늘어나는 모습이다. 학생부 위주 전형 비중은 2017학년도에 이미 60%를 넘어선 뒤에도 계속 상승하고 있다. 2018학년도는 전체 모집 인원의 74%를 수시로, 2019학년도는 수시모집 인원만 놓고 보면 86.2%를 학생부 전형으로 선발한다.

많은 학생들은 수능과 논술이 내신 관리에 실패한 학생들이 대학에 잘 갈 수 있는 통로, 패자부활전이라고 생각하고 있다. 그러나 앞으로 새 정부의 대입 교육 정책은 수능이 절대평가로 바뀌고 논술이 점점 축소 내지 아예 폐지되는 쪽으로 예상되고 있다. 이렇게 본다면 대입에서 학생부가 차지하는 비중이 높아질수록 1·2등급 학생과 그 외 학생 간 격차가 더욱 커질 전망이다. 따라서 지금보다 더 철저한 내신 관리와 학생부 관리가 필요한 상황이 되어가고 있다.

그렇다면 이제 현명한 친구의 공부는 어떻게 해야 하는가. 우선 늘 깨어 있으라. 그러면 그 친구의 꿈이 이루어질 준비는 기본적으로 다 되었다. 다음에는 충실한 수업 시간과 학교 공부를 바탕으로 입시 준비와 대학 진학 준비를 해야 한다. 기본적으로 학교생활에 충실할 때, 학생부 관리는 저절로 따라온다. 또 내신에 영향을 주는 수행평가 하나라도 놓치지 않아야 한다. 이를 위해서는 평소 교과담당 선생님과의 소통도 그 어느 때보다 중요하다. 물론 부족한 과목은 방과후학교, 학원이나 과외 등 자신에게 적합한 공부 방법을 택하여 보충할 수 있다. 여기서 스스로 공부하고 책임지는, 후회 않는 자신만의 현명한 판단과 선택이 선행되어야 한다.

누누이 강조하지만 바람직한 공부의 중심은 스스로 하는 자기주도적 학습에 두어야 한다. 그렇지 않은 공부는 뿌리가 약하고 튼튼하지 않은 사상누각처럼 한순간에 허물어질 수 있다. 먼저 나서지 않고 뒤에서 묵묵히 응원하고 소리 없이 뒷바라지 하는 부모님의 모습이 절대적이다. 우리 학교 공부 잘하는 누가 다닌다고 그 학원 다 보내고, 누가 성적 올랐다고 하니까 어려운 형편에 대출을 받아서라도 시킨다는 고액 과외의 허상에서 부모님들이 깨어났으면 하는 마음 간절하다. 단언하건대 차라리 부모님의 따뜻한 말 한마디와 어깨 두드려 주는 격려와 사랑이 훨씬 더 나은 결과를 가져온다.

"엄마와 아빠는 언제나 네 편이고, 항상 널 응원한단다."

'학생부' 제대로 알아야 보인다

그래, 지피지기면 백전백승이다

대입전형을 학생부종합 · 학생부교과 · 수능 등 3가지 전형으로 단순화하겠다는 새 정부의 공약이 실현될 것으로 보인다. 논술전형은 축소 · 폐지하고 이후 2021학년도부터는 수능을 절대평가 하겠다는 구상이다. 이에 학생부의 영향이 절대적으로 커질 것으로 보여 학생부 기재에 대한 학생과 학부모의 관심이 매우 커졌다.

최근 '학교생활기록부(이하 학생부)'의 입력과 기재 방법과 내용에 대한 학부모의 관심이 엄청나다. 학교에서 학부모 대상 '학생부' 설명회를 별도로 가질 만큼 그 관심이 참으로 대단하다. 이에 이 지면에서는 평소 학생과 학부모들이 평소 많이 문의해 오는 내용을 중심으로 비교적 쉽게 일목요연하게 정리해 보았다.

대학 입시에서 수시 전형의 중요한 비율을 차지하는 학생부 위주 전형을 놓고 공정성 · 객관성에 대한 사회적 논란은 여전히 남아 있다. '학생부 믿지 마세요'라는 현직 교사의 고백이 있었고, '학생부 대신 써 드립니다'라는 학원 강사의 양심고백도 있었다.

그래서 필자도 지면으로 발표된 그 내용도 꼼꼼하게 읽었다.

이 글을 쓰는 2017년 7월, 이 시점에서 대입전형에 수시가 엄연히 존재하고 있고 수능이라는 정시 하나로만 진행되지 않는 한, 대입 수시에서 학생부종합전형이든, 학생부교과전형이든 간에 우리 모두가 믿을 수 있는 객관적인 평가 자료는 이 학생부밖에 없지 않은가. 따라서 누가 보더라도, 어느 누구도 이의를 제기하지 못하도록 가장 객관적이고 공정한 학생부가 되도록 그 일선에서 작성과 관리의 책임을 지고 있는 모든 교사들의 뼈를 깎는 노력이 필요하다. 그러한 노력이 있을 때, 우리 교육은 물론 모든 교사가 아이들 앞에서 부끄럽지 않고 정말 당당하게, 진정 바르게 설 수 있는 자리를 담보하기 때문이다.

행여나 싶어 다시 한 번 작년과 올해 담임 업무를 맡고 있지 않은 상태에서 보다 냉정하게 내 주변 담임 선생님들을 둘러보았다. 학생부에 대한 몇몇 분의 가슴 아픈 고백 덕분인지 아닌지 모르지만, 선생님들은 스스로 자존감을 찾기 위해 나름 최선을 다해 학생부 작성과 관리를 하고 있음을 본다. 학생들도 수행평가와 학생부 기재와 관련 학교생활과 수업 시간에 있는 그대로 자신을 평가받는 상황에 수긍하는 모습이다. 또 주요 대학에 갈 특정 학생을 학교 측에서 의도적으로 밀어주는 일이 실제 학교에서 일어난다면, 그걸 보고 그냥 침묵할 아이들은 없다고 본다. 아이들은 결코 바보가 아니다.

학생부종합전형은 입학사정관제에 뿌리를 두고 있다. 입학사정관제 때와 달라진 점은 이 전형으로 선발하는 인원이 그때에 비해 압도적으로 많다는 점이다. 수시모집 비중은 2007학년도에 51.5%로, 처음 정시모집 비중을 추월한데 이어 점점 늘어나 2011학년도에는 60%를 넘어섰다. 2018학년도 입시에서는 그 비중이 74%까지 올라갔는데, 2019학년도 수시모집 비중은 이보다 2.5% 포인트 더 늘어 역대 최고 수준을 기록할 것으로 예상된다. 이러한 수시모집은 학생부의 비중이 가장 높다.

수능도 현재 중3이 대학에 들어가는 2021학년도 입시부터 절대평가 방식으로 바뀐다는 예고까지 있어 학생부에 대한 학생들의 관심이 최고조에 달하고 있다. 얼마 전 교육부로부터 앞으로 있을 입시에서 동일하게 적용·반영되는 달라진 학생부의 기재 방법이 전국 모든 학교에 내려와 교사 연수까지 마친 상태다. 따라서 학생부를 제대로 알고 학교생활을 한다면 자신이 가고자 하는 대학이 보다 분명하게 보일 것이다.

학생부의 입력 및 기재 마감일은 학교마다 다소의 차이를 보이지만 대체로 해당 학년 12월이다. 그리고 개학 후, 2월에 2~3회에 걸쳐 학생 본인의 확인을 거쳐 2월 중에 최종 마감한다고 보면 된다. 따라서 학생부 기재 자료는 1학기는 7월 여름방학 전에 2학기는 12월 겨울방학 전에 다 제출해야 하고, 방학 중에 한 봉사활동 등 자료만 방학이 끝나고 제출해도 기재가 가능하다. 다음에서 하생부의 항목별로 핵심 평가 내용과 기재 방법, 유의사항을 보다 세세하고 정확하게 설명하여 학생들과 학부모의 올바른 이해를 돕고자 한다.

첫 번째로, '학적사항'이다. 학적사항은 중요한 평가요소는 아니지만 다른 영역을 평가할 때 참고하는 부분이다. 학적사항에서 보는 부분은 전입학, 편입학, 재입학 등의 변동과 그에 따른 사유이다. 또한 학적사항의 특기사항을 통해 지원자의 학교폭력에 관한 사항도 확인할 수 있다. 학교폭력 사실 자체가 합불 여부를 반드시 결정하지는 않고, 다만 지원자가 학교폭력에 관련되었더라도 행동 특성 등에 긍정적인 변화가 보인다면 지원 대학 측에서 직접 해당 고교 실사(전화 또는 방문) 등을 통해 확인하여 평가에 반영하기도 한다.

두 번째는, '출결사항'이다. 출결사항에서 평가할 수 있는 영역은 지원자의 인성이다. 구체적으로 지원자의 성실성 및 근면성, 자기관리능력, 학업의지 등을 평가할 수 있다. 가장 좋은 것은 결석, 지각, 조퇴, 결과가 없는 것이다. 그렇다고 지각과 결석이 있다고 무조건 불리한 것은 아니다. 질병이나 기타 정당한 사유가 기재되어 있다면 평가에 큰 영향을 미치지 않는다. 다만 무단결석이나 무단지각, 무단조퇴, 무단결과가 반복되는 양상을 보이고 있다면 그 사유를 고려해 평가한다.

세 번째는, '수상경력'이다. 수상의 내용에 따라 학업역량, 인성(비교과 관련 수상), 창의성(말하기 · 글쓰기 · 독서 · 토론 · 외국어 등)을 평가할 수 있다. 지원자의 특기 · 재능 · 관심 · 역량 등을 구체적으로 확인할 수 있으며, 학교생활의 충실도나 참여도를 수상경력을 통해 확인 가능하다. 수상의 내용이 지원 전공 및 계열과 관련이 있다면 전공 적합성 측면에서도 긍정적인 평가를 받을 수 있다.

따라서 결과물이나 수상 과정 및 노력, 이를 통한 성취에 관한 내용을 자기소개서에 기술하면 좋다. 이때 평가자는 단순히 수상 여부나 횟수에 따라 평가하는 것이 아니라, 각 대학에 제출된 고교 프로파일을 통해 학교의 여건(대회의 성격이나 대회참여자 수, 수상인원 등)도 함께 고려하여 종합적으로 평가한다. 수상경력에는 교내 수상만 기재되고 모든 교외상은 학생부 어떠한 항목에도 입력하지 않는다. 아울러 각종 교내대회 참가 사실도 어떠한 항목에도 입력하지 않는다는 점에 유의해야 한다. 학교 내 수상 기록은 많을수록 좋다. 그러나 대학에서는 전국 고등학교로부터 제출받은 고교 프로파일과 공개한 해당 고교의 수상실적 현황 자료를 통해 수상의 내용, 성격이나 참가자의 수 등을 종합적으로 고려하여 평가한다.

네 번째는, '진로희망사항'과 '자격증 및 인증 취득사항'이다. 진로희망사항에서는 지원자의 자기 이해, 모집단위에 대한 관심과 진로 탐색 과정을 확인한다. 학업역량 중 전공에 대한 관심과 의지를 평가하는 데에도 활용하고 있다. 2 · 3학년은 학생의 특기나 흥미, 학생과 학부모가 희망하는 학생의 구체적인 장래희망 직업이나 관심 분야, 희망 사유가 기재된다. 또 진로희망을 실현하기 위한 노력이 창의적 체험활동이나 독서활동과 연계하여 학생부에 나타난다면 더 좋은 평가를 받을 수 있다.

현재 고1부터는 '특기 또는 흥미', '학부모 진로 희망'란이 삭제되었다. 학생의 진로희망이 일관성이 있으면 좋다. 그렇다고 일관성이 없거나 지원 전공과 다르다고 불리한 것은 아니다. 평가자들은 고등학교 시기의 진로가 탐색 과정을 통해 계속 바뀔 수 있음을 고려하기 때문이다. 나만 어떤 계기로 신로희방이 바뀌게 되었는지에 대한 구체적인 이유나 동기를 학생부 진로희망 사유란이나 자기소개서에 언급하면 평가자들이 지원자를 이해하는 데 큰 도움을 줄 수 있다.

한편 자격증 및 인증 취득사항은 일반적으로 특성화고 학생들의 경우 기술 관련 자격증 등을 기재 가능하지만, 보통 일반고 학생들의 경우 기재 가능한 자격증이 제한되어 있으므로 학교에서 담임 교사나 학생부 업무전담교사를 통해 사전 확인이 반드시 필요하다. 그 이유는 애써 취득하고 기재되지 않으면 대부분의 학생들이 매우 실망하기 때문이다.

자격증 중에서 IT 관련 자격증이나 테셋TESAT, 한국어 관련 자격증 등 50여 가지의 자격증 취득은 관련 학과 진학 희망 시에 지원 학과와 관련한 관심과 열정을 피력할 수 있는 좋은 기회가 될 수 있다.

다섯 번째는, '창의적 체험활동상황'이다. 여기서 평가할 수 있는 부분은 인성, 학업역량, 창의성이다. 특히 학생의 관심 분야가 무엇인지 알 수 있는 영역이다. 일회성 활동보다는 고등학교 교육과정에서 꾸준히 활동한 것, 주도적으로 참여하여 자신의 관심과 특기를 계발한 내용이 평가자로부터 높이 평가받는다.

먼저, '자율 활동'에서는 사회성, 학교생활 성실도 등의 인성을 평가한다. 자율 활동은 활동 결과에 대한 평가보다는 활동 과정에서 드러나는 개별적인 행동 특성, 참여도, 협력도, 활동 실적 등을 평가한다. 이수시간과 특기사항을 기록한다.

다음으로 '동아리 활동'에서 평가할 수 있는 영역도 인성, 학업역량, 창의성이다. 구체적이고 자발적인 활동 내용에 초점을 맞추어 학생의 성실성, 지원 학과와 관련한 관심과 열정, 동아리 활동 과정 중 나타나는 문제해결능력이나 독창성 등을 평가한다. 창체동아리(이수시간 및 특기사항 기록)와 자율동아리가 있으며 동아리 활동 평가는 단순히 그 동아리에 참여한 사실이 중요한 것이 아니라, 참여 시간과 기간 등 정량적인 정보를 확인하여 동아리 전체 활동의 결과보다는 동아리 내 개인별 역할과 선후배 간 협력관계를 주목하여 평가한다. 그리고 지원 전공에 대한 관심과 역량을 개발할 수 있는 동아리 활동이면 더 우수한 평가를 받을 수 있지만, 반드시 전공과 관련 있는 활동들만 유리한 것은 아니다. 그런데도 지원 전공과 관련한 동아리 활동이 학생부종합전형에 유리하다는 생각 때문에 최근 학생들의 동아리 활동이 다양화·전문화되어 가고 자율동아리(특기사항만 기록)도 많이 증가했다.

 '봉사활동 및 봉사활동 실적'을 통해 평가자는 지원자의 공동체에 대한 나눔, 배려 등 인성을 평가한다. 학생들이 가장 많이 하는 질문은 '봉사 시간이 많아야만 유리한가?'이다. 평가자들은 단순히 봉사 시간이 많다고 좋은 평가를 하는 것은 결코 아니다. 시간을 채우기 위해서 하는 봉사가 아니라 지원자 본인에게 의미 있고 지속적인 봉사활동인가의 여부가 더 중요하다. 따라서 봉사활동 하나하나의 질적인 측면, 즉 지속성, 일관성, 진정성이 있는 봉사활동과 활동을 통해 배우고 느낀 짐을 피력하는 것이 중요하다. 또 일부 대학에서는 정량평가를 하기도 하므로 고교 생활 동안 일정 시간(40시간 기준) 이상의 봉사활동을 수행해 놓는 것도 염두에 두자. 그리고 봉사활동 영역의 특기사항은 체계적이고 지속적인 봉사활동 등 특기할 만한 사항이 있는 학생에 한하여 활동내용 등 구체적인 사항을 입력한다. 해외에서의 봉사활동은 인정하지 않는다.

 마지막으로 '진로활동'에서 평가할 수 있는 영역은 자기 이해 및 전공적합성이다. 진로 체험 활동, 진로 정보 탐색 활동 등 개인의 관심과 탐색 과정 등 진로에 대한 노력과 열정을 평가한다. 이수 시간 및 특기사항을 기록한다. 창의적 체험활동상황의 영역별 체험활동 특기사항 입력 범위는 이 글의 마지막에 언급하기로 한다.

 여섯 번째는, '교과학습발달상황'이다. 인성, 학업역량, 창의성 등 거의 모든 평가 영역을 평가하며, 예체능교과 발달상황도 성취도를 통해 학교생활의 성실도 등 인성을 평가하기 때문에 신경 써야 한다. 특히 고교 3년간 교과 활동의 기록이기 때문에 지원자가 대학 진학 이후 전공 학과에서 수학하기 위한 기본적인 학업 능력, 전공적합성, 학업의 성실성 등을 판단하는 가장 중요한 항목이다. 대학의 평가자들은 전반적인 성적의 추이와 상승 또는 하락 추세, 전공 관련 교과의 성적을 모두 확인한다.

"지원 대학을 선택하고 결정할 때, 전체적인 내신등급이 더 중요한가요? 아니면 관련 교과의 내신등급이 더 중요한가요?"

학교에서 학생으로부터 가장 빈번하게 많이 받는 질문 중의 하나이다.

일반적으로 내신등급은 다양성의 측면과 전공 관련 측면에서 평가할 수 있다. 즉, 전체 교과의 내신 성적을 중요하게 평가하여 전체 성적의 등급을 중요하게 평가하는 경우와 전공 관련 과목의 성적 위주로 평가하는 경우가 있다. 다음과 같은 사례가 있다. 두 학생은 경영계열 지원자인데, A군은 내신평균등급 2.4, 수학교과등급 3.5인데 비해 B군은 내신평균등급 3.5, 수학교과등급 2.7인 경우이다. 그러나 실제 대학의 평가자들은 단순히 전체 또는 관련 교과의 성적만으로 지원자의 학업역량을 평가하는 것이 아니라, 학생부의 독서활동, 수상경력, 창의적 체험활동 등을 통해 전반적으로 평가한다.

특히 학생부 교과견형은 '교과학습발달상황'에 나와 있는 내신 성적을 절대적으로 반영하기 때문에 고1 중간고사부터 철저하게 준비하고 관심을 가져야 할 항목이다. 그리고 학생부종합전형은 다른 항목들과 함께 종합적으로 정성평가를 한다는 이유로 교과 활동의 중요성을 간과하기 쉬운데, 교과학습발달상황을 통해 평가할 수 있는 부분이 상당히 많고 신뢰도도 비교적 높기 때문에 학생부종합전형에서도 매우 중요한 평가 요소임을 명심해야 한다.

일곱 번째는, '세부능력 및 특기사항'이다. '개인별 세부능력 특기사항'과 '과목별 세부능력 특기사항'으로 최근 들어 대학의 평가자들이 가장 관심을 가지고 보는 영역 중의 하나이다. 담임 교사뿐만 아니라, 수업을 담당하는 모든 교사의 평가가 광범위하게 이루어지기 때문이다. 지원자의 교과 관련 특성, 수업 태도 및 관심영역에 대한 파악, 방과후활동 등이 기재되어 있으며 학생과 교사의 상호작용이 가장 구체적으로 드러나 있다. 지원자 개인의 특성을 보여 줄 수 있는 기록이며 토론, 개인별 과제, 수행평가, 방과후학교 수업 등 학생에 대한 다양한 기록이 가능하기 때문에 학업역량뿐 아니라 창의성 등을 평가하는 매우 중요한 항목이다.

이 항목에서는 학생이 얼마나 수업에 적극적이고 성실히 참여했는지를 기반으로 인성을 평가하고, 전공에 대한 관심과 학습경험을 어떻게 발전시키고 있는지를 통해 지원자의 학업역량을 평가한다. 또한 교과 수업에서 나타나는 독창적인 사고와 문제해결력 등을 통해 지원자의 창의성을 평가한다. 방과후학교 교육활동은 교과학습발달상황의 '세부능력 및 특기사항'에 입력한다. 강좌명, 이수시간을 입력하고 강좌의 주요 내용을 입력하는 경우 30자 이내로 가능하다.

여덟 번째는, '독서활동상황'이다. 고교 3년간 독서활동을 통해 지원자의 학문적 관심 영역과 자기 주도적 학습능력을 볼 수 있는 영역이며, 사고의 깊이와 교양정도 등을 파악할 수 있는 중요한 평가 자료에 해당한다. 앞으로 학생의 독서활동 성향 등은 기재하지 않고, 학기별로 읽은 책의 이름과 저자만 기재하고 전체 학년동안 동일한 책을 '독서활동상황'란에 중복하여 기재할 수는 없다.

"독서의 양, 읽은 책의 권수가 많을수록 좋은 평가를 받나요?"

일반적으로 학생들이 가장 많이 하는 질문이다. 독서는 양이 많다고 무조건 좋은 평가를 받는 것은 아니다. 평가자는 독서를 통해 지원자가 관심 분야를 탐색하고 교과시간에 배운 내용과 연계시켜 학습에 대한 열정을 보이는지를 판단한다. 오히려 과장된 독서 목록이나 고등학교 수준을 벗어난 독서(과도하게 어렵거나 혹은 너무 쉬운 책)는 평가에 불리하게 작용할 수도 있다. 따라서 학교에서 학년에 맞게 권장하는 추천도서와 해당 연도에 청소년에게 가장 이슈가 되는 책을 읽는 것이 좋다. 한 권의 책을 읽더라도 제대로 읽어야만 실제 면접에서 해당 책에 관한 질문을 받았을 때 효과적으로 대답할 수 있음을 명심해야 한다. 책의 권수에는 제한이 없으니 학기별로 3~4권이 적절하다. 오히려 시시하게 낮은 책은 실제로 제대로 읽었는가 하는 점에서 보면 오히려 독이 될 수 있기 때문이다.

여기서 한 가지 꼭 알아 두어야 할 점은 독서활동을 비롯한 학생부의 모든 항목에서 기재와 관련하여 잘 모르면 자신의 소속 학교에서 '학생부 작성 및 기록 관리 전담교사'를 찾아가 질문하면 단번에 가장 원하는 명확한 답변을 들을 수 있다는 점이다. 담임 선생님이 답변해 주지 못하는 부분도 정확히 다 알 수 있다. 학생 스스로 조금만 노력하면 안 될 일은 아무것도 없다.

마지막으로, '행동특성 및 종합의견' 항목이다. 이 항목은 담임교사만 기록할 수 있다. 한마디로 담임 교사의 '교사추천서'라고 할 수 있을 만큼 매우 중요하다. 이를 통해 평가자들은 지원자의 인성이나 개인 특성을 파악할 수 있으며, 특별한 환경이나 학교의 특이점도 파악할 수 있다. 따라서 학생부의 이 항목에서 지원자의 개별적인 특성(교우관계, 학교생활의 충실도와 참여도 등)이 잘 드러난다면 긍정적인 평가를 받을 수 있다.

학교생활기록부는 학생의 고교 3년간의 학교생활을 전부 담고 있고, 지원 대학으로부터 평가받는 가장 공정하고 객관적인 자료이기 때문에 입력 및 작성, 관리의 중요성은 새삼 강조할 필요가 없다. 교사도 학생부 작성 시 다음과 같은 점을 주지하여 작성하고 있으며, 그 유의사항을 참고적으로 말하면 다음과 같다.

다음의 내용은 학생들은 일반적으로 잘 모르고 있는 부분인데, 교사는 학생부 서술형 항목 입력 시에 특수문자, 문단구분 기호(번호) 입력과 미사여구를 사용해서는 안 된다. 특기사항 등에 입력하는 서술형 문장은 명사형 어미로 종결하며, 학생부가 학생의 성장과 학습 과정을 상시 관찰 평가한 누가기록 중심의 종합기록임을 염두에 두고 작성해야 한다.

　학교교육계획에 따른 창의적 체험활동의 가장 중요한 점은 '학교교육계획에 따른 것이어야 하며 반드시 학교가 주최·주관하고 국내 체험활동'이어야 한다는 점이다. '학교장이 승인하여 동일학교급 타 학교에서 주최하고 주관하여 국내에서 실시한 체험활동'만을 입력한다. 학교교육계획 이외의 체험활동은 '교육관련기관(교육부 및 소속기관, 시·도교육청 및 직속기관, 교육지원청 및 소속기관)에서 주최하고 주관한 행사, 청소년 단체 활동, 학교스포츠클럽활동, 봉사활동 등 국내 활동만 학교장이 승인한 경우'에 한해 기재 가능하다.

　각종 공인어학시험(관련 교내 수상실적 포함), 교외 경시대회, 교내·외 인증시험 등의 참여 사실이나 성적(모의고사·전국연합학력평가 성적 또는 관련 교내 수상실적 포함), 교외상, 논문(학회지) 등재나 도서 출간, 발명특허 관련 내용, 해외 활동실적, 부모(친인척 포함)의 사회 경제적 지위 암시 내용, 구체적인 특정 대학명, 기관명, 상호명, 강사명 등은 '행동특성 및 종합의견'란을 포함하여 학교생활기록부의 어떠한 항목에도 기재할 수 없음을 학생들은 꼭 알아 두어야 한다. 또 학생부의 항목(녕역)별 내용은 해낭 녕역에만 기새

되며, 입력 글자 수 초과를 이유로 특정 항목의 내용을 타 항목에 입력하지 않는다.

　모든 학교는 '학생부 작성 교사 연수'를 통해 '항목과 관련이 없거나 기록해서는 안 되는 내용의 기재', '단순 사실을 과장하거나 부풀려서 하는 기재', '사실과 다른 내용을 허위로 기재'하는 등 학생부의 신뢰도를 저하시키는 사례가 절대 발생하지 않도록 각별히 유의하고 있다. 특히 학생부 입력 작성과 관련하여 학생이 교사를 개인적으로 찾아가서 자신에게 유리한 작성을 요청해서는 절대로 안 된다. 마찬가지로 교사도 학생부 서술형 항목에 기재된 내용을 학생에게 작성하여 제출하도록 하는 행위도 엄격하게 금지되어 있다.

　학생부를 통해 평가자는 학생의 자질과 역량이 기록상 일맥상통한지에 대한 내용적 연계성, 학생부교과 · 비교과 영역 간의 연계성, 저학년부터 고학년까지 활동기록의 수직적 연계성을 본다. 즉, 평가자에게 학생부는 교과 담당 교사 기록 간의 연계성, 다른 과목 · 활동과의 연계를 나타내는 수평적 연계성 등을 내포해 각 항목이 개별적으로 나뉘는 것이 아닌 유기적으로 연결된 하나의 종합적 평가 지표이다.

　학생부는 대학의 입장에서 보면 지원자의 다양한 평가 지표를 한눈에 살펴볼 수 있는 자료이다. 반대로 학생 입장에서 보면 지원 대학의 합격 여부를 결정짓는 대학에 제출하는 가장 중요한 시험 답안지이므로 정확하게 잘 알고 있어야 지원하고자 하는 대학이 제대로 보이기 시작한다.

선생님이 말하는 '학생부종합전형'

대학은 아는 만큼 보이고, 꿈은 반드시 이루어진다

서울소재 대학에서 수시전형으로 선발하는 전체 인원 55,698명이다. 이중에서 학생부종합전형(이하 학종) 선발의 비중은 55.7%로 절반이 넘는 큰 비중이다. 서울 상위권 소재 대학만을 파악했을 때 55.7% 라는 비중은 상위권 대학으로 갈수록 학종의 선발 비율은 높다는 것을 나타낸다. 특히 서울대는 수시전형을 학종으로만 선발하고 있으며, 고려대는 올해부터 논술전형을 폐지하고 학종 모집 인원을 크게 늘렸다.

학교생활기록부는 학생부종합전형 평가의 주요 자료로, 고등학교 3년간의 학교생활을 담고 있다. 학생부종합전형에서 학생부는 고등학교 졸업예정자의 경우 3학년 1학기까지, 졸업자는 3학년 2학기까지 기재된 모든 내용을 반영하고 있다. 이 지면에서는 학생부종합전형 평가에 대해 궁금해하는 수험생들에게 도움이 되고자 서류평가에서 학생부를 어떻게 반영하는지 반영 방법을 구체적으로 하나하나 학생들에게 들려주고자 한다. 따라서 수험생들은 학생부 평가 포인트를 참고하여 학교생활을 충실하게 하면서 학생부종합전형을 보다 체계적으로 준비했으면 한다.

얼마 전, 새로 임명된 교육부총리는 후보자 때 EBS와의 인터뷰에서 "학생부종합전형이나 학생부교과전형이 그동안 많이 정착돼 왔고, 학교생활을 하는 것들을 종합적으로 입시에 반영하는 것이 입시의 주안점이기 때문에 수능 제도를 변화시키는 것이 필요하다. 그래서 올해 중3이 대학에 들어가는 2021학년도 수능부터는 수능을 절대평가로 치르고, 현재 수시전형 내에서 점차 학생부종합전형을 늘릴 예정이다."고 말한 점에 주목할 필요가 있다. 또 임명 후에 열린 최근 전국 16개시도 교사 간담회에서도 수능 절대평가 전환을 예고하고 있다.

이처럼 향후 입시제도가 큰 폭으로 바뀌는 상황에서 재수나 삼수를 하면 1학년 학생들은 전혀 새로운 입시 제도를 거쳐야 한다. 특히 그동안 내신이 좋지 않은 학생들은 지금껏 패자부활전으로 수능이나 논술로 이를 만회해 왔다. 그런데 실제로 수능이 절대평가로 바뀌면 변별력이 떨어지게 되고, 아울러 논술전형이 축소되면 학생들은 그만큼 선택의 폭이 줄어들 수밖에 없다.

학생부종합전형은 대학의 입학사정관 등이 학생부와 함께 자기소개서·추천서·면접결과 등을 종합적으로 보고 학생을 선발하는 전형이다. 대입 전형제도가 갖는 점수 위주의 기계적인 선발이나 대학의 선발과 고교 교육 간의 연계와 소통 부재와 같은 단점을 극복하기 위해 도입된 입시제도이다. 즉, 학생이 학교에서 제공하는 교과 수업에 성실히 참여해 길러진 역량을 바탕으로 대학이 학생을 선발하는 입시이다. 대입전형의 실질적인 다양화와 특성화를 살리고 학생부를 비롯한 다양한 전형요소의 심층 분석과 모집 단위별 특성에 맞게 잠재력 있는 학생을 선발하는 것이 목적이다.

따라서 학교생활 전반에 걸친 다양한 교육적 경험과 교과 성적, 교과활동, 비교과활동에 대한 평가가 누적된 학생부를 통해 대학 입학 후 예측력을 높이고 발전가능성이 높은 학생을 선발할 수 있다는 장점이 있다. 종전 입학사정관 전형과 같이 대비 위주의 입시 전형이 아닌, 교과수업시간에 최선을 다해 성실하게 참여하고 학습하면 저절로 자격이 갖추어지는 전형인 셈이다.

그럼에도 불구하고 학종은 교과 성적 1~2등급의 상위권 학생에게만 유리한 금수저 전형이라는 비판이 있다. 사실 상위권 학생들은 학종 외에 학생부교과전형, 논술, 정시 등 어떠한 전형으로도 상위권 대학에 진학할 수 있다. 반면에 교과 성적 3~5등급인 학생은 학생부교과전형이나 정시로도 상위권 대학에 합격하기 힘들다. 그래서 학종 준비를 추천하는 것이다. 학종은 학교생활을 충실히 한 학생이라면 누구나 지원 가능하다. 자신이 희망하는 분야와 관련된 기본적인 학업능력이 있으며, 관련 분야에 필요한 역량을 갖추기 위해 스스로 노력한 성취가 드러나는 학생이라면 학종에 적합한 학생이라 볼 수 있다.

즉, 분명한 진로목표를 갖고 관심 분야에 열정을 쏟은 학생, 자신의 진로탐색을 위해 꾸준히 노력해 온 학생, 도전정신 · 적극성이 뛰어나 리더로서 인정받는 학생, 어려운 교육환경을 극복하려고 노력한 학생, 공동체 의식을 몸소 실천하고 있는 학생이 대학에서 원하는 인재상에 부합하는 학생이다. 그러나 이런 말은 듣기에 따라 추상적이고 막연하게 느껴지므로 보다 구체적이고 세부적으로 말하면 다음과 같다.

대부분의 대학이 학종의 평가 영역으로 학생의 학업역량, 인성, 창의성을 본다. 먼저 학업역량으로 학생의 자기 주도적 학습능력과 전공적합성으로 학생부의 수상경력, 진로희망사항, 창의적 체험활동, 교과학습발달상황, 독서활동상황, 세부능력 및 특기사항, 행동특성 및 종합의견을 주로 평가한다.

다음으로, 인성 항목에서는 학생이 가진 성실성, 공동체 의식, 리더십 등으로 학생부의 출결상황, 수상경력, 봉사활동 실적, 창의적 체험활동, 교과학습 발달상황(예체능 교과), 세부능력 및 특기사항, 행동특성 및 종합의견을 평가한다.

마지막으로, 창의성은 학생의 독창성, 문제해결능력 등으로 학생부의 수상경력, 창의적 체험활동, 독서활동상황, 세부능력 및 특기사항, 행동특성 및 종합의견을 평가하며 모든 영역에 자기소개서 평가가 함께 이루어진다. 지금까지 앞에서 말한 부분들이 학생부의 각 평가 영역에 해당 내용이 직·간접적으로 빠짐없이 기술 내지 반영되어 있어야 한다. 그런 의미에서 고3때부터가 아니라 고등학교 입학한 그 순간인 고1부터 학생 스스로 학생부 기록 관리가 매우 중요한 포인트다.

따라서 신입생은 고등학교 입학할 때부터 '단 한 번뿐인 고등학교생활, 후회 없이 보내자'는 생각을 가지고 학교생활을 해야 한다. 학교에서 열리는 각종 행사를 비롯하여 자신의 꿈과 관련된 동아리 활동, 진로탐색이나 진로행사 활동에 적극적으로 참여하면 좋다. 중학교 때는 하지 않았던 학급임원(회장, 부회장)과 학교임원(학생회장, 부회장, 학생회 간부 등)을 하면서 리더십을 기르고, 책임감을 함양하는 것도 새로운 경험을 하고 배운다는 측면에서 도전적이고 바람직한 활동이다. 동아리(자율·창체동아리) 활동을 하면서 많은 학생과 교류하고 이끌어 가는 과정에서 생기는 갈등들을 해결해 나가며 생각의 폭을 넓히고, 그 가운데 자신을 성장시키는 것도 학종에서 매우 중요한 평가 영역이다.

학생부의 각 평가 영역에서 학생 자신의 모습이 잘 드러나는지 스스로 면밀히 확인해 보는 것이 마지막 학종 지원 여부를 가늠해 보는 첫 단추이다. 따라서 학종에서 좋은 성과를 거두기 위해서는 충실한 학교생활을 해야 하고, 또 기본적으로 반드시 기억해야 할 다음의 세 가지가 있다.

먼저, 수업시간과 학교생활에 적극적으로 참여해야 한다. 학생들은 하루 일과 대부분의 시간을 학교에서 수업시간으로 보낸다. 학교생활을 성실하게 했다는 것은 수업 시간을 성실하게 보냈다는 뜻이 된다. 여기서 꼭 알아야 할 것이 학종은 고3에 올라가서 낮은 성적을 만회하는 패자부활전의 기회로 활용하는 전형이 아니라는 점이다. 해당 교과 성적이 수업 시간이나 비교과 활동과 어떤 연관성이 있는지를 평가한다. 따라서 적극적인 수업 참여를 바탕으로 높은 학업성취도를 거두고, 수업 시간에 생긴 지적 호기심을 다양한 교과 활동이나 독서 활동, 동아리활동 등을 통해 해결하기 위한 노력한 흔적을 찾아내어 평가하는 전형이다.

다음으로, 자신의 강점에 대하여 선택적으로 집중해야 한다. 학종에서는 지원 전공 관련 과목을 상대적으로 중요하게 평가한다. 평가자는 해당 과목의 성취도를 통해 학업능력과 전공적합성, 해당 전공에서의 발전가능성을 지원 전공 관련 교내 활동을 통해 열정과 의지, 전공적합성을 판단한다. 따라서 이깃저것 대충 찔러보자는 식의 활동 참여는 오히려 독이 되며, 자신의 관심 분야에 대한 선택적인 집중이 필요하다. 하나의 활동을 하더라도 진정성 있게 공부하고 참여해서 자신만의 색깔을 만들어 가는 것이 매우 중요하다.

마지막으로, 고등학교 3년간 자신이 참여한 활동의 과정을 빠짐없이 기록해야 한다. 다시 말해 그 활동에 참여하게 된 계기나 동기, 활동 과정에서의 자기 역할이나 노력한 점, 활동 이후의 성과 및 영향 등을 자기만의 방식으로 기록해 두면 학교생활을 하면서 자신의 어떤 점이 성장했고 변화했는지 쉽게 발견할 수 있다. 이러한 자신의 성장 기록은 이후 자기소개서를 쓰거나 면접을 준비할 때도 매우 중요한 자료가 된다. 학종은 사실에 대한 기록을 근거로 학생의 역량과 발전가능성을 평가하므로 구체적인 사실을 기록하는 것이 무엇보다 가장 중요하다.

학종은 고교 3년간의 학교생활을 최대한 잘 보여 주고 어필할 수 있는 전형이다. 학교에서 한 모든 활동들이 소위 말하는 스펙이 될 수 있다는 사실이다. 단순히 교과 성적으로만 평가받는 것이 아니라 다양한 교과 활동과 동아리 활동을 모두 보여 줄 수 있다는 점에서 고1때부터 철저히 준비하고, 학종을 잘만 활용하면 의외의 좋은 결과를 얻을 수 있는 전형이라는 점에서 앞서 말한 교과 성적 3~5등급 학생도 충분히 관심을 가질 만하다.

2018학년도 수시모집인원은 전체 모집인원의 74%로 2017학년도의 70.5%에서 무려 3.5%나 더 늘었다. 게다가 학생부 위주 전형이 더욱 강화되어 2018학년도는 86.4%(223,712명)로 2017학년도 85.8%(211,762명)보다 0.6% 더 늘어났다. 여기서 학생부종합전형의 선발 인원(32.3% · 83,553명)이 유난히 눈길을 끈다. 다시 말해서 상위권 대학일수록 신입생 선발에서 학종 전형의 비중이 매우 크다는 얘기다.

학종으로 학생을 선발할 역량을 갖춘 대학은 주로 상위권 대학이라는 점과, 이들 대학에 지원하는 학생은 대부분 교과 성적이 우수해 비교과영역 평가에 무게를 두는 것으로 보인다. 상위권 대학이 학종을 선호하는 이유 중 하나는 자신들이 원하는 인재상에 부합하는 학생을 선발하려는 것이기 때문에, 학종을 준비할 때는 지원하고자 하는 해당 대학별 인재상을 꼼꼼히 살펴보는 게 무엇보다 매우 중요하다.

그런데 학종을 준비하고 지원하는 데 있어서 염두에 두어야 할 유의사항이 있다. 먼저 공교육 밖에서 실시되는 각종 외부행사 참여나 사설 기관에서 실시하는 각종 대회 수상실적, 해외 봉사활동 등 사교육 유발 요인이 큰 교외 활동을 통해 얻어진 결과물은 평가에 반영하지 않는다는 사실이다. 그리고 자기소개서는 학생부에 기재되어 있는 활동을 근거로 작성해야 한다. 특히 공인어학 성적 및 교과(수학, 과학, 외국어) 관련 교외 수상실적을 자기소개서에 작성할 경우 0점(또는 불합격) 처리되므로 이 점은 각별히 유념해야 한다.

학생부종합전형은 학생이 자신을 가장 잘 보여 주는 스토리이다. 바꾸어 말하면, 우리에게 감동을 주는 것은 올림픽 메달이 아니라, 그 준비 과정에서 드러나고 확인되는 운동선수들의 스토리이다. 자신을 잘 표현하여 상대방의 마음을 움직일 수 있는 것은 결과가 아니라 그 과정이다. 고등학교 3년간 자신의 성장과 변화의 과정을 학생부와 자기소개서의 기록과 내용으로 보여 주는 것이 학종을 준비하는 가장 중요한 핵심이다. 따라서 학종에 대한 관심과 준비가 대학 입시의 최종 결과를 얼마든지 다르게 가져올 수 있다는 사실을 명심하자.

지금 여러분이 흘리는 땀과 노력이 풍성한 결실로 열매 맺기를 진심으로 바란다. 대학은 내가 아는 만큼 보인다.

잘 쓴 자기소개서, 잘못 쓴 자기소개서

나는 자소서로 '대학 입학 신춘문예'에 도전한다

대학 입시에서 제출하는 서류의 하나인 자기소개서는 지원자가 자기 자신을 소개하는 글이며 고교 재학 기간의 학교생활을 다각도로 평가받는 매우 중요한 자료이다. 특히 자기소개서는 세부내용을 지원자가 작성할 수 있으므로 학생부를 보완하는 중요한 평가 자료이다.

대학 입시의 수시전형에서 제출하는 '자기소개서'의 중요성은 새삼 두말할 나위 없다. 무엇보다 자신을 보여 줄 수 있는 '스토리'이다. 기본적인 학생부 관리가 이뤄졌다고 판단되면 곧바로 자기소개서 작성에 돌입해야 한다. 그런데 학생부종합전형을 처음 준비하는 학생들의 경우 대체로 수시를 앞둔 고3 8월부터 뒤늦게 자기소개서를 작성하다 보니 곤혹스러워 하는 모습을 많이 볼 수 있다. 수시전형 지원자들이 가장 고충을 겪는 것이 자기소개서인 만큼 미리미리 준비해야 한다.

자기소개서의 핵심은 그 안에 자신의 모습을 충실하게 담아내는 것이다. 자기소개서는 생각보다 작성에 많은 시간과 노력이 소요되기 때문에 반드시 미리 초안을 준비해 놓고 계속 다듬고 고쳐 나가야 한다. 최근 언론 보도에 고액의 돈을 주고서 받은 대필 자기소개서를 제출하는 학생이 있다는 보도를 접하고 학교에서 자기소개서 작성을 직접 지도하는 입장에서 안타까움과 탄식을 금하지 않을 수 없다. 만약 실제로 그러한 사실이 있다면, 각 대학에서는 평가 자료의 신뢰성 및 공정성 확보를 위해서라도 학생부 기재 내용과 자기소개서를 철저하게 상호 비교·평가하고, 자기소개서 표절 및 유사도 검색시스템을 더욱 강화하여 선의의 피해자가 나오지 않도록 해야 한다.

매년 학교에서 입시를 앞두고 자기소개서를 써 온 많은 학생들을 지도하다 보면 의외로 가볍게 여기고 단시일에 대충 작성하여 쉽게 제출하는 학생을 본다. 자기소개서는 단순한 하나의 글을 넘어서는 지원자 자신을 온전히 드러내는 글로서 고교 시절 학교생활 전부를 그대로 평가받는다. 그래서 자기소개서는 가히 '신춘문예 응모작품'에 비견되어야 한다는 것이다.

더욱이 자기소개서가 지원 대학 합격과 불합격을 결정하고 지원자의 향후 삶과 인생이 결정되는 평가 자료임을 고려한다면, 그 의미와 중요성을 더 이상 말해서 무엇 하겠는가. 평가자의 입장에서는 분명 '잘 쓴 자기소개서'와 '잘못 쓴 자기소개서'로 정확하게 구분되어 점수를 매긴다. 그리고 이를 바탕으로 지원 대학의 합불이 결정되고 있다는 사실을 감안한다면 결코 가벼이 여길 수 없다.

먼저 '잘 쓴 자기소개서'와 '잘못 쓴 자기소개서'란 무엇인지 알아보자. '잘 쓴 자기소개서'는 대체로 지원 대학 및 학과의 특성을 충분히 이해하고 주어진 문항의 의도에 맞게 답을 기술한다. 또 학생부에 기초해 자신의 강점을 자신의 말과 목소리로 잘 풀어쓰며, 특히 구체적 사례를 들어 배우고 느낀 점 등 내면의 성숙 과정과 발전가능성을 솔직하게 표현한다. 문장은 다소 서툴지만 쓴 학생의 진정성이 드러난다. 게다가 1~4번 문항에 각기 다른 내용이 담겨 있지만 전체적으로 일관성이 보이고, 문항에서 요구하는 제한된 글자 수를 최대한 활용한다.

한편 '잘못 쓴 자기소개서'는 문항의 의도에 맞지 않은 내용으로 작성하고, 학생부와 대조했을 때 사실관계가 맞지 않아서 신뢰성이 떨어진다. 대체로 교내활동, 수상실적 등 학생부에 나와 있는 실적만 과도하게 나열하고 있는 경우가 많다. 특히 구체적인 상황과 행동, 결과가 드러나지 않고 추상적으로 자기자랑만 늘어놓거나 허위·과장으로 작성하면서 미사여구만 늘어놓는다. 또 같은 내용을 반복하고 일관성이 없으며 기재 내용이 너무 적거나 오타가 있다든지, 양식에 맞지 않게 작성하여 작성한 학생의 성의가 없어 보인다.

이제 자기소개서 1, 2, 3번 공통문항(모든 대학 공통)과 4번 자율문항의 순서대로 자기소개서 기술의 잘된 사례를 중심으로 구체적으로 살펴보자.

【문항 1】

고등학교 재학 기간 중 학업에 기울인 노력과 학습 경험에 대해, 배우고 느낀 점을 중심으로 기술해 주시기 바랍니다. (1,000자 이내)

 - 자기 주도적으로 학습했던 경험을 소재로 자신의 학업역량과 잠재력을 평가할 수 있도록 작성하면 좋다. 학업에 대한 열정이 나타나게 기술하거나 구체적인 학업계획을 수립하고 실천한 모습, 목표를 세우거나 꾸준히 준비하여 성취하는 과정, 모집단위 관련 과목의 학업성취도 상승을 위하여 기울인 노력, 학업 중 생긴 어려움을 극복한 사례, 보충심화과정이나 학교특색프로그램, 방과 후 학교활동을 중심으로 기술하면 좋다.

【문항 2】

고등학교 재학 기간 중 본인이 의미를 두고 노력했던 교내 활동을 배우고 느낀 점을 중심으로 3개 이내로 기술해 주시기 바랍니다. (1,500자 이내)

 - 학생부에 기록되어 있는 활동 중에서 본인의 지원 전공과 관련된 활동이나 자신의 역할이 두드러진 활동 중심으로 작성하면 좋다. 다양한 교내 활동을 통하여 자신이 깨달은 교훈적 내용을 부각하고 자신의 성장에 미친 영향, 진로희망과 관련하여 기술하거나 일회적 활동보다는 지속적이고 꾸준한 활동을 중심으로 기술해야 한다.

【문항 3】

학교생활 중 배려, 나눔, 협력, 갈등관리 등을 실천한 사례를 들고 그 과정을 통해 배우고 느낀 점을 기술해 주시기 바랍니다. (1,000자 이내)

– 자신의 역할이 두드러진 구체적인 사례를 한 가지 선택해서 본인의 생각이나 의식이 변화해 간 과정에 대해 솔직하게 작성하면 좋다. 타인을 존중하고 약자에 대해 자신이 배려한 경험, 자신이 가진 것을 나눈 경험, 협력을 통해 어려움을 극복하고 목표를 달성한 경험, 갈등 상황에 부딪혔을 때 문제를 해결한 경험이나 가급적 자신의 장점을 부각시킬 수 있는 사례 중심으로 기술하도록 한다.

【문항 4】

자율문항으로 대학마다 다르다. 기술 방법과 주요대학 자율문항을 제시하면 다음과 같다.

– 지원 전공과 관련된 다양한 독서활동 경험, 학습과정에서 생긴 지적 호기심을 해결하기 위해 읽었던 독서 경험, 지원 전공에 대한 자신의 꾸준한 노력과 남다른 열정이 드러날 수 있도록 객관적인 근거를 들어 기술하면 좋다. 대학마다 다른 자율문항 4번은 지원 학과에 대한 지원자의 역량을 마지막으로 밝히고 드러내는 항목이므로 다른 문항보다 더 심혈을 기울일 필요가 있다. 수업 경험뿐 아니라 방과후학교 수업, 연구 소논문, 독서 등을 통해 이

떻게 탐구정신을 길렀는지, 각종 대회 참가와 수상 등에서 자신이 구체적으로 무엇을 배우고 느꼈는지를 근거로 작성하여 설사 내신 성적이 낮더라도 교과에 대한 잠재적 역량을 어필해야 한다.

 하나의 자기소개서를 여러 대학에 제출해도 되는지를 가지고 많은 학생들이 질문한다. 대답은 '된다'이다. 대부분의 대학이 한국 대학교육협의회에서 제공하는 공통 양식을 활용하기 때문이다. 지원하는 대학마다 각기 다른 자소서를 쓴다는 것은 현실적으로 어렵기도 하지만, 꼭 필요한 부분도 아니다. 따라서 하나의 자소서를 여러 대학에 제출하는 경우 자기 표절에 해당하므로 표절(유사도)로 처리되지 않으므로 학생들은 이에 대한 걱정은 하지 않아도 된다.

 다음은 자소서를 준비하는 많은 학생들에게 실제로 도움을 주기 위해 '인문 과정'과 '이공 과정'의 '잘 쓴 자기소개서'의 구체적 사례를 든 것이다. 해당 자소서를 쓴 두 학생의 동의를 얻어 게재한다. 이 학생들은 필자가 재직 중인 학교에서 열린 '교내자기소개서쓰기대회'에서 이미 2학년 때 수상했으며, 2017학년도 서울대학교 수시전형에 모두 합격했다. 단, 학생의 성명은 개인정보 보호를 위해 생략한다.

1. 고등학교 재학 기간 중 학업에 기울인 노력과 학습 경험에 대해, 배우고 느낀 점을 중심으로 기술해 주시기 바랍니다. (1,000자 이내)

[인문 과정 사례]

경영인이 꿈인 저는 경제 공부와 인문학 독서활동에 특별히 관심을 갖고 열심히 노력하였습니다. 경제 공부는 고교 입학을 앞두고 아버지께서 '세상 보는 눈을 넓히기 위해서는 경제를 알아야 한다'고 하시며 경제신문 읽기를 권유하신 것이 계기가 되었습니다. 경제신문은 경제 분야에 흥미를 갖게 했지만 저의 미흡한 경제 지식으로는 이해하기 어려운 부분들이 많았기에 기초부터 공부하기로 결심하고, 『맨큐의 경제학』을 노트 정리하면서 정독하는 방법으로 공부하였습니다.

이렇게 익힌 경제개념을 바탕으로 교내경제경시대회에 출전하여 좋은 결과를 얻었고, 이후 동아리에서 뜻을 같이하는 부원들과 심화된 경제 공부를 위해 경제이해력검증시험에의 도전을 목표로 특정 분야를 선택해서 준비한 뒤 발표하는 방식으로 공부하였습니다. 도전 과정에서 유독 경제 분야의 점수가 낮아 좌절한 적이 있었는데, 이때 사회 선생님께서 추천해 주신『죽은 경제학자들의 살아 있는 아이디어(토드 부크홀츠)』가 큰 도움이 되었습니다. 이 책을 통해 문제로만 접하던 경제이론이 어떤 시대적 배경에서 나왔는지를 알게 되자 경제이론들이 포괄적으로 이해되면서 쉽게 극복할 수 있었습니다.

경제 공부 외에도 인문학의 중요성을 강조한 스티브 잡스의 영향을 받아 인문학 서적을 많이 읽어 인간에 대한 이해를 넓혀 가고자 노력했습니다. 왜곡된 역사를 사실적으로 고찰한 서적을 읽으면서 역사를 대할 때의 자세를 익혔고, 번역본으로 읽었던 영문 소설을 원서로 다시 읽어 보거나 한문 시간에 배운 한시 작성법을 응용하여 한시를 직접 창작해 보는 등의 활동을 통해 여러 나라의 문학을 경험해 보면서 타 문화권의 사고방식을 접하기도 했습니다. 또한 여러 문학작품을 접하면서 갖게 된 철학적인 질문에 대해 끊임없이 고민하고 이와 관련된 철학사의 사상을 나룬 서적을 읽고 철학과 교수님과 직접 대화를 나눠 보면서 스스로 답을 찾아가기도 하였습니다. 이러한 일련의 경험들은 제 사고의 깊이를 더해 준 의미 있는 경험이 되었습니다.

[이공 과정 사례]

제 꿈은 전기 공급의 패러다임을 바꾸는 압전소자 전문가입니다. 학교 물리 시간에 압력을 주면 소리를 발생시키는 압전소자 마이크에 대하여 공부한 경험이 있습니다. 압전소자에 대해 배우고 나서, 건물이 중력에 의해 땅을 누르는 힘을 이용하여 건물 밑에 설치한 압전소자 판을 누른다면 많은 전기를 얻을 수 있다고 생각했습니다. 그래서 서울대 전기정보공학부 교수님과 메일을 주고받으며 관련된 책도 읽어 보았습니다. 가끔 어려운 개념이 나왔으나, 학교에서 배운 용어들의 정확한 정의들을 바탕으로 곱씹어 생각하면 이해가 되었습니다.

압전소자에 대해 알아 가면서, 정지된 건물은 변화하는 압력을 주지 못해 발전이 불가능하다는 사실을 깨달았습니다. 압력을 가하는 방향을 변화시키고 싶어서 물리 선생님과 의논을 했습니다. 그러다가 압전소자 판을 회전시키면 건물의 압력이 일정하더라도 압력이 변화하는 효과가 있다는 사실을 알았습니다. 지금 기술로는 압전소자의 발전량보다 판을 회전시킬 때 필요한 전력이 더 큽니다. 그래서 압전소자의 효율성을 높이는 기술 개발이 선행되어야 합니다. 저는 그러한 연구를 진행해 보고 싶다는 생각을 했습니다.

이러한 탐구과정을 거치면서, 무엇보다도 문제를 마주했을 때 관점의 전환이 필요하다는 사실을 깨달았습니다. 저는 문제 해결의 관점을 건물에서 압전소자 판으로 전환하였는데, 이러한 변화는 문제 해결에 있어서 큰 도움이 되었습니다. 또한 교과과정 밖의 영역을 자유롭게 탐구하는 즐거움을 아는 계기가 되었습니다. 학교에서는 정해진 일정에 맞추어 배우다 보니 자기 주도적으로 할 수 있는 활동이 제한되어 있었지만, 책을 찾아보며 압전소자를 배우는 경험은 정말 흥미로웠습니다. 대학에 입학한 후 압전소자에 관한 지식을 얻어 향후에 더 많은 힘을 버티는 구조를 가지는 압전소자를 만드는 일을 하고 싶습니다. 이를 통해 전기 공급의 패러다임을 정부주도형에서 자가발전으로 바꾸어 송전과정의 전력손실을 없애고, 친환경적이고 안전한 발전을 하는 것이 저의 목표입니다.

2. 고등학교 재학 기간 중 본인이 의미를 두고 노력했던 교내 활동을 배우고 느낀 점을 중심으로 3개 이내로 기술해 주시기 바랍니다. 단, 교외 활동 중 학교장의 허락을 받고 참여한 활동은 포함됩니다. (1,500자 이내)

[인문 과정 사례]

첫째는, 한일문화교류활동입니다. 평소에 일본 문화에 관심이 많아 일본의 드라마나 노래 등을 접하면서 간단한 일본어 회화가 가능해졌는데, 이를 바탕으로 출전한 교내 일본어 말하기 대회에서 수상을 하게 되어 1학년에서는 유일하게 교류 활동에 참가할 수 있게 되었습니다. 자매학교 학생들이 한국을 방문하였을 때 저는 미숙할지라도 영어보다는 일본어를 사용하여 소통하려 노력하였고, 이 덕분에 영어로 소통하는 것에 어려움을 겪던 학생들과 빠르게 친해졌습니다. 당시 헤어질 때 친구들에게 일본어를 더 학습하여 다음에는 더 잘 대화하겠다고 약속했고, 이를 위해 스스로 노력하였습니다. 덕분에 겨울에 자매학교를 방문하였을 때 다양한 주제로 대화가 가능해졌고, 대화하면서 일본인으로부터 배울 점이 많다는 것을 알게 되었습니다. 이 경험을 통해 일본인에 대한 적대적인 감정보다는 소통과 이해가 필요하다고 느끼게 되었고, 나아가 더 깊은 교류와 이해를 위해 일본어를 제2외국어로 선택하여 학습하게 되었습니다.

둘째는, 경제보드게임을 제작한 경험입니다. 저는 교내 경영경제동아리의 부장으로서 동아리 활동하면서 제작했던 역할극 게임인 '국제무역게임'을 실제로 보드게임으로 구현하여, 더 많은 친구들이 즐기면서 재미있게 경제 개념을 익히도록 하고 싶었습니다. 이 게임은 17~18세기 중상주의 시대인 유럽을 배경으로 하여 게임 진행을 통해 고전학파 경제학의 태동 배경을 이해할 수 있도록 구성되었는데, 이 게임의 제작을 위해서 저는 관련된 역사적 배경과 경제 이론들을 깊이 있게 조사하였습니다. 이렇게 제작한 보드게임을 검증받고자 한국보드게임협회가 주최한 박람회 '보드게임콘'의 시연회에 출품하여 추천작품으로 선정되었고, COEX 전시홀에서 여러 관람객들에게 게임을 시연하여 관람객들로부터 호평과 격려를 받았습니다. 이를 더 발전시켜 학교 축제에서도 발표하여 큰 인기를 얻었습니다. 새로운 창작물을 만들어 내는 이러한 과정 속에서 뜻한 바를 이루어 낼 수 있다는 자신감을 갖게 되었습니다.

셋째는, R&E 연구 프로젝트입니다. 저는 온라인 게임을 매개로 활용하는 연구 방법을 사용했는데 이는 게임 사용자들 간의 상호작용이 현실과 거의 유사하여 사회 현상을 대입해 탐구할 수 있다고 생각했기 때문입니다. 고등학교 1학년 때에는 게임 실력에 따라 승패가 갈리는 게임과 능력에 따라 소득이 달라지는 현실을 접목시켜 최저생계비의 기준이 과연 그 수혜자가 만족할 만한 정도인지를 분석하였습니다. 그 결과 그들이 실제로 희망하는 액수 이상을 받고 있다는 사실을 도출했지만 여전히 불만족도가 높은 이유를 탐구하였고, 발견한 문제점을 해수하기 위해 타국의 도입

할 만한 제도를 조사하여 올바른 복지의 방향을 제시했습니다. 고등학교 2학년 때에는 주식시장과 매우 유사한 온라인 축구게임의 이적 시장을 접목시켜 투자자 심리를 고려하여 투자할 경우 이득을 볼 수 있는지에 관한 연구를 진행했고, 장기적인 안목과 자신의 투자에 대한 믿음이 손익에 주요한 영향을 끼친다는 결론을 도출했습니다. 이런 연구 활동은 제 호기심을 창의적인 방법으로 해소할 기회가 되었습니다.

[이공 과정 사례]

1) 서울대학교 공과대학 프런티어 캠프

저는 서울대학교 공과대학 프런티어 캠프에서 전기정보공학부에 참여했는데, 가장 흥미로웠던 분야는 로봇의 이동 방식이었습니다. 로봇의 이동 방식은 이동의 자유도에 따라 홀로노믹과 논홀로노믹으로 나눌 수 있다는 점을 배웠습니다. 이를 토대로 우리 조는 집게로봇을 만들어 볼펜을 운반하고, 굴착기 로봇도 만들어 로봇축구도 해 봤습니다.

그러고 나서 로봇의 이동 방식에서 적은 바퀴 수로 최대의 자유도를 얻는 방법에 대하여 조원들과 토의하였습니다. 원래는 바퀴를 삼각형으로 배치하는 방법을 생각했는데, 조원들과 브레인스토밍을 하는 과정에서 저는 이 방법을 발전시켜 볼 형태의 바퀴를 제안했고, 팀원들이 이를 좋은 방식이라 여겨서 그 이후에는 볼 형태의 바퀴에 대한 모터에 관해 생각을 나누었습니다. 여기서 가장 크게 느낀 점은 공학자는 남들과의 협력을 통해 더 나은 아이디어를 제시할 수 있다는 점이었습니다. 또한, 로봇을 만드는 과정에서도 조원들 간의 협력이 필요했습니다. 제 경우, 로봇을 직접 제작하는 것은 서툴러서 다른 팀원들이 조립을 맡아 주었고, 저는 이론을 바탕으로 로봇을 설계하는 데 흥미가 있어서 전체적인 로봇 설계를 담당했습니다. 효율적인 분업을 통해 좋은 결과를 얻은 것이 뿌듯했습니다.

2) 과학탐구토론대회

저는 과학탐구토론대회에서 태양열을 이용한 난방을 주제로 연구를 진행했습니다. 이 대회는 제게 친환경 자가발전의 꿈을 가지는 계기가 되었습니다. 대회를 준비하면서, 발전소에서 가정으로 송전하는 방식은 전선에서 많은 전력이 손실된다는 사실을 알았습니다. 또한 기존의 발전 방식인 화력발전과 원자력발전은 각각 환경오염과 안전성이라는 문제를 가지고 있습니다. 저는 이 두 가지 문제를 모두 해결하고 싶었습니다. 낮에 오랜 시간 동안 차를 야외에 방치하면 그 내부가 매우 더워져서 곤란했던 경험이 있습니다. 이를 토대로 건물 외부에 공기층을 만들어 태양열로 공기를 데우고, 뜨거워진 공기를 실내로 유입하는 방안을 생각했습니다. 대회가 끝난 후에, 난방에서만 자가발전을 하는 것이 아니라 실생활 모든 분야에서 각 가정이 자급자족하는 방향을 찾아보았습니다. 여기서 전기 자체를 집에서 스스로 만들 수만 있다면 문제가 해결될 것이라 생각했습니다. 마침 학교 물리시간에 배운 압전소자가 떠올랐습니다. 압전소자를 이용한 발전에서는 전선이 필요 없고, 기존의 태양광 집광판의 문제점이었던 눈부심 문제도 해결할 수 있다고 생각했습니다. 그래서 저는 압전소자를 이용한 자가발전에 대해 흥미를 가지게 되었습니다.

3) 서울대학교 자연과학대학 캠프

서울대학교 자연과학대학 캠프를 가기 전부터 삼각함수를 다항함수 꼴로 표현하는 방식에 관해 관심이 있었는데, 수리과학부 캠프에서 배운 테일러 전개를 통해 이를 할 수 있었고 바젤문제를 풀어 보았습니다. 이 과정에서 교수님께 미분가능성에 대해 지적받았는데, 이를 통해 수학의 논리적 흐름에 대해 생각해 보았고, 앞으로 수학을 하면서 문제 풀기에 급급해 논리 흐름을 잃는 일이 없도록 스스로 다짐하는 계기가 되었습니다.

3. 학교생활 중 배려, 나눔, 협력, 갈등 관리 등을 실천한 사례를 들고, 그 과정을 통해 배우고 느낀 점을 기술해 주시기 바랍니다. (1,000자 이내)

[인문 과정 사례]

저는 친구들이 이해하지 못한 수업 내용을 설명해 줄 때마다 제 지식으로 남을 도울 수 있다는 것에 보람을 느꼈는데, 더 많은 도움이 필요한 사람을 돕고자 1학년 겨울방학 때부터 중학생을 대상으로 영어를 가르치는 1:1 멘토링 봉사활동을 시작하게 되었습니다. 하지만 그 과정이 순탄치만은 않았습니다. 멘티가 숙제를 해오지 않거나, 심지어는 나타나지 않는 경우도 많아 크게 상심한 저는 멘티 교체 요청을 심각하게 고민하기도 했습니다. 멘티와의 진지한 대화 후 저는 제가 봉사시간 채우기에만 연연했던 것은 아닌지를 반성하게 되었고, 그 후 저는 멘티가 온전히 수업 내용을 이해하기 전까지는 수업을 끝내지 않았습니다. 달라진 저의 모습을 보고 멘티는 저에게 조금씩 마음을 열었고, 나중에는 사생활을 이야기할 정도로 가까운 사이가 되었습니다. 이에 더불어 멘티의 영어 실력은 꾸준히 상승하여 처음 시작할 때 60점대였던 영어 성적이 졸업시험에서 97점까지 올랐는데, 당시 기뻐서 전화하던 멘티의 목소리와 감사 인사를 하시던 멘티의 어머님이 기억에 남습니다. 특히 현재 고교 입학을 앞두고 의욕적으로 공부하고자 하는 멘티의 모습을 보면서 도움을 주려는 대상과의 절대적인 신뢰 관계를 형성하고 끝까지 포기하지 않는 자세가 얼마나 중요한지 깨닮게 되었습니다.

　다음은, 후배들을 위한 '정기고사 기출문제 해설집' 제작 활동입니다. 1학년 당시 도서관에서만 접할 수 있는 기출문제지가 정답과 해설이 없어 실질적인 도움이 되지 못한 경험에 비추어 친구들에게 제작을 제안했고, 제 의견에 동조한 친구들과 동아리를 만들어 시작하게 되었습니다. 그러나 많은 작업량과 적지 않은 제작비용으로 활동 중에 의욕을 잃고 포기하자는 부원들이 대다수였지만, 저는 스스로 더 많은 과목을 맡으면서 부원들에게 제작을 끝냈을 때의 성취감을 생각하자며 격려했습니다. 우여곡절 끝에 해설집이 성공적으로 제작되어 후배들이 이를 가지고 공부하는 것을 보았을 때 뿌듯함을 느꼈고, 이 활동을 후배들이 이어서 지속적으로 나눔을 실천할 수 있도록 하였습니다.

[이공 과정 사례]

　저는 학교에서 축구 대표로 활동한 경험이 있습니다. 제 포지션에 저보다 기량이 나은 친구가 있어서 처음엔 선발로 경기에 출전하지는 못했습니다. 주전선수가 되고 싶어서 그 친구에게 연습을 같이하자고 제안했지만 그 친구가 제안을 거절해서 조금 섭섭한 마음도 들었습니다. 그래서 어쩔 수 없이 다른 학교 축구부에 있는 친구와 연습을 같이했습니다. 꾸준히 노력한 결과, 겨울방학이 끝날 무렵부터는 저도 출전 기회를 자주 부여받게 되었습니다. 새학기가 시작되고 나서, 마침 강남구 축구리그가 개막했습니다. 저는 그때부터 정말 원하던 붙박이 주전으로 경기에 임할 수 있었습니다. 그렇게 몇 경기를 치르다 보니, 언젠가부터 그 친구가 제 미드필더 파트너로서도 운동경기에서 주전으로 뛰는 시간이 줄었습니다. 경쟁시스템의 결과라는 느낌이 들 때도 있었지만, 제가 벤치에 있을 때의 힘들었던 경험이 떠올라서 그 친구가 안쓰러워 그 친구를 배려하고 싶었습니다. 그래서 저는 팀이 크게 이기고 있는 상황에서는 감독님께 몸 상태가 좋지 않아서 그 선수와 교체하고 싶다고 말했습니다. 그렇게 그 친구가 뛰는 모습을 보니 저 스스로는 뿌듯한 마음도 들었습니다.

축구경기의 목적은 승리하는 것입니다. 그러므로 축구에서는 효율성이 가장 중요해서, 기량이 가장 좋은 사람이 출전해야 합니다. 그러나 저는 팀 내부 분위기와 그 친구의 감정이라는 수치로 표현할 수 없는 것에 대해 고민을 했습니다. 그리고 그 친구와 출전 시간을 나눠 가지려고 노력했습니다. 제 선택이 가장 합리적이라고 생각하지는 않습니다. 다만, 저는 그 친구의 마음을 누구보다 잘 아는 입장에서 그 친구와 같이 축구하고 싶었습니다. 비록 우리 학교는 강남구 조별리그를 통과하지 못했습니다. 그러나 사람이 사는 세상에서, 갈등을 일으키면서까지 결과를 고집하는 것보다는 타인과 함께 사는 것이 바람직하다고 생각합니다. 이러한 경험을 하면서, 저는 공학도가 된 후에도 다른 사람을 먼저 생각하는 자세를 가져야겠다는 깨달음을 얻었습니다.

4. 고등학교 재학 기간(또는 최근 3년간) 읽었던 책 중 자신에게 가장 큰 영향을 준 책을 3권 이내로 선정하고 그 이유를 기술하여 주십시오.

  * '선정 이유'는 각 도서별로 띄어쓰기를 포함하여 500자 이내로 작성

  * '선정 이유'는 단순한 내용 요약이나 감상이 아니라, 읽게 된 계기, 책에 대한 평가, 자신에게 준 영향을 중심으로 기술

[인문 과정 사례]

  1)『구글은 어떻게 일하는가(에릭 슈미츠, 조너선 로센버그, 앨런 이글/ 박병화)』

  1학년 진로수업 시간 때 선생님께서 미래를 선도할 여러 기술을 소개하는 다큐멘터리를 보여 주셨는데, 거기서 '구글 글라스'와 '구글 무인자동차'가 소개되었습니다. 저는 단순한 검색엔진 사이트를 운영하는 회사인 줄로만 알았던 구글이 그렇게 다양한 사업으로 확장한 것에 흥미를 느껴 그 성장 배경을 알고자 이 책을 읽어 보게 되었습니다. 이 책을 읽으면서 CEO인 저자가 소개한 구글의 기업문화를 보고 매료되었습니다. 특히 획일적인 사고와 관료주의로 점철된 대한민국의 대기업과는 다른 구글의 혁신과 창의를 유도하는 기업문화는 저에게 앞으로 대한민국에 들어서야 할 바람직한 기업의 모습을 인지하게 되는 계기가 되었습니다. 또한, 저자가 강조한 '플랫폼을 형성하라'에 따라 미래 유망 산업을 분석하고 관련된 독서를 하면서3D프린팅 산업과 공유경제를 결합한 산업을 이끌고 싶다는 꿈을 꾸게 되었습니다.

2) 『당신들의 천국(이청준)』

처음에는 교내 독서탐구력대회 선정도서여서 접하게 되었습니다만, 그 후 3번이나 더 읽을 정도로 제게 매우 의미가 깊습니다. 저는 이 소설의 주제의식에 매료되었는데, '운명을 함께하지 못하는 사람들 사이에는 믿음이 생길 수 없습니다.'라는 구절은 기존 저의 생각을 완전히 전환하는 계기가 되었습니다. 책의 주제를 통해 그전에는 납득하지 못했던 국회의원 비례대표의 필요성을 처음으로 깨닫게 되었습니다. 또한, 이 문제의식은 '과연 국회의원들이 제정하는 사회보장제도가 그 수혜자에게 실질적인 도움이 될까?'라는 의문을 생기게 하여 R&E 프로젝트에서 최저생계비가 적합한지 연구하는 활동으로 이어졌고, 올바른 복지정책의 길에 대해 깊이 사고하는 계기가 되었습니다. 마지막으로, 베풂에서의 자세를 인식하게 해 주어 봉사활동에서 어려움을 겪고 있을 때 자신을 반성하는 계기를 만들어 주기도 하였습니다.

3) 『파리대왕(윌리엄 골딩/유종호)』

'강남구 인문독서논술 공모전'에 참여하기 위해서 읽게 되었습니다. 이 책을 읽으면서 단기적 목표를 추구한 '잭'이 비판받을 수 있느냐는 문제의식을 느끼게 되었습니다. 비록 소설에서는 그가 폭력과 야만을 유도한 '순수 악'의 상징으로 그려지지만, 제가 보기에 가망 없는 장기적 목표보다 현재를 중시한 그가 더 합리적으로 보였기 때문입니다. 이는 제기 득시히면서 고민하던 철학직인 문제와 연관이 있었습니다. 제 고민은 『허생전』의 허생원, 『만세전』의 이인화, 『광장』의 이명준 등 '정의를 알고도 행하지 않은 자는 옹호받을 수 있는가?'였는데 공모전 이후 참가하게 된 전문가 패널 질문시간에 철학과 교수님께 질문하여 이에 대해 '결과로서의 선택 자체로는 비판받을 수 없지만, 그 과정에서 더 바람직하고 실현 가능성 있는 해결책을 찾으려는 문제 인식 개선 의지의 부재에 대해서는 비판받을 수 있다'는 답변을 받아 제 철학적인 물음에 답을 해 주는 계기가 되었습니다.

[이공 과정 사례]

1) 『나는 공짜로 공부한다(살만 칸)』

20세기 이전까지는 대량생산이 중요한 시기였고, 따라서 스위스 치즈식 주입교육은 어느 정도 효과가 있었습니다. 그러나 21세기에 들어서는 창의력이 요구되고 있고, 이러한 상황에서 책의 저자 살만 칸은 무상 완전학습, 즉 모든 사람들의 완전한 이해라는 새로운 교육의 패러다임을 제시합니다. 그리고 이에 맞추어 그는 인터넷만 있으면 누구든지 공부할 수 있도록 '칸 아카데미'라는 무료 공부 사이트를 설립합니다. 저는 살만 칸으로부터 미래를 만들어 가는 사람의 능력, 즉 세계의 흐름을 읽는 눈을 배웠습니다. 현재 지구촌은 지구온난화라는 환경위기를 겪고 있기 때문에, 에너지 산업이 친환경 발전이라는 흐름에 따라가고 있습니다. 그러나 기존의 태양광 발전이나 풍력발전은 에너지 공급의 지속성이 떨어지므로, 차별화된 에너지 발전 방식이 필요하다고 생각했습니다. 그리고 이는 에너지 생산에 대해 공부해 보는 계기가 되었습니다.

2) 『십대에게 권하는 인문학(연세대학교 인문학연구원)』

저는 이 책을 통하여 십 대 시기에는 인문학을 접하며 창의성을 기르는 것이 중요한 과제라는 생각을 했습니다. 21세기에 접어들면서 소비자들의 요구는 다변화되었고, 이전까지 발전시켜 왔던 대량생산 기술은 점차 필요가 없어지고 있습니다. 또한, 기업들이 쌓아 올린 스펙은 임계점을 넘어가면서 이제 사양은 일반 소비자가 상품을 구입할 때 고려하는 주요 기준이 아니게 되었습니다. 그러므로 앞으로 21세기의 시장경쟁에서 살아남으려면 소비자들의 다양한 요구에 맞추어 제품을 만들고 거기에 감성적인 스토리텔링을 붙여야 합니다. 일례로 애플사의 스티브 잡스가 구매자들의 니즈에 맞추어 심플한 디자인을 선보이고, 영화감독과 협업하여 아름다운 광고를 방영한 결과 거대한 수입을 올릴 수 있었습니다. 다변화된 요구에 맞추어 제품을 만들고 감성적인 스토리텔링을 선보이려면 창의성이 필요합니다. 따라서 인문학의 고전과 철학을 접하면서 창의성을 기르는 것이 중요하다는 것을 깨달았습니다.

3) 『페르마의 마지막 정리(사이먼 싱)』

앤드류 와일즈는 사백 년간 난제로 남아 있던 페르마의 마지막 정리를 증명한 수학자입니다. 책을 읽으면서, 와일즈가 승명의 열

쇠로 사용한 타니야마-시무라 추론에 호기심이 생겼고, 수학의 논리적 결점과 관련된 소심한 도서관 사서의 일화도 흥미로웠습니다. 무엇보다도, 앤드류 와일즈가 페르마의 정리를 7년이라는 긴 세월을 사색한 끝에 풀었다는 점이 가장 인상 깊었습니다. 평소 수학문제를 직관으로 빨리 풀려고만 하던 저에게 끈기 있게 문제를 풀어 결론을 내릴 때의 기쁨을 간접적으로 체험하게 해 주었습니다. 또한 앤드류 와일즈는 증명 과정에서 수학적 모순이 존재한다는 사실이 밝혀졌음에도 다시 노력하여 결국 증명에 성공했는데, 여기서 저는 어려움에 굴복하지 않고 끝까지 풀려는 도전정신을 배웠습니다. 이를 토대로, 저는 여태껏 메넬라우스 정리로 풀지 못했던 수선에 관한 심슨의 정리를 다시 고민했고, 오랜 시간 끝에 공원점이라는 새로운 방식으로 이를 증명할 수 있었습니다.

자기소개서 작성 시, 마지막으로 유의하고 확인할 점은 다음과 같다. 먼저 오탈자, 비문은 내용과 상관없이 평가자로부터 사정없이 외면당한다. 문장이 지나치게 길지 않은지, 읽기에 매끄러운지 검토한다. 제한된 글자 수가 넘으면 띄어 쓴 복합명사를 붙여서라도 글자 수 제한 조건에 맞추도록 한다. 전공적합성, 학업에 대한 열정과 의지를 나타낸다. 그 학과에 가기 위해 자신이 어떤 노력을 해 왔는지, 나에게 어떤 꿈을 가져다줄 것인지가 포함돼야 한다.

다음으로 학생부에 기록되지 않은 행동의 계기, 결과에 따른 느낌 등을 학생부를 바탕으로 풀어 나가면 된다. 과도하게 긍정 감성이 높거나 부정 감성이 높은 문장은 지양한다. 평가자는 완벽한 능력자가 아니라 성장가능성이 있고 발전가능성이 높은 학생을 찾는다. 모든 기록이 다 좋을 수는 없다. 문제는 어떻게 개선돼 왔고 앞으로 더 성장할 수 있을지를 자기소개서에 담아야 한다. 물론 여기선 긍정 감성이 높은 것이 좋다.

자기소개서는 단 한 번에 쉽게 되는 것이 아니고 수많은 수정을 거쳐 마침내 완성된다.

선배가 말하는 학교 시험 잘 보는 법
노력과 준비 없이 시험 잘 보는 만병통치약은 없다

일명 '시험 잘 보는 기술'이란 것이 있을까? 그것은 아마도 시험을 잘 준비한 기술, 혹은 자신만의 전략이 아닐까 한다. 사실 시험을 잘 보는 기술이라는 것은 굉장히 매력적인 도구임에 분명하다. 자신의 능력을 올려 주는 마법과 같기 때문이다. 그러나 사실 그것도 저절로 얻어지는 것이 아니라 학생 스스로 끊임없이 공부하면서 문제를 해결하고 목표를 달성하기 위한 방법을 모색하는 과정에서 터득한 것이다.

학교 시험은 수업 시간에 배운 내용에서 출제되므로 제한된 범위가 있다. 따라서 수업 시간에 나름 충실한 학생은 문제를 예측하거나 교사의 출제 의도를 파악하기 쉽다. 물론 문제를 예측한다는 것은 결코 쉬운 일이 아니다. 왜 이런 문제가 출제되었고 어떻게 답을 찾아야 하는지, 출제자와 문제를 푸는 학생 간의 숨바꼭질이 이어진다.

그러면 어떻게 하면 학교 시험을 잘 볼 수 있을까? 다음에서 말하는 내용들은 필자가 20년이 넘도록 교단에서 학생들을 지도하며 공부 잘하는 선배들이 공통적으로 하는 이야기들을 정리한 것이다. 여기서 분명히 전제할 내용은 공부의 비결과 비법은 있을 수 있으나 노력하지 않고 얻는 시험 만병통치약은 결코 없다는 점이다. 무엇보다 중요한 것은 자신에게 맞는 옷이 있듯이 자신에게 가장 적합한 공부 방법을 찾아서 열심히 땀 흘려 노력하는 것이다.

먼저, 수업 시간에 열심히 듣고 참여해야 한다. 각 교과 담당선생님은 바로 그 교과의 시험 문제를 출제하는 선생님이다. 지금 대부분의 학교는 시험 문제를 공동출제하고 있다. 만약 자신의 반을 가르치는 선생님이 시험 문제 전체를 출제하는 것이 아니라면, 함께 출제하는 선생님이 가르치는 반 학생의 책과 노트를 빌려서 한번 훑어보면 좋다. 실제로 성적이 좋은 학생은 이 방법을 쓰고 있음을 흔히 본다. 수업은 교사와 학생 간에 주고받는 청각적이며 입체적인 공부이기 때문에 친구가 필기한 내용만 봐도 다른 반의 강조된 수업 장면을 쉽게 떠올릴 수 있다.

둘째로, 시험에 관련된 각종 정보에 관심을 가진다. 사실 학교 시험은 가히 정보전이다. 학기 내내, 일 년 내내 수업에 집중하면 이런 수고로움도 필요가 없다. 대부분의 학생은 그렇지 않기 때문에 시험을 앞두고 얻는 정보는 매우 값어치가 있다. 특히 시험이 다가올수록 수업을 더 열심히 들을 필요가 여기에 있다. 일반적으로 선생님들은 시험을 앞두고 수업하는 내용에서는 시험에 관련된 내용을 일부러 피하기보다는 한 번 더 강조하는 경향이 있다.

셋째로, 시험 범위 내에서 친구들끼리 서로 예상 문제를 내 보는 것도 좋다. 사실 학급에서 공부를 잘하는 학생들은 서로 예상 문제를 낸다. 그리고 실제로 그 문제가 시험에 출제되는 경우도 있다. 단원별로 친구들끼리 나누어 아예 시험지를 만들어 보는 것도 좋은 방법이다. 가령 30문항이 출제되는 시험이라면 60문항 정도를 내서 함께 풀어 보는 것이다. 그 가운데 정답을 가려내고 나머지는 왜 오답이 되는지를 설명할 수 있다면 의외의 좋은 효과를 얻을 수 있다. 예상 문제도 어느 정도 공부를 했을 때 출제가 가능하므로 이것이 되지 않는 학생은 잘하는 친구들이 낸 예상 문제를 얻어 풀어 보는 것도 하나의 방법이 될 수 있다.

넷째로, 시험 출제 선생님의 출제 의도와 방식에 익숙해지도록 한다. 요즘은 대부분의 학교에서 기출 문제도 공개하고 있으므로 충분히 공부하고 난 뒤에 기출 문제를 미리 검토한다면 어떤 문제가 나올지 보다 쉽게 예측할 수 있다. 또 시험 문제는 그 선생님의 수업 스타일과도 관련이 있다. 주로 비판적 사고나 능동적인 수업 참여를 유도하는 수업을 하는 선생님이라면 그런 유형의 내용과 주제를 다룬 문제를 많이 선호한다. 반면에 철저하게 교과서 설명과 내용에 의존하는 스타일의 선생님이라면, 글이나 작품 전체의 전반적인 내용을 묻는 문제보다는 행간의 함정이나 틀리기 쉬운 문제를 선호하는 경향이 있다.

다섯째로, 복습보다는 자기 주도적 선행 예습을 많이 한다. 다음 시간에 배울 내용을 예습했다면 이미 어느 정도 수업 내용을 예측하고 있기 때문에 수업을 들으면서 교과 선생님이 어느 부분을 강조하고 있는지, 어느 부분을 어떻게 이해해야 하는지 쉽게 파악할 수 있다. 자연스럽게 수업 시간이 재미있고 능동적인 학습이 가능하다. 실제로 배우면서 문제를 예측하기 위해서는 주도적으로 수업 시간에 참여해야만 가능하다. 수업 시간에 충실한 학생이 시험을 잘 보는 이유가 여기에 있다.

마지막으로, 학급에서 공부를 잘하는 친구를 사귀는 것도 하나의 방법이다. 누구나 다 경험하는 일이지만, 공부 잘하는 친구들이 중요하다고 말하는 부분은 반드시 어김없이 출제된다. 그만큼 수업을 잘 들었다는 얘기다. 따라서 친구들과 서로 정보를 교환하는 것이 중요하다. 내 것은 주지 않으면서 받기만 해서는 절대 안 된다. 설명을 굳이 안 해도 잘 알겠지만, 그러한 교우관계는 절대로 오래가지 않는다. 심지어 똑똑하고 눈치 빠른 선배들은 해당교과 선생님이 보는 참고서와 문제집의 종류까지 알고 있다는 말에, 그것이 사실이라면 필자도 놀라지 않을 수 없었다. 그 학생들은 평소 질문하면서도 한눈에 선생님 책꽂이에 꽂힌 책을 단번에스캔해 간다고. 그렇다면 선생님들은 중요하게 보는 책들은 잘 관리해야 되겠다는 생각도 든다.

공부에는 특별한 공식이 없다. 개인마다 능력의 조합이 다르고 그 경험한 환경이 다르기 때문이다. 공부는 기계적인 주입과 도출이 아니라 전인성적이고 총체적인 지적 활동이다. 이 과정에서 피드백 학습법으로 학습 능률을 올리는 것은 매우 중요하다. 피드백 학습법을 통해 집중력이 높아지면 암기력이나 이해력이 향상된다. 공부가 잘되는 것은 물론이고, 시험을 치를 때 문제를 해결하는 능력도 매우 높아진다. 사소한 부분이지만, 성적이 좋은 친구는 학원을 다니더라도 친구들이 많이 다니는 같은 학원에 등록하지 않았다. 한두 명은 모르지만 적어도 그 이상이 되면 본인 의사와 상관없이 결국은 여러 명이 모여 함께 놀게 된다고 말한다.

독서와 학생부 독서활동 기재

책 속에 길이, 잘 보이지 않던 길이 있다다

소설가 이태준은 그의 한 산문에서 책이야말로 인공으로 된 문화물 가운데 꽃이요, 천사요, 또한 제왕이라며 책 예찬론을 펼친 바 있다. 이처럼 인류가 만들어 낸 책은 인간이 만든 발명 중에서도 가장 위대하다. 독서는 인간의 창조적 사고를 가능하게 하고 인간을 인간답게 만드는 힘이다.

 학생부에 독서활동이 기재되면서 학생들의 독서에 대한 관심이 부쩍 높아졌다. 더구나 이제 학생부에는 책 제목과 저자의 이름만 기재되는 관계로 남에게 보여 주는 독서가 아닌 실질적인 독서가 중요해졌다. 그래서 이 자리에서는 학생부 독서활동상황 기재에 대해 설명하고 올바른 독서의 중요성에 대해 언급하려고 한다.

 먼저 학생부에 기재하는 독서활동상황에 대한 교육부 훈령을 정리하면 다음과 같다. 중·고등학교의 개인별·교과별 독서활동상황은 독서활동에 특기할 만한 사항이 있는 학생을 대상으로 학기 말에 입력하도록 되어 있다. 이때 학생이 읽은 책의 제목과 저자를 교과 담당 교사 또는 담임 교사가 입력하도록 되어 있다. 즉, 독서활동은 교과목별로 해당 교과 관련 독서활동을 교과담당교사가 입력하되, 특정 교과에 해당하지 않을 경우 학급 담임 교사가 공통으로 입력할 수 있다.

이전의 2014학년도부터 학급 담임 교사가 입력하던 인문, 사회, 과학, 체육·예술 등 4개 영역을 '공통'으로 단일화하여 서식을 간소화하였다. 또 독서활동을 입력하는 데 있어 학기를 구분하여 입력하는 것은 이전과 동일하다. 독서활동상황 기록을 위해 담당 교사에게 제출하는 독서기록장과 독서포트폴리오 등의 증빙자료는 학생 개인이 보관하도록 되어 있다.

2017학년도부터 독서활동상황 기재에 있어서 이전과 가장 달라진 점은 독서 과정의 관찰·확인이 어려운 독서 성향 등은 기재하지 않고, 읽은 책의 제목과 저자만 기재하여 독서활동의 신뢰도를 제고하는 데 가장 중점을 두고 있는 점이다. '과목 또는 영역'란에는 과목 담당 교사가 입력하는 경우에는 해당 과목명이, 학급 담임 교사가 입력하는 경우에는 '공통'이 자동으로 입력된다.

독서활동상황 란에는 독서활동에 특기할 만한 사항이 있는 학생을 대상으로 읽은 책을 '도서명(저자)' 형식으로만 입력한다. 예를 들면, '국어 I (1학기) 공중 그네(오쿠다 히데오), 꿈꾸는 다락방(이지성) 국어 II (2학기) 연을 쫓는 아이(할레드 호세이니), 세 잔의 차(그레그 모텐슨, 데이비드 올리버 렐린), 바람을 길들인 풍차소년(윌리엄 캄쾀바)' 등이다.

독서활동상황은 독서기록장, 독서포트폴리오, 독서교육종합지원시스템의 증빙자료를 근거로 입력한다. 이때 유의할 점은, 전체학년 동안 동일한 책을 '독서활동상황'란에 중복하여 입력하지 않도록 해야 한다는 점이다.

지금까지 학생부 독서활동상황 기재와 관련하여 학생들이 반드시 알아야 내용을 정리해 보았다. 그러나 정작 중요한 것은 학생부 독서활동상황 기재를 떠나서 독서를 충실히 하지 않으면 안 된다는 것이다. 그만큼 독서는 우리 인생의 중요한 한 부분이며, 독서를 통하여 우리는 인생의 의미와 가치를 깊이 있게 누릴 수 있다. 독서는 인간적 삶의 한 과정이므로 개인적 취미로 간주해서는 안 된다.

체계적인 독서는 경험의 폭을 넓혀 주고, 사고의 깊이를 확보하고, 높은 이상을 가지도록 하며, 인격을 도야하여 개인의 성장을 크게 도모함은 물론 사고력과 창의력을 기르고 책에서 다양한 정보를 얻을 수 있는 기틀을 마련해 준다.

청소년 시기는 독서 습관 형성에 가장 중요한 때이다. 청소년들은 이 시기에 자신의 독서 목적에 따라 자기 주도적으로 책을 선택하여 읽는 습관을 길러야 한다. 독서 습관은 하루아침에 이루어지는 것이 아니기 때문이다. 자신의 삶의 질을 높이기 위해서는 독서에서 출발해야 하고, 독서 효과를 얻기 위해서는 자신이 독서하고자 하는 인식과 요구가 우선 선행되어야 한다.

청소년들이 독서를 습관화하기 위해서는 자신에게 알맞은 적정한 책을 선정하여 읽어야 한다. 우선 재미있고 감동이 있는 책으로 독서에 흥미 유발을 하는 것이 무엇보다 가장 중요하다. 그래서 좋은 책을 읽으면서 자신이 스스로 생각할 수 있는 힘을 기르는 가운데 독서를 생활화하여야 한다. 성장함에 따라 더 많은 책을 읽고 평생 책과 벗할 수 있도록 해야 여러분의 삶이 메마르지 않다.

좋은 책은 읽을 때 책에 담겨 있는 지혜와 보석 같은 아름다운 내용이 우리와 속삭인다. 그리고 우리의 영혼이 그것에 대답하며 끊임없는 대화를 한다. 실제 오늘날 우리에게 많은 교훈을 남긴 위인들이 한결같이 그 업적을 이룰 수 있었던 밑거름에 대해 책에서 얻은 가르침 때문이라고 말하고 있음을 주목할 필요가 있다.

책 읽는 습관은 공부 잘하는 비법이기도 하다. 어렵고 힘든 때일수록 우리 모두 책 속에서 그 길을 찾자. 책 속에는 결코 보이지 않을 것 같던 길이 있다.

고전에게 우리가 말을 걸 때

책을 읽으며 즐거운 시간 여행을 하다

'몸에 좋은 약은 입에 쓰다'고 한다. 이 속담을 우리 아이들이 평소 즐겨 읽는 책에 적용해 본다면 아마 그 몸에 좋다는 약은 '고전古典'이 아닐까 하는 생각을 한다. 미국 작가 마크 트웨인Mark Twain이 다음과 같은 변명을 남긴 것처럼 말이다. '고전은 모든 사람이 찬양하고 예찬하지만 아무도 읽지 않는 책'이라고. 아무튼 그 이유는 다양하다. 책이 두꺼워서, 지루해서, 어휘가 어려워서, 내용이 복잡해서… 이런저런 이유로 고전古典 앞에서 고전苦戰해 왔던 것은 비단 우리 아이들, 학생들만의 문제는 아닐 것이다.

근년에 와서 국어와 문학 수업시간에 당혹스러운 적이 참 많았다. 수업시간 교과 내용에 우리의 전래 옛이야기인 「심청전」, 「춘향전」, 「흥부전」, 「토끼전」, 「홍길동전」 등 고전에 해당하는 글과 문학 작품이 많이 등장한다. 앞의 작품들은 적어도 한국인이면 반드시 읽어야 우리 선조들이 남긴 주옥같은 고전이다. 독서 전문가의 의견을 액면 그대로 반영한다면 초등학생들은 다소 이른 편이지만, 문제는 중·고등학교 다니는 아이들, 학생들이 이러한 고전의 내용을 너무 모른다는 점이다. 좀 더 정확히 말하면, 줄거리만 늘어 어렴풋이 알고 있을 뿐 실제 책을 읽지 않았다는 것이다.

최근 학교에서 5년간 학교 독서교육을 주관하고 있으면서 현재 우리나라 독서교육이 헛돌고 있다는 생각이 늘 뇌리에서 떠나지 않았다. 가령 고2 문학에서 영화 『서편제』의 시나리오가 나온다. 여기서는 앞을 보지 못하는 주인공 소리꾼 송화의 삶을 제대로 이해하기 위해서는 판소리 「심청가」를 알아야만 한다. 또 판소리 「심청가」를 이해하기 위해서는 고전소설 「심청전」에 대한 이해가 필수적이다.

그럼에도 불구하고 심청이가 아버지 눈을 뜨게 하려고 한 효녀였던 정도만 어렴풋이 알 뿐 더 이상 그 전후 이야기의 맥락을 모르고 있었다. 눈이 먼 아버지가 심청을 키우려고 갖은 고생을 해가며 동네 젖동냥을 한 사실은 전혀 모르고 있었다. 심청이의 효심이 하루아침에 나온 것이 아니다. 아버지 심 봉사의 자식에 대한 정성과 사랑이, 자식 심청이의 아버지에 대한 효심으로 발로되는 인과와 응보의 관계를 단순하게 볼 수 없다. 그 관계는 현대와 같이 결코 물질적이고 기계적인 부자지간이 아닌, 천륜에 의한 사람 냄새가 나는 인간미의 관계다.

한번은 논술 시간에 「흥부전」에서 주인공 흥부와 놀부의 인간적 측면에 대하여 현대적 관점에서 근거를 들어 비판하라는 논제가 있었다. 아이들이 제출한 대부분의 논술 답안지는 놀부보다는 흥부에 대해서만 유독 '흥부는 경제적으로 무능하며 자식만 많다'와 '너무 착해서 바보 같다'는 논지를 전개하고 있었다. 그래서 다음

논술 시간에는 「흥부전」에서 중심인물의 대표주자격인 '흥부'를 통해 '아이를 낳지 않는 국가적 위기라는 인구절벽 시대에도 자식이 많은 흥부는 여전히 시대에 동떨어진 사람인가'와 '현대사회에서 착하게 산다는 것이 정말 손해를 보는 일인가'에 대해 논제를 던져 볼 생각이다.

물론 이를 위해서는 사전에 「흥부전」을 읽고 흥부 · 놀부 형제가 가진 출생과 성장의 비밀, 강남 제비 등을 심층적으로 이해해야 함은 물론이다. 작품의 주제인 권선징악勸善懲惡과 인과응보因果應報를 넘어서는 새로운 창의적 해석을 이끌어 내고, 그 위에 아이들이 찾아내지 못하는 부분을 지도 선생님인 나만의 해석을 덧붙여 재미없는 고전을 극적인 재미와 흥미를 높일 생각이다. 아울러 선善은 그 자체로 우리 삶을 풍요롭게 하고 스스로를 이롭게 한다는 점도 강조할 생각이다.

고전古典은 분명 우리 삶의 지혜이며 길잡이다. 갑자기 뜬금없이 궁금해진다. 정말로 착하게 살면 손해를 볼까? 내 자신에게 자문해 본다. 착하게 살면 바보가 된다는 말은 사실 이미 우리 사회에서 상식처럼 여겨지지 않았던가. 이렇듯 당연하다고 여겨 왔던 사실에 대해 새삼스레 반문을 제기하는 것, 하루하루 일상에 지쳐 '먹고사니즘'밖에는 하지 않는 아이들에게 묵직한 질문을 하나 던진다는 것, 그럼으로써 단순히 전해 오는 이야기를 넘어서서 우리를 오롯이 골똘한 철학의 공간으로 데리고 가는 것, 창의적인 사고의 공간으로 끌고 가는 것, 그것이야말로 우리 고전이 가지고 있는 블랙홀 같은 엄청난 매력의 힘이 아닐까.

이외에도 고전 중에서 「허생전」과 「양반전」, 「호질」, 또 「금오신화」에 수록된 다섯 편의 한문소설과의 만남은 제각기 요즘 현대사회를 살아가는 우리 현대인에게 많은 시사점을 던져 주고 있다. 먼저 앞의 세 편과의 만남은 당시 붕괴되어 가는 신분제도 속에서 양반의 부도덕성과 무능을 예리하게 묘사하면서 평민층에서 새롭게 일어나는 근대적 시민 정신을 옹호하는 일관된 경향을 견지하고 있음을 본다. 마지막 작품은 사랑의 의미와 가치를 너무나 쉽게 생각하는 요즘의 젊은이에게 진정한 사랑에 대하여 뒤돌아볼 수 있는 시간을 독자에게 부여한다. 이처럼 고전과의 '만남'이라는 것은 얼마나 '맛남'을 주는 일인가. 고전과 만나는 일은 옛것과 피가 통하는, 현재 속에 깃들여 있는 혈통을 창조해 내는 일이다. 문화의 주체 의식의 각성과 시대적 가치관을 정립하는 필수 요건이라고 생각한다.

우리는 흔히 고전을 낡고 시대에 뒤떨어진 것으로만 생각하여 가볍게 여기는 경우가 많다. 그러나 '온고이지신溫故而知新'이라는 말에서도 알 수 있듯이 과거는 과거로서의 의미가 있고, 현재는 과거가 바탕이 되어 만들어진 창조물이라고 한다면 현재 속의 고전은 항상 새로움으로 인식되어야 한다. 또 고전은 요즘의 세대에게는 생소한 것, 어려운 것, 시대에 뒤떨어진 것으로 받아들여지고 있는 경향도 부인할 수 없는 사실이다. 그러나 고전은 다름 아닌 우리 선인들의 삶의 모습과 생활 및 사상과 감정이 문자로 정착된 우리 민족의 유산임을 기억하고 인식해야 한다. 그런 만큼 수많은 세월이 흘러도 우리가 고전을 읽고 음미하는 목적은 조상의 얼, 그 숭고한 정신을 배우고 한민족의 혈관에 맥맥하게 흐르는 정신 세계를 익혀 오늘날 우리의 삶과 미래의 창조 정신을 이룩하기 위한 모체로 삼는 데 있다.

사람들은 살다 보면 자기 혼자만 옳다고 생각하는 독단에 빠지기 쉽다. 이 때문에 우리는 지식의 보편적인 객관성과 바른 삶의 자세를 위해 타인과 끊임없는 부단한 대화를 나눈다. 고전 읽기는 거기에 나오는 우리 선인과의 대화를 통해 그들의 사상과 감정을 파악하고 작품에 용해되어 있는 인간성 구현 및 진솔한 삶의 가치관을 찾아보는 매우 의미 있는 일이다. 이러한 고전 읽기를 통해 오늘날 자녀들이, 아이들이 선인들을 만나고 올바른 독서를 할 수 있도록 기회를 주는 일이 부모와 선생님에게 부여된 책임이고 몫이다. 이제 더 이상 외면하지 말고 고전에게 우리가 정겹게 말을 걸 때다.

그리고 한 걸음 더 나아가 우리 고전은 물론, 동양의 고전과 서양의 고전까지 아이들이 독서의 시야를 넓힌다면 그야말로 금상 천화錦上添花다. 어른들과 선생님들이 고전 읽기를 권장하고 우리 아이들을 도와주어야 할 때다.

좋은 학교가 좋은 부모다
못 듣는 친구 위해 학년 전체가 수화 배우는 학교

한 초등학교 수업 시간, 아이들이 작은 손을 이리저리 움직이며 선생님의 손짓을 따라 한다. 친구를 위해 5학년 모든 학생이 수화手話를 배운다. 한 명의 친구와 소통하기 위해 수화를 배우는 아이들, 아이들의 따뜻한 마음이 잔잔한 감동을 주고 있다. 아이들이 서로 마음과 마음을 이으며 더불어 사는 세상을 열어 가고 있는 것이다.

앞의 이야기는 지난 5월, TV를 통해 소개된 뉴스다. 부모님과 누나까지 청각 장애를 가진 친구 J는 집에서는 모두 수화를 사용해 불편함을 몰랐지만, 학교에서는 친구들과 대화를 나누기가 어려웠다고 한다. 그런데 학교 측의 자상한 배려로 학년 전체의 친구들이 수화를 배우면서 이제 친구들과 수화로 일상적인 대화를 나누며 교우 관계도 더 좋아졌다고 한다. 이를 계기로 정상적인 친구들도 청각 장애를 가진 친구를 차별하지 않게 되었다. 또 자신과 다르다는 인식을 하지 않고, 나와 같은 사람이구나 하는 생각을 가지도록 했다는 점에서 그 어떤 교육보다도 큰 보람이 있고 의미가 있는 참교육의 모습이었다.

그리고 지난 6월, 한 교육신문에 전교생에 가훈을 써 주는 H교장 선생님이 소개되었다. H교장 선생님은 매년 초에 전교생에게 가훈을 지어 오라는 숙제를 내준다. 학생들이 부모님과 합심하여 가훈을 정해 오면 교장 선생님이 일일이 사자성어로 바꿔 붓글씨를 써 준다. 무려 4개월 동안 한 명 한 명의 가훈을 직접 붓글씨로 옮겨 적고 5월에 교정에서 열리는 가훈 전달식에서 직접 전달한다고 한다.

전교생의 가훈을 쓰다 보니 교장 선생님은 손가락이 뻐근해 붓을 잡기 힘든 적도 많았고 먹물이 집안 곳곳에 튀어 가족들에게 볼멘소리를 듣는 날도 종종 있었지만 사명감을 갖게 되어 쉽게 붓을 놓기가 어렵다고 한다.

"가훈을 써 주다 보니 학생 한 명 한 명에게 더욱 관심을 갖게 됩니다. 아이들이 어떤 가정환경에서 성장하고 있는지 가훈을 통해 알 수 있죠. 그러다 보니 자연스레 아이들에게 애정이 더 갈 수밖에요. 교감이 됐을 때는 졸업생에게만 가훈을 써 줬어요. 교장이 돼서는 전교생에게 가훈을 선물하면 좋겠다는 생각에 더 많이 쓰게 됐어요. 모든 교육은 가정에서부터 시작한다고 하는데, 가훈은 그 기둥 역할을 한다고 할 수 있죠."

이제 퇴직을 불과 2년 앞둔 H교장 선생님은 퇴직 후에도 봉사를 몸으로 실천하는 삶을 살겠다는 생각으로 그동안 소홀했던 봉사활동에 집중하며, 사랑이 넘치는 지역사회를 만드는 계획을 가지고 있다고 이 신문은 적고 있었다.

앞의 두 가지 훈훈한 사연을 읽으면서 같은 교직에 몸담고 있는 사람으로서 스스로를 뒤돌아보지 않을 수 없었다. 적지 않은 세월을 아이들을 위해, 교단에서 아이들을 제대로 가르치기 위해서 나름 모든 최선을 다해 왔지만, 정작 난 아무것도 해놓지 못했다는 자괴감에 빠지지 않을 수 없었다. 좋은 선생님이란 어떤 사람인가 하고 수없이 스스로에게 묻고 또 물어보았다.

"난 교사로서 지금까지 과연 무얼 했는가. 자신 있게 말할 수 있는, 아니면 내놓을 수 있는 그 무엇이라도 있는가. 그리고 단 한 명의 아이라도 아프고 마음의 상처가 있는 아이가 있었다면 내 자식처럼 열과 성을 다해 돌보아 주었는가. 실제 그렇게 했다면 그것은 진정 마음과 내 진심에서 우러나온 행동이었던가."

또 좋은 학교란 도대체 어떤 학교인가 하고 물음을 던져 보기도 했다. 앞에서 말한 청각 장애를 가진 단 한 명의 아이라도 소외되지 않도록 돌보는 학교는 참으로 좋은 학교라는 생각이 들었다. 청각 장애를 가진 아이는 단 한 명이지만 그 아이를 지켜보는 수많은 아이들로 하여금 남을 배려하는 마음을 가지도록 교육하는 학교야말로 정말 좋은 학교라는 생각이 든다. 또 전교생에게 그 수고로움을 마다하지 않고 가훈을 써 주는 교장 선생님이 있는 학교는 참으로 좋은 학교이다.

요즘 아이들은 수업 시간에 잠을 많이 잔다. 학원에서 늦게까지 공부해서 그런지, 단순히 졸기만 하는 것이 아니라 아예 수업 시작 처음부터 엎드려 자는 모습이 흔하다. 인근 학교 아는 선생님들을 만나 보면 내가 있는 학교는 오히려 덜 자는 편이었다. 어쨌든 요즘 수업 시간 아이들의 수면은 그야말로 모든 학교 선생님들의 고민거리이다. 수업하는 교과 선생님이 차마 일일이 깨우기 힘들 정도로 잠을 많이 자는 바람에 다른 학생의 학습 의욕까지 떨어뜨리는 상황이 되었다.

그래서 내가 있는 학교에서는 교장 선생님의 아이디어로 수업 시간에 잠이 오는 친구들에게 선생님의 야단 대신 사탕이나 초콜릿을 나누어 주며 수업 시간 잠을 깨우고 있다. 또 아침 등교 시간에 선생님들의 마음이 담긴 빵과 음료가 든 간식을 학생들에게 나누어 주고, 생활지도부 선생님이 엄한 규율 대신 직접 등굣길에서 아이들을 마중하며 하이파이브를 하며 선생님의 마음과 정을 전달하기도 한다.

좋은 학교는 어떤 학교인가. 아이들이 모른다고 꾸짖는 대신 자상한 가르침으로 일깨워 주고, 뒤떨어진다고 억지로 잡아끄는 대신 따뜻한 손으로 스스로 걷도록 도와주는 학교다. 교사의 임무는 어디까지나 아이들의 올바른 성장을 돕는 협력자요, 동반자임을 잊지 우리는 잊지 말아야 한다.

결국 좋은 학교는 단 한 명의 아이라도 내 자식의 입장과 처지에서 바라보는 부모의 눈길, 진한 사랑이 묻어나는 선생님의 따스한 눈길이 아닐까 하고 생각해 보는 아침이다.

요즘 아이들이 가장 듣기 싫어하는 말

무심코 던진 돌에 맞는 개구리

요즘 청소년들의 스트레스에 대해 알아보기 위해 공식 SNS에서 8,748명의 초중고생을 대상으로 스트레스에 대해 설문조사를 한 결과, 67%의 학생들이 스트레스를 많이 받는 편, 11%의 학생은 매우 많이 받는 편이라고 답했고, 스트레스가 별로 없다고 답한 학생은 겨우 4.6%에 불과했다. 그리고 가장 주된 그 이유는 '학업' 때문이라는 조사 결과가 나왔다.

우리는 살면서 최소한 인간으로서의 삶을 포기하지 않는 한 스트레스를 받지 않을 수는 없다. 비단 인간뿐만 아닌 살아 있는 동식물을 포함한 모든 생물이라면 그 생존의 과정에서 결코 예외일 수는 없다. 또 그 스트레스의 주된 원인도 가장 큰 학업 문제에서부터 친구, 가족, 진로, 외모, 이성, 건강 등 다양하다. 여기서 우리가 관심을 가지는 부분이 우리 아이들, 청소년들이 성인으로서 사회에 나가기 전에 벌써부터 받는 스트레스임에 주목할 필요가 있다. 청소년 스트레스의 직접적 원인이 우리 기성인, 어른들한테 있지는 않은지 한 번 돌아다볼 일이다.

우리 청소년들을 둘러싸고 있는 사회적·교육적 환경이 스트레스를 양산한다는 것은 어쩔 수 없더라도 어른들, 집에서는 부모님에게 또 학교에서는 선생님들에게 스트레스를 받고 있다면 이를 그냥 단순히 지나치기에는 참으로 무책임하지 않을까. 청소년들의 경우, 하루의 주된 생활공간이 가정이거나 학교다. 이러한 가정과 학교에서 부모님이나 선생님들의 사소한 언사의 부주의로 아이들이 상처받고 스트레스를 받는다면 얼마든지 개선의 여지가 있기에 생각해 볼 만하다.

　사랑하는 우리 아이들, 청소년들이 스트레스를 받을 때 가장 듣기 싫은 말이 있다는 설문조사 결과다. 그 대표적인 말이 첫 번째로 "네가 지금 스트레스 받을 게 뭐가 있어?"이고, 그다음으로 "지금 네가 겪는 건 아무것도 아니야.", "스트레스 안 받는 사람이 누가 있어?", "나이도 어린 게 무슨 스트레스니?", "정신 상태가 나약해서 그래." 등의 말이라고 한다. 이러한 말들은 어른들이 그냥 생각 없이 너무나 쉽게 툭툭 내뱉는 말들이다.

　언젠가 학교 동아리 교지편집부에서 '송강 정철 문학기행'으로 전라도 담양 일대 답사를 간 일이 있었다. 하루 일정이 끝나고 언어적 표현과 관련하여 여러 학생들과 게임을 했는데, 처음에 한 말과 그 말이 전달되어 마지막에 어떻게 표현되는가를 알아보는 놀이였다. 이 게임의 의도는 문학기행의 답사에서 알고 난 사실을 정리할 때, 표현의 신중함을 기해 문학적 역사적 사실의 왜곡 방지에 있었다.

처음 '송강 선생이 수년간에 걸쳐 관동별곡, 사미인곡, 속미인곡을 집필하다가 무리하여 손목을 다치는 등 건강을 해쳤다.'라고 시작되어 전달된 말이 여러 명을 거치면서 마지막 사람에 이르러서는 '송강 선생이 수십 년에 걸쳐 고된 일을 하다가 다쳐서 다 죽게 되었다.'고 왜곡되었다.

이처럼 즐거운 마음으로 하는 놀이에서도 말이란 것이 처음 의도와 다르게 왜곡되고 변질되어 가는데, 하물며 경쟁이 심한 사회나 직장에서는 말이 어떤 모습으로 뒤바뀌고 번져 나가고 있을까를 생각하니 무섭기까지 하다. 나보다 나이 어리다고, 아랫사람이라고 말을 함부로 할 일이 결코 아니다. 또 남의 얘기라고 함부로 말할 일이 아니다. '발 없는 말이 천 리를 간다.'고 하지 않는가.

좋지 않은 말은 더 빨리, 더 많이 번지고, 그리고 오래 남는다. 말은 누구나 쉽게 하고 무심코 툭 던지지만 듣는 이를 배려하지 않은 말은 평생 마음에 멍이 들고 상처가 되어 남는다. 오죽하면 우리 속담에 이런 말이 있다. '장맛 좋은 집엔 가도, 말맛 좋은 집엔 가지 말라.'고……

평소 아이들과 대화를 나누다 보면 그들은 목에 핏대를 세우며 열변을 토한다. 어른들은 '말 한마디로 천 냥 빚을 갚는다' 하고, '오는 말이 고와야 가는 말이 곱다'는 말을 하면서 정작 자신은 너무나 쉽게 말한다고……. 또 그렇게 쉽게 말하는 것이 어른들이 가진 당연한 그들만의 특권은 아니지 않느냐고 말한다.

우리가 일상생활의 대화 중에 빠질 수 없는 것이 말이지만, 이 말과 관련하여 생각하고 유의할 부분이 있다. 요즘 젊은이들은 물론, 청소년들은 어른들이 무심결에 내뱉는 부모님이나 선생님 말 한마디 한마디로 인해 마음에 큰 상처를 받는다고 한다. 오죽하면 추석이나 설날 등 명절이 되어도 취직이나 결혼을 앞둔 젊은이들이 부모님을 뵈러 본가와 고향집에 내려가지 못한다고 한다.

오랜만에 만나는 부모님과 일가친척은 물론 만나는 고향 마을 어른들마다 "졸업은 언제 하느냐?", "취직은 했느냐?", "결혼은 언제 하느냐?", "아이는 왜 낳지 않느냐?" 등 그들이 가장 예민하고 민감한 질문을 끊임없이 해대는 바람에 받는 마음의 부담과 상처가 이만저만이 아니라고 한다. 자신들이 취직과 결혼을 일부러 하지 않는 것도 아니고 나름대로 죽을힘을 다해 지금 애쓰고 있는데, 마치 어디가 부족해서 그런 것처럼 넘겨짚고 바라보는 시선이 따갑고 여간 부담스럽지 않다고 그들은 하소연하고 토로한다.

우리 아이들, 청소년들도 마찬가지다. 요즘 학교는 학교 폭력, 그중에서도 말로 인한 언어폭력 문제로 늘 초비상이다. 욕설이나 조롱, 비웃는 말을 해서 상대방 친구가 기분 나쁘게 받아들였다면 그것이 곧 언어적 폭력이고 정신적 폭력에 해당된다. 처음에는 가해 학생의 단순한 장난으로 재미 삼아 시작된 언어폭력이 피해 학생의 극단적인 선택인 자살로 이어지는 안타까운 상황이 발생하기도 한다.

부모님들은 평소에 이에 대한 관심을 가지고 아이와 자주 대화를 나누어야 하고, 실제 내 아이가 지금 친구들로부터 언어폭력을 당하고 있다면 학교와 담임 선생님께 알리고 적극적으로 대처해야 한다. 요즘은 이전과 달리 인터넷이나 카톡방을 비롯한 다양한 SNS상으로 따돌림, 왕따나 언어폭력이 은밀히 이루어지고 있어 부모님들의 세심한 관찰과 주의가 필요하다. 학교에서 아이들을 지도하는 입장에서 느끼는 가장 큰 문제는 '내 아이는 아니겠지, 내 아이는 아닐 거야.' 하는 부모님의 안일한 마음과 태도이다. 그러다가 실제 상황에서는 미연에 막을 수 있는 시기를 놓쳐 안타까워하는 경우를 자주 본다.

오늘 저녁 부모님들이 우리 아이들에게 말의 중요성에 대해 밥상머리 교육을 하면 어떨까. 우리 어른들도 함께 자신을 돌아보는 시간을 가지면서 말이다. 동서고금을 막론하고 어른들, 부모님과 선생님의 따스하고 격려가 담긴 말 한마디에 우리 아이들의 장래가 달라진다는 것을, 우리 모두는 익히 너무나 잘 알고 있지 않은가. 길을 가다 무심코 던진 말이라는 작은 돌멩이 하나에 우연히 맞게 되는 개구리는 그 목숨이 왔다 갔다 한다고 하지 않은가.

나의 꿈, 나만의 꿈

우리에게 두 날개는 없어도 꿈은 있다

"그래요, 난 널 사랑해. 언제나 믿어. 꿈도 열정도 다 주고 싶어."
한때 최고 인기를 누리고 있던 아이돌 걸 그룹 가수 소녀시대에게 있어서 위 노래 〈소원을 말해 봐〉처럼 아마 그들의 몇 해는 그녀들의 꿈과 열정을 다 펼치고 싶은 해였을 것이다. 그녀들과 비슷한 또래의 소녀였던 우리 집 딸아이도 음악 쇼 프로그램에서 그녀들의 현란한 춤 솜씨와 화려한 비주얼을 보면서 자신도 모르게 그녀들 앞에 청중과 팬이 된 듯 그녀들의 중독성 강한 코러스를 따라 부르곤 했다. 당시엔 정말 대단한 열풍이었다. 그리고 그 모습을 보는 기성세대에겐 충격 그 자체였다.

십대 소녀들이 갖고 싶은 키, 외모, 이미지, 인기 등 모든 건 다 가졌고 그녀들이 가는 곳마다 '사랑해요, 소녀시대'라는 말을 듣는 그녀들에게는 하루하루가 꿈에서 깨어나고 싶지 않은 날들이 아니었을까 하고 세월이라는 많은 시간이 흐른 지금 생각해 본다. 전속 코디네이터와 전속 트레이너 헤어스타일리스트가 그녀들의 머리부터 발끝까지를 꾸며 주고 그녀들의 전속 매니저가 그녀들의 모든 하루를 관리해 주고 모든 스케줄을 잡아 준다. 걸어가는 곳마다 눈부신 카메라 플래시가 그녀들에게 팡팡 터지고 하늘에 수놓는 불꽃놀이처럼 그녀들을 수놓아 주는 모습을 자주 볼 수 있었다.

하지만 부모로서 이들을 지켜보면서 우리 모두들에게 되묻고 싶었다. 그녀들은 과연 현재도 행복할까? 또 얼마나 행복할까? 지금도 그녀들은 공주 같은 삶을 살고 있을까? 살고 있다면 앞으로도 이전처럼 꿈속 같은 나날들을 보낼 수 있을까?

지금부터 하는 이야기는 특정 댄스그룹에 대한 이야기가 아니다. 또 내가 지어 낸 이야기도 아니고 TV 방송 등 연예계에서 흘러나오는 세간의 이야기를 모아 단순 나열해 본 것이다. 그들의 삶과 생활이 무조건 잘못되었다는 것도 더더욱 아니다. 학교에 가나, 집에 가나 아이들이 지나치게 빠져들고 당시 모든 아이들이 들떠 있는 것 같아 너무나 걱정되었다. 아이돌 가수가 되는 것이 인생의 전부가 되어 버린 모양새였다. 그들의 꿈과 이상향이 모두 하나로 통일되어 버린 듯했다.

그것을 지켜보는 나 역시 교단에서 아이들을 가르치고 있는 입장이고, 부모의 마음으로 아이들을 걱정하는 마음은 똑같다. '그들에 관한 이야기가 다소 과장되었겠지?' 하는 생각이다. 이 모두가 질투와 시기심에서 나온 사실이 아니길 바라는 마음도 간절하다. 그러나 한편으로 아니 땐 굴뚝에서 연기 나랴 하는 노파심에 마음 한구석이 마치 체한 것처럼 불편한 것도 그때로서는 사실이었다.

유명한 아이돌 발굴 대표 소속사에서는 최소 연령 8살에서부터 10대 중ㆍ고등학생까지 전문 캐스팅 프로그램을 비롯한 토요 공개 오디션으로 장차 차세대 아이돌을 발굴한다고 한다. 이 공개 오디션은 경쟁률이 몇 백 대 일부터 무려 천 대 일을 넘어갈 만큼 경쟁률이 치열하다고 한다. 이 오디션에서는 가수들의 노래와 춤 솜씨만 보는 것이 아니라 외모와 잠재력과 발전 가능성을 본다. 이 치열한 오디션을 통과한다고 해서 꽃길이 펼쳐지는 건 아니다. 그들은 학교가 끝나자마자 연습을 시작하여 밤 11시는 물론 12시까지 무조건 연습 또 연습이다.

하지만 평범한 학생들도 11시, 12시까지 졸린 눈을 비비며 공부하는데 연습생들이 연습하는 것이 무엇이 다르냐고 되물을 것이다. 하지만 이 연습 과정에는 수많은 가시밭길이 있다. 연습생들에게는 그들만의 선후배 관계가 엄청 엄격하다. 90도로 인사하는 것은 물론, 선배들의 연습실 자리는 따로 정해져 있다고 한다. 조금만 버릇이 없거나 건방진 모습을 보이면 연습생 생활이 편치 못할 것은 불 보듯 뻔했다. 물론 서로 감싸 주고 격려해 주며 이끄는 선후배들이 없지는 않다. 하지만 연습생 규칙과 서열을 지탱하는 받침대에는 이 엄격하고도 살벌한 선후배 관계가 지렛돌처럼 그들을 지탱하고 있다.

이렇게 어렵게 뽑힌 연습생 중에서도 한 달마다 시험을 거쳐 게으르거나 노력을 안 한다거나 잠재성이 없다고 생각하는 연습생들은 탈락 또 탈락이다. 공부와 학교를 병행하랴, 한 달마다 치러지는 시험에 떨어지지는 않을까 하고 노심초사하는 이런 과정은 최소 3년간에서 많게는 7년 넘게 반복된다고 한다.

이런 피나는 노력 과정을 통해 3년간에서 7년 넘게 가수가 되었다고 하더라도 솔로이든 그룹이든 그들의 험난한 여정은 이제부터 시작이다. 그들의 정식 음반이 발매되고 그들은 가수 활동을 시작한다. 쇼 음악프로그램에서부터 예능프로그램까지 그들은 뛰고 또 뛴다. 발로 뛰는 것뿐만 아니라 몸으로 뛰고, 심장으로도 뛴다. 하지만 이런 출연 기회들도 그들의 인지도와 인기성, 유명도를 전제로 결정된다. 몇 년이 될지도 모르는 무명생활을 거쳐 드디어 조금씩 앨범이 판매되고 노래가 마침내 인기세를 타기 시작한다.

하지만 그때부터 그들은 더욱 스파르타 관리에 들어간다고 한다. 예를 들어 배고플 때마다 간식으로 오이를 먹는다고 한다. 하루 열량이 최소 청소년과 성인이 먹어야 할 열량의 반에 반을 밑돈다. 그러나 배고픔은 참아야 한다. 텔레비전에서 좀 더 작아 보이는 얼굴을 위해서……

풍문에 들리는 것이 모두 사실이 아니길 바라지만 만약 그렇다면 그들은 어쩌면 인형일 뿐이다. 얼굴이 하얗고 머리가 찰랑거리는 예쁜 인형들이다. 그들은 좀 더 예쁜 인형이 되기 위해서 좀 더 예쁘게 웃는 연습을 해야 한다. 그 연습은 텔레비전에서 빛을 발한다. 그들이 얼마나 예쁘게 웃느냐에 따라 카메라의 반영횟수가 결정된다고 하니 참으로 아이러니하다.

화가 나고 눈물이 날 것 같은 날들에도 그녀들은 그저 웃어야만

한다. 사람은 감정이 있는 동물로 태어났다. 그런데 눈물이 날 것 같은 슬프고 우울한 날에도 그저 좀 더 예쁘게 환하게 웃어야 된다는 것이 얼마나 힘들까 하는 생각이 스친다.

하루하루가 조마조마한 날들이다. 음반 차트에는 그녀들의 음반 순위가 내려가지는 않았을까? 포털 사이트 인기 검색어 순위에서 내려가지는 않았을까? 자고 일어나면 변하는 순위에 그녀들의 마음은 늘 조마조마하기만 하다.

하지만 이 어렵게 죽을 만큼 힘들게 얻은 인기가 얼마나 갈지도 모른다. 어제만 해도 아이돌들 중에서 막내였던 자신보다 좀 더 어리고 파릇파릇한 신예들이 계속 데뷔한다. 그래서 그들은 불안하다. 어린 신예들이 귀여운 춤 솜씨와 어린 나이로 자꾸 자신들의 숨을 시시각각으로 조여 오기 때문이다.

인기는 언제 식을지 모르는 거품이지만, 좋은 노래는 신기루처럼 쉽게 사라지지 않는다. 그들의 춤과 외모보다는 아름다운 노래만이 세월이 갈수록 더 아름다운 빛이 나고 쉽게 사라지지 않는 흔적으로 우리 모두의 마음에 영원히 남을 것이다.

이 시대의 청소년들에게 이 말을 전하고 싶다. 아름다운 나의 꿈을 가지라고. 남이 꾸는 똑같은 꿈이 아니라 나만의 꿈을 꾸라고. 그럴 때, 그 꿈은 그 어떤 아이돌 가수, 댄스 걸 그룹 가수들의 조각 같은, 인형 같은 외모에 비할 수 없다.

3

살아가며 배우는 날에

프로크루스테스 이발사

사랑과 관심은 자르지 않고 늘이는 선생님

대중목욕탕이 많이 사라졌다. 대중목욕탕은 우리 이웃에서 살았던 이웃이다. 우리네 이웃에서 함께 살 부비며, 삶에 부대끼면서도 살갑게 살았다. 점점 사라져 가는 이웃, 또 하나의 정情이 떠나간 것처럼 마음이 허전하다. 비 오는 날에 해먹던 부침개 하나라도 나눠 먹던 그 정이, 그 이웃이 그립기만 하다.

살고 있는 집에서 그리 멀지 않은 곳에 다행스럽게도 제법 큰 대중목욕탕이 있어 주말에 자주 이용하는 편이다. 그 대중목욕탕의 시설이 다른 곳보다 유달리 좋아서 간다기보다는 '대중목욕탕에 딸린 이발관이 있고, 그 이발관에는 내 마음에 드는 노老이발사 한 분이 계시기 때문에'라고 해야 아마 맞을 것이다.

올해로 예순 중반을 넘어선 할아버지 이발사를 나는 '프로크루스테스 이발사'라고 부른다. 단골손님이 된 내가 이발을 하기 위해 안락 등받이 의자에 앉자마자 할아버지 이발사는, 아니 프로크루스테스 노老이발사는 이발 가위를 잡기가 무섭게 오늘도 어김없이 당신만의 그 특유의 이야기 주머니를 펼쳐 보인다.

"선생님, 혹 이런 이야기 들어 보셨나요? 글쎄, 고슴도치 어머니가 있었답니다. 요즘은 학교에는 학교운영위원회라는 것이 생겼다나요. 하루는 이 학교운영위원회에 참석하기 위해 집을 나서는데, 골목길에서 평소 안면이 있는 고릴라 어머니를 만났다고 합니다. 고릴라 어머니는 갑자기 자신에게 바쁜 일이 생겨 아들 고릴라에게 점심 도시락을 가져다주지 못하니 자기 대신 도시락 전달을 부탁한다고 하더랍니다. 그래서 고슴도치 어머니는 흔쾌히 그러겠노라고 하며 당신 아들이 몇 반이냐고 물었더랍니다. 고릴라 어머니는 아들이 몇 반인지는 말하지 않고 그저 그 학교에서 제일 잘생긴 녀석에게 전해 주기만 된다고 하더랍니다. 선생님, 아마 고릴라 엄마도 제 자식은 세상에서 최고로 잘 생기고 잘난 것으로 생각하는 모양입니다. 아무리 제 자식, 제 자식 하는 세상이지만 자식 자랑과 사랑이 너무 지나치고 우습지 않으세요? 껄껄껄!"

내가 이 할아버지 이발사를 그것도 다름 아닌, 프로크루스테스 노老이발사라고 명명하는 데에는 나름의 이유가 있다. 우리가 잘 아는 프로크루스테스는 그리스 신화에 나오는 유명한 악당이다. 지나가는 행인을 잡아 자기 침대에 눕혀 놓고 행인의 키가 침대보다 더 크면 잘라 죽였고, 작으면 몸을 늘여서 죽였다는 참으로 몹쓸 악당이다. 그래서 일반적으로 '프로크루스테스'는 융통성이 없거나 자기가 세운 일반적인 기준에 다른 사람들의 생각을 억지로 맞추려는 아집과 편견을 비유할 때 흔히 사용하는 말이기도 하다.

그렇다고 해서 이 할아버지 이발사가 그런 나쁜 사람이거나 최소한 성미가 고약한 부분이 있어서 그렇게 부른다고 생각하면 큰 오산이다. 할아버지 이발사는 손님에게 매번 이발하는 시간 동안 이발 손님이 지루하지 않도록 하나의 이야기를 들려준다. 그런데 문제는 그 이야기들이 할아버지 이발사의 이발 시간에 맞춰 앞뒤가 적당히 없어지고 잘려 나간 상태에서 들려준다는 것이다. 그렇다고 아예 이야기가 안 되는 것은 더욱 아니다. 아무튼 들려주는 이야기의 앞뒤를 자르는 이발사, 적어도 내게는 '프로크루스테스 이발사'인 셈이다.

내가 이렇게 말하는 데에는 그럴 만한 근거가 있다. 사실 앞의 이야기들도 잘려 나간 뒷이야기가 있다. 그날 학교에는 어떤 일이 벌어졌는지가 슬그머니 빠져 있다. 결론적으로 고릴라 아들은 점심을 굶었다고 한다. 왜냐하면 그 학교에서 가장 잘생긴 아이에게 도시락을 전해 달라는 고릴라 어머니의 말에 고슴도치 어머니가 도시락을 고릴라에게 전달하지 않고 자기 아들 고슴도치에게 전해 주었다는 것이다. 그도 그럴 것이 바로 '고슴도치도 제 새끼는 함함(털이 보드랍고 윤기가 있다)하다고 한다'는 말이 있는 것처럼, 그 학교에서는 제 자식이 가장 잘생긴 아들이라고 생각했기 때문이다. 앞의 이야기는 현재 학교에 몸담고 있는 나로서는 익히 알고 있는 이야기였지만 들려주는 할아버지 이발사에게 끝내 아는 체하지 않았다.

또 지난주 일요일에는 이런 이야기도 들려주었다. 다산의 전남 강진 유배 시절에 제자 황상이 장가들어 신혼의 재미에 푹 빠져 공부를 등한히 하는 것을 못마땅하게 여겨 스승이 제자에게 각방을 쓰라고 훈계했다는 것이다. 다산은 제자에게 각방을 쓰라고 명할 정도로 공부하라고 닦달했지만 황상이 써 온 시에 '제자 중에 너를 얻어 참 다행이다'라고 적어 보낼 만큼 각별한 정을 표현하기도 했다는 것이다.

그러나 이 이야기도 이미 하루 전, 조간신문 D일보를 통해 알고 있는 이야기였다. 그리고 다산의 제자 황상에 관련된 사연은 신문에 더 소개되어 있었지만, 할아버지 프로크루스테스 이발사는 이야기의 앞뒤를 적당히 잘라먹고 내게 했던 것이다. 주어진 이야기에 알맞은 사설을 덧붙이다 보면 나름대로 이야기의 앞뒤를 자르지 않으면 안 되었던 것이다. 어쩌면 할아버지의 연세 때문에 오는 기억력의 한계 때문에 어쩔 수 없이 그럴 수도 있겠지만, 그것은 어쩌면 중요하지 않다.

이처럼 할아버지 이발사의 이야기들은 대부분 이미 내가 알고 있는 이야기이거나 그렇게 썩 재미난 이야기들이 아닌 경우가 많다. 그러나 한 번도 같은 이야기를 같은 손님에게 두 번 해주는 법이 없다. 예순 중반을 넘은 적지 않은 연세에 모든 단골손님을 다 기억하고 같은 이야기를 같은 손님에게 두 번 하지 않는다는 것은 결코 쉬운 일이 아니다. 그럼에도 불구하고 손님에게 이발 시간 동안 시루하시 않노록 하려는 프로그루스테스 이발사의 배려하는 그 마음은 요즘 세상에 참으로 소중하고 아름답기 그지없어 보인다.

요즘 아이들이나 젊은이들이 이발관 대신 미용실만 찾듯이 대학 시절부터 나 역시 미용실을 이용하던 때가 있었다. 그러다 내 나이 사십이 넘어서면서부터 선뜻 미용실 문을 밀고 들어서기가 어려워지기 시작했다. 미용실은 아무래도 여성들이 주 고객이다. 그래서 남성 전용 헤어숍을 이용하기도 했다. 그곳의 가격은 미용실에 비해 상대적으로 저렴했지만 이발을 한다기보다는 마치 속성으로 제품을 찍어내는 듯한 불쾌한 기분이 들었다는 것이 내 솔직한 심정이고 고백이다.

내가 이 이발관을 즐겨 찾는 데에는 또 다른 이유가 하나 있다. 앞서 미용실이나 남성 헤어숍에서 느끼던 어색함이나 불쾌한 기분이 없다는 것이다. 주말이면 평일보다 손님이 많기 마련이다. 그래도 이 할아버지 이발사는 결코 서두르는 법이 없다. 가끔 처음 오는 손님이 바쁘다고 재촉이라도 할 때면, 흔한 말로 "끓을 만큼 끓어야 밥이 되지, 생쌀이 재촉한다고 밥이 되나요?" 하며 아예 딴청을 피우며 가위질을 한다. 대중목욕탕에 딸린 이 이발관의 손님은 대부분 단골이다. 평소 자신보다 한참 어린 젊은 손님도 깍듯이 대우하는 이 노ᵇ이발사의 꼿꼿한 성격을 아는 손님들은 더 이상 재촉을 하지 못한다.

남들은 비록 이발사를 하찮은 직업이라 천시할지 모르지만, 스무 살부터 시작한 이 일에 대해 자신은 자긍심을 가지고 살아왔다고 한다. 그리고 자신에게 이발하러 오는 단골손님에게 늘 고마움을 느끼며 주어진 시간 최선을 다한다는 것이 이발하며 내가 수없이 들었던 프로크루스테스 노^老이발사의 삶의 지론이다.

언젠가부터 이 할아버지 노^老이발사는 우리 수필 문단의 큰 어른이요, 거두였던 윤오영 선생의 「방망이 깎던 노인」을 연상하게 한다. 그동안 머리카락을 자르면서 왠지 내 자신도 그 글 속의 '나'와 참 비슷하다는 생각이 들었다. 무조건 값이 싸고 빠른 시간 내에 할 수 있는 것만 선호하는 시대에 살고 있다. 그동안 내 기준에 맞춰 상대에게 모든 걸 요구하며 살아오지 않았나 하고 내 자신을 성찰하고 뒤돌아보게 한다.

살면서 우리가 지나치게 겉치장에만 신경을 쓰는 것도 어쩌면 삶의 여유를 잊고 살면서 참된 정신적인 아름다움을 잘 느끼지 못해서가 아닐까 하는 생각이 든다. 요즈음 우리는 문화를 단지 영화, 음악, 미술 등 단순히 우리의 오감으로 느낄 수 있는 것만 말하고 그 속에 담긴 참된 그 정신적·장인적 가치를 발견해 내지 못한다는 것도 오랜 기간 노^老이발사에게 머리카락을 자르면서 느꼈던 부분이었다. 내가 하고 있는 일에 대해 좀 더 자긍심과 자부심을 가지고 살아야 되겠다는 생각을 한다. 비록 다른 사람이 그것을 인정해 주지 않더라도 묵묵히 소신 있게 일을 하는 자세가 필요함도 느낀다.

비록 이발하는 짧은 시간이지만 앞뒤를 잘라먹은 이야기를 통해 손님에게 즐거움을 주고, 삶의 여유를 가르쳐 주는 프로크루스테스 노老이발사. 그를 통해 삶을 배운 나도 아이들에게 주는 사랑만은 자르지 않고 점점 늘이는 '프로크루스테스 선생님'이 된다면, 이제 내 마음 한편에서도 방망이를 깎던 그 노인을 기다릴 만한 삶의 여유와 공간이 조금은 생기지 않을까 싶다. 아이들에게 주는 사랑만큼은 자르지 말고 늘이면서 말이다.

우리 사랑은 얼마큼 자랐을까

소나기 그친 후에 보는 우리들의 무지개 사랑

1학기 기말고사가 끝나고 다시 시작된 5교시 고3 수업 시간, 본격적으로 찾아온 무더위와 연이은 수능대비 모의학력평가와 정기고사로 아이들은 지칠 대로 지쳐 있는 모습이다. 순간 이런 모습을 볼 때면 안쓰럽기까지 하다. 심신이 지친 아이들을 위한 비타민은 무엇일까 하는 생각이 번뜩 뇌리를 스쳐 간다. 그래서 아이들에게 오늘은 3학년 00반 극장에서 선생님이 여러분의 재충전을 위해 '실화 선생님 첫사랑'을 상영하고자 한다 했더니 넘어진 소가 일어나듯이 벌떡벌떡 일어난다. 아이들에게 들려준 내 첫사랑 이야기.

살아가며 만나는 수많은 인연, 그냥 스치면 인연이고 스며들면 사랑이라 했던가.

눈을 감으면 지금도 봄 아지랑이 아롱아롱한 언덕길을 눈부신 교복을 입고 그녀가 사뿐사뿐 걸어오고 있다. 언제나 검은 머리를 양 갈래로 정성스럽게 땋은 순백의 한 여고생이 보인다. 반짝이는 검은 두 눈망울에 희다 못해 백합 같은 얼굴과 백설의 피부를 가졌던 내 첫사랑 그녀는 꿈속에서도 내게 걸어오고 있다.

그녀는 내게 분명 하늘의 별 같이 반짝이는 황홀한 존재로 다가왔다. 내가 하늘을 우러러 막연하게 품고 있던 별 하나가 어느 날 갑자기 내 곁에 와서 별이 되었다. 마치 기다리던 비처럼 내려 어느 봄날 내 곁으로 흘러와 물오르는 나무를 물들이는 강물이 되었다. 그날부터 우리 둘은 저녁 강을 건너서 깊은 산속 오솔길을 걸어 들어갔다. 작은 산 하나도 지나고 마침내 우리가 사랑하는 시 詩로 만나던 시간이었다. 그러나 이제 홀로 저녁 강가에 앉아 다시 하늘의 별을 찾아본다. 올려다본 하늘에는 아직도 그 별이 있고, 내겐 여전히 영원한 그리운 얼굴로 남아 있다.

처음 보는 순간 한눈에 내 마음을 빼앗긴 첫사랑 M을 본 것은 내가 다니던 고등학교 인근 여학교인 S여고 시화전이 열렸던 대구 YMCA에서였다. 그때는 내 나이가 나이인 만큼 눈이 부시는 교복을 입은 여학생을 멀리서 바라보기만 해도 가슴이 쿵쾅쿵쾅 뛰었고 마음이 설레던 시절이었다. 검정색과 감청색 위주의 동복도 그랬지만, 새하얀 하복은 유난히 교복 입은 여학생을 더 예쁘고 돋보이게 만들었다.

요즘은 개교하는 대부분의 학교가 남녀공학이라 남녀공학인 학교가 많아졌지만, 그때는 남고와 여고가 엄격하게 분리되어 있었다. 남학생이 여학생을 만나기도 어려웠지만 그 만남의 기회조차 쉽사리 주어지지 않았다. 물론 이성에 일찍 눈떠 또래에 비해 앞서가던 친구들도 더러 있었다. 그러나 그들도 주변의 시선을 의식했고 기껏 뉴욕제과나 파리빵집에서 빵과 우유를 앞에 놓고 미팅을 하던 시절이었다. 공개적으로 여학생을 만나다 학교 선생님들의 눈에 띄기라도 하는 날엔 '머리에 피도 안 마른 녀석들'이라는 소리를 들으며 다음 날 아침에 그곳에 불려 가야만 했다. 근처에만 가도 괜히 주눅이 들던 생활지도부에 말이다.

당시 문예반이 있는 학교에서 특정 장소를 빌려 열었던 시화전은 분명 합법적인 남녀 학생 만남의 장소였다. 특히 여학교에서 여는 시화전은 없는 용돈을 모아서라도 축하 화분과 꽃다발을 사들고 찾아갔다. 또 우리 학교 문예반에서 시화전을 열었을 때는 그쪽 학교에서 답방 형식으로 오기도 했다. 그리고 우리는 전시해놓은 자신의 시작품 앞에서 작품의 창작의도와 주제를 말하고 질문도 했다. 그 순간만큼은 서로가 마치 대단한 시인이나 날카로운 비평가가 된 듯한 호기를 부렸다.

그날 나는 M의 시보다 그녀 M이 먼저 내 눈에 들어왔다. 그녀 앞에서 온갖 머리를 쥐어짜며 시와 문학에 대해 현학적인 척했다. 요즘 내가 가르치는 학생들은 여자 친구에게 전화번호도 곧잘 딴다는데, 나는 집 전화번호를 적어 그녀 손에 슬쩍 쥐어 주었다. 그날 이후 우리는 만나도 많은 말을 하지 못했다. 그때는 부끄러움도 있었지만 아마 무게감 있는 남자이고 싶었다. 서로 어떤 말을 하지 않아도 우리는 서로의 마음을 알았다. 많은 말보다는 밤새워 편지를 쓰고 편지에 꼭 시를 써서 생각과 마음을 주고받았다. 한 번 쓰면 편지는 늘 다섯 장이 넘었다. 지금 생각해도 무슨 할 말이 그렇게 많았을까. 만나면 다만 지난번 시가 어땠냐며 시에 대해서만 물었다. 그렇게 우리는 시에 대해, 문학에 대해 이야기하며 서로를 알고 아꼈다.

그러나 첫사랑은 이루어지지 않는다는 속설처럼 그녀는 너무도 갑자기 저 하늘로 떠났다. 그래서 살면서 가끔은 궁금했다. 첫사랑 그녀가 만약 살아 있었다면 누구랑 어디서 어떻게 살고 있을까 하고 궁금하다.

그저 그녀를 고이 접어 가슴에 묻었을 뿐, 세상이 힘들게 할 때마다 한 번씩 그녀를 펼쳐 보았을 뿐, 너에 대한 기억은 봄처럼 생생한데 내 마음은 겨울처럼 굳어 있다. 내 소심함 때문에 이젠 빛바랜 사진과도 같은 첫사랑을 열치기 지나듯 스쳐 보냈다. 고3때 그녀는 많이 아팠다. 아직은 젊은, 한창의 나이에 그렇게 짧은 시간에 갑자기 떠날 줄은 꿈에도 몰랐다. 나는 고3이었고 입시 준비를 핑계로 무능했다. 그녀를 붙잡고 그 옆에서 아픈 이야기 다 들어주며, 그녀에게 가졌던 그간의 내 마음도 전달해야 하는데, 따스한 말 한마디 제대로 전하지 못했다. 마지막에 만난 그녀는 내 앞에서 어떤 말을 할 듯 말 듯 머뭇거리다 하염없이 눈물만 흘렸다.

세월이 아무리 흘러도 그녀는 내 마음속에 언제나 청순한 여고생으로 서 있다. 그녀의 모습은 평생 영원히 지워지지 않는 사진과 영상으로 내 마음과 가슴속에 지금도 오롯이 살아 있다. 지워지지 않고 때로는 살아 있는 것조차 내게 용기가 될 때도 있었다. 그리하여 아득한 세월 저편에서 매일매일 날마다 사뿐사뿐 걸어오는 내 첫사랑 그녀는 언제나 조용조용 말을 걸고 그때처럼 내게 귓속말을 하고 있다.

그것은 돌이켜 볼수록 선연한 추억이며 반추해 볼수록 아련한 그리움으로 남아 가슴 한구석을 찡하게 울린다. 숨결마다 혈관마다 그리고 심장 깊숙한 곳까지 차올라 한시도 제자리에 멈추지 못하는 삶의 수레바퀴가 되어 지금까지 나와 함께 길을 걸어왔다. 언제나 내 삶의 책갈피에 기다리듯이 조용히 자리 잡고 있다.

소쩍새 우는 봄밤이나 세찬 바람이 문풍지를 울리는 겨울밤, 그녀에 대한 추억의 순간을 떠올리다 보면 잠 못 드는 밤을 더 허허롭게 만든다. 그녀를 만나는 2년 남짓 동안 단 한 번도 좋아한다는 말을 못했다. 모든 것이 내 성격에 기인하는 것이겠지만 그때는 쉽게 그 말을 하지 않는 것이 오히려 좋아하고, 사랑하는 마음의 표현인 줄 알았다.

우리는 살면서 올라갈 때 미처 보지 못한 꽃을 내려갈 때 비로소 보기도 한다. 그날 머뭇거리던 그녀의 모습이, 가시가 되어 다가왔다.

지금까지 내가 그녀를 생각하고 잊지 못하는 마음은 그녀가 비록 짧은 기간이지만 내 삶을 지배한 본능적 리비도이며 문학적 원형이었기 때문이다. 그러므로 내 삶이 끝나지 않는 한 그녀는 지금까지 나와 같은 길을 걸어왔고, 내 영혼에 새겨진 지워지지 않는 문신이 되었던 것이다. 사람을 있는 그대로 사랑하는 법을 배우는 데는 오랜 시간과 세월이 걸렸다. 진정한 사랑은 상대를 있는 그대로 사랑하는 데서 시작되는 것을.

우리는 살면서 저마다 수많은 예기치 않은 사랑을 만나고, 또 어느 순간 이별도 한다. 그리고 사랑의 순간에서 예고 없이 찾아오는 이별의 순간조차도 사랑의 과정이다.

　요즈음도 때론 고교 시절처럼 나는 그녀와의 풋풋한 사랑을 꿈꾼다. 사랑도, 이별도 운명처럼 담담하게 온전히 그대로 받아들이고 내 마음속에 그녀를 영원히 담아 두기 위해서다. 그것만이 내 첫사랑을 온전히 보존하고, 그 특별했던 사랑을 완성하는 것이라고 믿고 있다. 누가 뭐라고 하든 살면서 누리는 유일한 내 첫사랑의 특권이 아닐까. 첫사랑이 있는 사람은 있어서, 없는 사람은 없어서 아프다.

　사랑, 첫사랑은 그 흔한 유행가 노랫말처럼 대충 쉽게 연필로 쓸 수 없는 우리 삶의 진실이다. 그 첫사랑은 누구나 쉽게 쓰고, 쉽게 지울 수 있는 것이 아니다. 말처럼 쉽게 써지고 쉽게 지워진다면 그것은 이미 첫사랑이 아니다. 생각해 보면 그녀는 내게 스치지 않고 너무나 깊이 아프고 그립도록 스며들었다. 그래도 어느 시인은 이렇게 노래했다. "지나간 날들은 모두 아름답다"고……

　앞으로 내 사랑은 첫사랑처럼 예기치 않고 오지 말고, 저 바다의 밀물처럼 서서히 아주 천천히 왔으면 좋겠다. 그래서 얕은 물골부터 차오르고 난 뒤 더 깊은 물골로 올라오고 건너가는 저 느림의 속도로 숨죽이며 왔으면 좋겠다. 그리하여 포구를 지키고 있는 내 등대의 발목까지 내 사랑이 밀물처럼 왔으면 좋겠다. 지친 아이들을 위해 들려준 내 첫사랑 수업의 종료령이 울렸다. '다음 시간에 또 해 주세요' 하는 아이들에게 마지막으로 이 말을 해 주었다.

"첫사랑은 또 다른 개화를 위한 낙화다. 이번 한 주는 아마 꽃이 많이 떨어질 것이다. 그러나 우리들의 사랑은 연이어 또 꽃을 피울 것이다."

글·그림보다 사람이 좋은

예술이 저 바람처럼 자유가 될 때

우리 학교 캠퍼스에는 선생님 '문미회'가 있다. 문학과 미술, 도예, 서예를 포함하는 종합예술의 만남이다. 굳이 그 이름을 쉽게 풀어서 말하자면, 세상에 존재하는 모든 예술을 그 무엇보다도 좋아하고 아끼고, 더 나아가 내 몸처럼 사랑하는 사람들의 마음과 정신이 만난 작은 동호인 모임이다. 이십여 년 이라는 세월의 흐름과 함께 문미회 선생님들의 우정과 사랑, 친목이 깊어지면서 비록 몸은 늙어 갈지라도 마음과 정신은 점점 젊어 가고 있다.

　학교 문미회의 선생님 회원은 모두 다섯 명이다. 아침 이슬같이 아름다운 시와 아이 같은 순수한 마음으로 동시를 함께 쓰는 B선생님, 도예에 관한한 독창적인 세계의 일가一家를 이루신 K선생님, 보는 이의 마음을 단번에 뺏어 가는 그림 같은 수채화를 하는 Y선생님, 전통적인 학문인 한문과 서예에 관한 이 시대의 추사 S선생님, 그리고 글 욕심은 많아 시·소설·수필을 모두 쓰지만 어느 하나 제대로 이루어 놓은 것이 없이 평생 문학의 언저리에서 빙빙 맴돌고 있는 나까지 현재 모두 다섯이다. 한 학교에서 이처럼 다양한 예술을 하는 사람들이 한자리에 모이기도, 또 함께하기도 결코 쉬운 일이 아니다.

한때는 전체 회원의 수가 지금보다 많았던 시절도 있었다. 시와 술, 산을 세상 무엇보다 죽도록 사랑했던 C선생님, 개인전을 열며 우리나라 화단에서 한 획을 그었던 화가 K와 P선생님, 또 성격만큼 독특한 문학세계를 가지고 시를 썼던 K선생님들이 그 주인공들이다. 이분들이 세월의 흐름과 함께 직장을 퇴직하면서 그 구성원도 지금처럼 줄었다. 비록 회원의 숫자는 줄었을지언정 그 열기는 식지 않았다.

우리 모임의 가장 큰 특징은 정기적인 만남보다도 여가와 방학을 이용해 가는 기행紀行에 있다. 여름방학에 가면 여름 기행이 되고, 겨울방학에 가면 겨울 기행이 되었다. 꽃피고 새 우는 봄 기행, 단풍이 든 가을은 가을 기행이 된다. 기행의 성격을 가지고 좀 더 자세하게 명명하면 문학 기행, 미술 기행, 문화 기행, 창작 기행이며 동시에 전국 맛 기행이다.

생각이 비슷한 사람들의 모임이라 하더라도 불과 몇 해를 못 넘기고 사라지는 모임이 우리 주위에 얼마나 많은가? 문미회의 연륜은 결코 짧지 않은 강산이 두 번 바뀌는 세월이 흘렀다. 그것은 아마 바로 다름 아닌, 문미회만의 기행이 주는 유의미한 이유가 가장 큰 몫을 했다는 생각이 든다.

그리고 보니 전국 방방곡곡 우리 문미회가 안 가 본 곳이 없었고, 문미회의 발길이 닿지 않은 곳이 없었다. 강원도 쪽으로는 이효석의 봉평, 이리리의 고향 정선, 신사임당과 허난설헌의 강릉,

속초와 주문진 등, 경기도의 용인, 파주 등, 충청도는 예산과 당진, 서천 등, 인천의 강화도와 안면도 등, 남쪽으로는 부산의 금정산성을 비롯한 전 지역, 경남 고성, 합천 해인사, 전남 구례 화엄사, 목포, 완도, 고창 선운사 등 일일이 나열하기 어려울 정도로 다양했던 문화 기행, 국토 기행, 창작 기행이었다. 문학관, 미술관, 박물관, 민속관 등 문학과 미술, 예술이 있고 숨 쉬는 곳이라면 어디든 우리는 찾아갔다.

그 많은 기행이 다 의미가 있었지만 가장 인상 깊었던 기행이 하나 있다. 바로 지난 겨울방학을 이용한 2박 3일의 일성으로 준비된 남도 기행이었다. 서울에서 출발하여 전남 순천, 광양과 보성, 벌교를 거쳐 하동 화개장터, 고성, 통영에 이르는 2박 3일의 여정이었다.

서울에서 출발하여 점심시간이 지난 오후에야 순천에 도착하였다. 우리 일행은 먼저 순천만 갈대밭, 갈대숲 답사에 나섰다. 시원한 바다처럼 눈앞에 펼쳐지는 너른 개펄이 좋고 개펄 냄새를 이리저리 싣고 다니는 바람의 순례가 좋았다. 바람은 저마다 앞을 다투어 갈대숲 사이로 용케 비집고 들어왔다. 갈대들은 모두들 자신들의 가슴 안에 숨긴 태고의 음향을 자아냈다. 그리고 맘껏 자랑했다. 고개를 숙이고 끝없이 달리는 이 갈대들의 행렬은 분명 바람의 순례자들이다.

우리는 잠시 동화 속 같은 환상에 빠져 갈대밭과 개펄이 만나는 맨 끝 지점까지 걸었다. 해는 다 졌지만 서산 위, 해의 숨결은 여전히 짙었다. 갑자기 나는 날고 싶었다. 한 마리 새가 되어 갈대밭 위를 마음껏 날고 싶은 충동을 느꼈다. 순간 나는 내 어깨에 날개가 없음을 아쉬워했었다. 그때 하늘에는 저녁노을이 장관이었다.

우리나라 최대의 갈대 군락지이자 세계적인 희귀조류 서식지인 순천만 갈대밭을 물들이는 아름다운 낙조, 저녁노을 감상은 백미白眉였다. 순천만의 노을은 하늘만 채운 것이 아니었다. 노을은 개펄 위에도 땅 위에도 졌다. 개펄 위에는 썰물이 남긴 작은 웅덩이들이 남아 있었다. 그 웅덩이 위에 노을이 살아 하늘의 해처럼 달처럼 떴다.

생태 공원이 조성된 멋진 갈대밭 산책로가 만들어져 있어 물길과 닿는 지점까지 걸으며 갈대밭의 속살을 들여다볼 수 있고, 시간이 있어 사람의 발길이 닿지 않는 지역까지 감상하며 그 안에 서식하고 있는 작은 바닷게, 짱뚱어, 각종 개펄 생물 등 그들을 관찰하는 재미가 쏠쏠했었다. 과연 생명이란 게 이런 것인가 싶었다.

갈대밭에는 물 억새, 쑥부쟁이가 무리지어 피어 있었고 붉은 칠면초 군락지도 있었다. 갈대밭 어디에서 보아도 아름다운 풍경을 만나지만, 특히 용산전망대에서 바라보는 해질녘의 풍경은 전국의 사진작가들을 불러 모으기에 충분했다. 갈대밭 산책로를 따라 걷다 야트막한 용산을 20분 정도 오르면 울창한 송림과 순천만을 굽어볼 수 있는 산길 끝 탁 트인 공간에 전망대가 자리 잡고 있었다. S자 곡선을 그리며 흘러가는 물줄기와 길내밭 그리고 낙조가 어우러진 풍경은 바라보는 우리들로 하여금 감탄이 절로 나오게 했다. 때마침 탐사선이 물길을 가르며 지나가면서 길게 퍼지는 물결 위로 노을이 비치며 또 다른 그림을 만들어 냈다.

늘 사진으로 보던 순천만을 바로 옆 용산에서 내려다보는 전경은 대단했다. 시간 가는 줄 모르고 갈대밭에 푹 빠졌던 우리가 시장기를 느끼고 저녁 식사로 먹었던 순천만의 못생긴 갯벌 물고기로 만든 짱뚱어탕, 첫날 숙박은 너무 뜨거워 잠을 설친 한옥 온돌 체험, 다음 날 다시 갈대밭 산책 후 아침식사 메뉴인 참꼬막 정식까지, 지금도 잊을 수 없는 즐거운 시간이었다.

아침식사 후 보성 벌교『태백산맥』의 작가 조정래 문학관을 가는 길에 광양을 지나다가 '광양불고기' 생각이 나서 그냥 지나칠 수가 없었다. 재래식 그물망 석쇠 위에 대충 발라서 찢어 놓은 듯한 고기를 구워 양파절임, 파무침, 무절임, 마늘, 쌈 채소 등을 고기와 곁들여 먹었는데 일반 불고기와 전혀 다른 색다른 맛이 느껴졌다. 늘 하는 말이지만 여행에서 그 지역의 맛 체험은 빼놓을 수 없는 메뉴다.

점심 식사 후 그토록 오고 싶었던 벌교 조정래『태백산맥』기념관에 도착했다. 한 번은 꼭 가 보려고 기회만 엿보고 있었는데 마침내 그 소원이 이루어진 것이다.

기념관에서 조정래 작가의 일생을 보며 놀란 것들 중 하나는, 나이 마흔이 되어서야『태백산맥』을 쓰기 시작했고 한번 쓰기 시작한 이후에는 먹고, 자고, 쓰고, 본인 스스로 '글 감옥'이라 칭할 만큼 원고 속에 파묻혀 살았다는 것이다. 지금 나도 소설을 쓰지만 수많은 인물들이 등장하고 시대의 변천을 다루는 대하소설을 한 사람의 소설가가 쓴다는 건 엄청난 인내와 고통을 요하는 일이다. 늘 글을 쓰는 작가도 인물들의 관계망과 소설의 플롯을 따라가기 어려운데, 어찌 한 사람의 펜에서 이런 스토리가 완성될 수 있을까 하는 생각을 잠시 해 보았다.

우리는 기념관 옆 '소화의 집'과 소설의 첫 장면에 등장하는 '현부자의 집'을 둘러보며 잠깐이나마 소설 속으로 들어가 보는 행복한 시간도 가졌다. 우리가 작가 박경리 하면 『토지』를 연상하듯이 이렇게 작가에게 대표작 한 권만 언급되어도 대단한 일이다. 그런데 조정래 작가에게는 대표작이라 불릴 만한 대하소설이 이미 여러 권 있으니, 한국 소설 문단의 거장이라 불릴 만하다. 물론 요즘 출간된 조정래 작가의 작품에 대해서는 일부 사람들의 그 작품평이 다소 엇갈리지만, 기존의 작품들만으로도 대단한 작가임이 분명하다.

'문학은 인간의 인간다운 삶을 위하여 인간에게 기여해야 한다.'는 기념관의 외벽에 적힌 작가의 말은 그날 내내 마음에 파편으로 날아와 떠날 줄 몰랐다.

오후엔 쌍계사와 화개장터를 찾았다. 옛 화개장터에 현대에 들어와 복원한 재래식 시장이다. 사람들은 '화개시장'이라고도 부르지만 옛 명칭을 그대로 써서 '화개장터'로 부르고 있었다. 쌍계사와 화개장터는 김동리 선생의 소설 「역마」를 통해 널리 알려진 곳이다. 화개장터는 이제 영호남의 물산이 교류되는 시장을 넘어 전국 각지의 사람들이 하동의 물산과 문화를 찾아 방문하는 하동의 명소가 되었다.

화개장은 본래 화개천이 섬진강으로 합류하는 지점에 열리던 장場이다. 그 옛날에는 섬진강의 물길을 주요 교통수단으로 하여 경상도와 전라도 사람들이 이 시장에 모여, 내륙에서 생산된 임산물 및 농산물과 남해에서 생산된 해산물들을 서로 교환하였다고 한나. 지금도 장돌뱅이들의 저잣거리와 난전, 주막, 대장간 등 옛 시골 장터 모습이 남아 있는 것이 우리의 눈길을 끌었다. 장터 주막에 들러 파전과 두부, 도토리묵을 안주 삼아 토속 막걸리를 마시며 옛 정취에 젖어 보기도 했다.

쌍계사와 화개장터를 둘러본 후, 해가 뉘엿뉘엿 넘어갈 시간에 우리 일행은 작고한 박경리 선생의 대하소설 『토지』의 주 무대이자 '최참판댁' 고택이 있는 경남 하동 평사리를 찾았다. 언젠가 봄에 혼자 이곳을 방문했을 때에는 노란 유채꽃과 꽃분홍 진달래 등이 피어 연푸른 나뭇잎과 어우러져 봄내음을 한껏 물씬 풍겼는데, 이번에는 방문한 계절이 겨울이라 한편에 있는 대나무숲 바람에 사각사각 흔들리는 대나무잎 소리가 마치 여인의 옷 벗는 소리처럼 또 다른 음향을 들려주었다.

제법 어두컴컴해진 시간, 날이 저물어 최참판댁에서의 아쉬움을 뒤로하고 다음 일정을 위해 우리 일행이 탄 차는 어둠을 헤치고 경남 통영으로 발길을 돌렸다. 통영의 굴과 회로 저녁 만찬은 준비되었다. 그날 밤 우리는 여행의 피로도 잊어버리고 밤이 이슥하도록 지나온 여정과 삶을 주제로 이야기꽃을 피웠다.

다음 날 아침, 통영의 명물인 케이블카를 타고 올라간 통영 미륵산에서 내려다본 통영 앞바다는 정말 한 폭의 수채화다. 그 순간 Y선생님이 이를 놓칠세라 가방에서 스케치북을 꺼내들고 쓱쓱 그림을 그려 나갔다. 통영 앞바다에는 많은 섬들이 보석처럼 참 아름답게 박혀 있다. 그 섬들 사이에서도 가장 아름다운 공주 섬이 자리 잡고 있는 통영. 공주 섬에는 아주 오랜 옛날, 섬이 먼 바다에서 떠내려오다가 어느 여인이 이를 보고 놀라 소리치자 지금의 위치에 멈추었다는 전설처럼 그 이름값을 톡톡히 하며 그 자태를 뽐내고 있었다.

우리는 통영의 시인 청마 유치환 선생의 생가를 방문했다. 선생은 아마 어린 시절 통영 앞바다 공주 섬을 보면서 부딪치는 파도소리를 노래 삼아 동심의 세계를 아름답게, 그리고 바닷물에 발을 담그고 바윗돌의 굴 껍질에 발바닥을 찔리는 가운데 손등으로 모래성을 쌓으며 시인의 꿈을 키우지 않았을까 싶다. 그리고 마지막으로 모두가 예상치 않은 「꽃」의 시인 김춘수 기념관도 마침 통영에 있어 반가웠다. 우리 일행이 일정에 없던 기념관을 둘러볼 수 있는 기회도 덤으로 얻었다.

통영은 전국 어느 지역 못지않게 먹거리가 풍부한 곳이다. 파래국, 병아리(병어)국, 합자젓국, 뽈태기젓, 대구알젓이 통영 사람들의 영원한 향수다. 우리 일행은 통영과 충무의 명칭을 놓고 한동안 논쟁이 벌어졌다. 알고 보니 통영은 조선시대 삼군수군통제영三道水軍統制營을 줄인 말이 통영統營으로, 지금의 통영시로 통제영을 옮기면서 시작되었다고 한다. 또한 충무시忠武市의 본 지명은 통영군이고, 통영군에서 시로 승격되면서 충무공忠武公의 시호를 따서 충무시라 하였으며, 통영이나 충무시의 탄생은 삼도수군통제영과 충무공에 연유하여 붙여진 이름임을 통영에 가서야 이번에 비로소 알았다.

수산 시장을 둘러보니 통영 사람들은 유난히 인정이 많고 인심이 후했다. 늘 자기보다 더 어려운 사람 편에 서서 정을 준다고 한다. 빈손 빈주먹으로 통영을 찾아온 타지 사람들은 대개가 인심이 후한 통영 사람들 속에서 일자리도 얻고 더 크게 성공하여 이곳을 제2의 고향으로 여기고 살아간다는 얘기도 여기저기서 많이 들렸다. 이처럼 통영은 예로부터 예향으로 우리나라에서도 알아주는 시인, 소설가, 화가들이 많이 배출되어 하늘의 별처럼 지금의 통영을 빛내 주고 있었다.

문미회의 여행, 정확히 기행紀行은 무엇보다 매번 우리의 정신세계를 살찌운다. 우리들이 집과 일터를 떠난다는 것은 곧 새롭게 만난다는 뜻이기도 하다. 새로운 만남이 없다면 그 떠남도 무의미하다. 떠난다는 것은 단순한 소극적인 도피가 아니라, 보다 높은 꿈과 이상을 위한 적극적인 추구이다.

우리는 늘 바쁘다 바쁘다 하면서 정작 나 자신을 잊고 살지 않았는지 뒤를 돌아다볼 일이다. 그래서 우리는 나 자신을 찾기 위해 떠난다. 살면서 무뎌진 타성의 늪에서 떠나고, 속박이라는 현실의 굴레에서 떠나고, 집착하는 마음으로부터 떠나고, 삶의 재충전을 위해 떠난다. 우리는 지금까지 나름 열심히 떠났다. 앞으로도 문미회는 그 떠남의 여정旅程을 계속할 것이다. 그 이유는 글과 그림보다 함께하는 사람이 좋고 아름다운 사람들이 모여 함께하기 때문이다.

설렘과 떠남의 계절이다. 다가오는 가을에는 바람처럼 훌쩍 떠나고 싶다.

여러분, 지금 어떤 행복을 꿈꾸나요

우리는 어느 날 모두 같은 길에 우두커니 서 있다

"선생님, 내시경 검진과 조직검사 결과가 암으로 나왔는데, 결과로 봐서는 수술을 해야 합니다. 그래도 너무 걱정 마세요. 선생님은 초기인데다 요새는 수술 잘하고 관리만 하면 대부분 완치되는 경우가 많습니다. 암을 조기 발견한 것이 천만다행입니다. 자각증상이 없어 대부분 뒤늦게 발견하는데……."

몇 해 전 팔월이었다. 직장 동료 B는 아침마다 변비로 화장실에 있는 시간이 길어졌다. 퇴근하면 금방이라도 쓰러질 듯이 전신 피로감에 젖은 B를 본 아내의 집요한 권유로 미루고 미루다가 마침내 건강검진을 받게 되었다. 그 즈음 나와 같은 학교에 있는 B는 9월 수시전형을 앞두고 대학 선택부터 추천서 작성, 자기소개서 지도 등으로 전국의 대부분 고등학교 선생님이 그러하듯 정말 하루하루를 눈 코 뜰 새 없이 보내고 있었다.

"당장 수술해야 하나요? 아이들 11월 수능 끝나고 하면 안 되나요?"

그러고 보니 처음 교단에 선 이래 지금까지 학교에 매달려 한결같이 살았으니 기계라도 고장이 날 만했다. 설령 그렇다 하더라도 자신에게 암 진단은 꿈에라도 생각하지 못했다. 암이라는 말을 듣는 순간 두려움과 공포심이 그에게 엄습해 왔다. 평소 건강을 챙기라는 아내의 말을 그냥저냥 귓등으로 흘려듣고 몸 관리를 못한 결과였다. 당장 수술을 해야 한다는 의사의 말을 뒤로하고 병원 문을 나섰다.

　병원을 나온 그는 가까운 찻집에 아내와 마주 앉았는데, 그 순간 자신도 모르게 주체할 수 없는 눈물이 왈칵 쏟아졌다. 말없이 조용히 그를 바라보던 아내도 덩달아 눈물을 쏟아내고 있었다. B가 굳게 닫혔던 입을 마침내 열고 한마디 했다.

　"여보! 나 그동안 참 열심히 살았지? 그치? 근데 내가 왜?"

　"네, 맞아요. 당신, 정말 최선을 다해 열심히 살았어요. 그렇기 때문에 수술도 잘될 거예요. 당신 더 열심히 살라고 하느님이 잠시 시련을 주신 거예요."

　아내는 흔들리는 B의 모습을 보고 걱정 말라고 말하면서도 목소리는 여전히 많이 떨리고 있었다. 그리고 흐르는 눈물도 좀처럼 멈추질 못했다. 순간 늘 건강이 좋지 못해 파리한 몸을 이끌고 두 아이를 말없이 키우며 모든 걸 참고 살아 준 아내가 고맙기 그지없었다.

　아무리 여자의 팔자가 '뒤웅박 팔자'라고 하지만, 융통성이 없어 오로지 학교밖에 모르는 못난 남편을 만나 결혼 이후 이십여 년이 지나도록 해외여행은커녕 제대로 된 국내여행도 가 보지 못했다면 어느 누가 믿겠는가. 다른 것은 둘째 치고 그날 B는 그것이 그렇게 후회스러울 수가 없었다. 정말 그는 자신이 형편없이 부족한 남편이라는 생각이 들었다.

교사 초년병 시절에 처음 아이들 앞에 섰을 때 B는 자신이 의욕과 열정 덩어리였다. 아침 7시까지 출근하여 등교지도부터 밤10시 야간자율학습지도까지 강행군을 해도 조금도 피곤한 줄 몰랐다. 젊다 보니 한 10년간은 생활지도부에 배속되어 매 수업 시간 이후에는 흡연과 학교폭력 등에 대한 생활지도가 쉼 없이 이어졌다. 지금은 학교마다 전담경찰관(SPO)이 있지만, 그때는 어느 학교나 있는 아이들로 인해 관할경찰서에 자주 드나들다 보니 담당 형사들과도 서로 인사를 나누는 막역한 사이가 되었다. 그래도 힘든 일에는 항상 보람이 있었다. 그렇게 애를 먹이고 그 부모들도 포기하고 내놓았던 아이들이 정신을 차리고 어엿한 한 사람의 사회인이 되어 찾아왔을 때, B는 자신의 자식이 잘된 것보다 더 기쁘고 반가웠다.

분명 교직은 다른 직업과 다른 그 무언가가 있음을 그때부터 그는 분명히 느꼈다. 그러나 여느 학교도 마찬가지지만, 입시에만 매달리다 보니 그 반대로 학교생활에 그다지 재미를 느끼지 못했던 소외된 아이들도 많아 이들의 인성교육이 시급함을 처음 고민하게 되었다. 이후 또 10년 후에는 교육경력이 쌓이자 고3 담임을 연이어 하면서 조금이라도 더 좋은 대학에 아이들을 진학시키기 위해 밤낮으로 매달렸다. 심지어 밤 12시까지 야자(야간자율학습)를 시키는 시절이었다. 전국의 고3 담임은 모두 힘은 들었지만, 그는 나름 보람과 행복을 느끼기도 했다. 교직은 어찌 보면 마약 같은 부분이 있지 않나 하는 생각을 지금도 B는 가끔 한다.

2012년, 드디어 바라고 꿈꾸던 일이 이루어졌다. 학교 도서관 운영과 읽기 쓰기 등 독서교육, 독서토론과 논술교육을 전담하는 부서의 책임자가 된 것이다. B가 그렇게 바랐던 이유는 다름 아닌 책을 통해서 인성교육이 가능하다고 믿고 있었기 때문이다. 책을 읽고 독후감 쓰기 정도에 지나지 않던 이제까지의 독서교육은 안 된다고 판단했던 그는 강남구, 송파구 등 지역사회에 있는 큰 도서관은 물론 작은 도서관까지 찾아다니며 독서매뉴얼과 독서프로그램 계발에 의욕적으로 매달렸다.

운이 따랐을까, 독서교육의 중요성을 알고 계신 교장 선생님의 전폭적인 지원으로 학교도서관 도서구입예산과 독서프로그램 운영예산을 전년도에 비해 3배 이상 받을 수 있었다. 첫해는 7개, 다음 해는 10개, 올해는 연간 15개의 독서프로그램을 운영했다. 특히 신학기 초에 학년별 10권씩 모두 30권의 지정도서와 권장도서를 정해 놓고 '3년간 30권 읽고 졸업하는 330 독서메뉴얼'을 만들기도 했다.

그런데 사실 돌이켜보면 B는 오로지 학교만 알았지, 나머지 다른 것에는 젬병이었다. 방학에도 학교에서 살다시피 하는 B를 그래도 그의 아내만은 이해해 주었다. 다행히 아이들은 든든한 아내가 옆에 있으니 어련히 잘 자라 주었다.

그는 자신이 어렵고 힘들게 자라온 성장환경과 학창 시절을 생각해서라도 결코 우연이 아닌, 자신이 운명처럼 만나 가르치는 아이들 하나하나에 모든 걸 걸고 싶었다. 또 그동안 그렇게 했을 때 어디다 비교할 수 없는 행복감을 그는 느꼈다. 그날 B가 병원에서 아내와 집으로 돌아오면서 차창을 통해 올려다본 하늘은 잔뜩 어두워진 자신의 마음과 달리, 푸른 가을 하늘처럼 한없이 높아져 있었다.

그는 생각한다. 이 세상 사람들 모두가 잠이 들고 어둠 속에 갇혀서 그 꿈조차 잠이 들 때, 홀로 일어난 새벽을 두려워하지 말고 별(아이들)을 바라보며 묵묵히 걸어가는 사람이 되고 싶다고. 아무리 어둡고 절망적인 상황 속에서도 꿈과 희망을 만드는 그런 사람이고 싶다고. 우리 아이들에게 넉넉한 웃음과 따뜻한 마음으로 꿈과 희망을 심어 주고 싶다고. 왜냐하면 그는 누가 뭐래도 이 땅의 스승이기에……

수술 후 다행히 경과가 좋아 두 달 만에 그는 학교에 복귀했다. 그리고 삼 년이 지난 지금, 마치 봄날에 새 기운에 잔디가 솟고 잎새에 새순이 돋은 느낌이다. 건강이 좋아져서 여전히 자신이 맡은 책읽기와 글쓰기 등 독서교육에 최선을 다하고 있다. 그리고 그 어느 때보다 행복하다. 이렇게 다시 죽음의 갈림길에서 삶의 열정을 다시 불태울 수 있는 기회를 다시 얻었기에 그러하다. 무엇보다 주변에 있는 여러 선생님들의 격려가 큰 힘이 되었다. 오늘은 그에게 유난히 따사로운 가을 햇살이 교정에 가득하다.

그는 또 생각한다. 우리에게, 인간에게 행복이란 과연 무엇인가. 밖에서 오는 행복도 있겠지만 안에서 내 마음에서 향기처럼, 꽃향기처럼 피어나는 것이 진정한 행복이 아닐까. 그 행복은 많고 큰 데서 오는 것이 아니고 지극히 사소하고 아주 조그마한 데서 찾아온다. 그것도 아주 가까이서.

행복은 가장 가까이 있다
언제든 날아가 버리는 한 마리 파랑새

백일장에서 쓴 글을 매우 감명 깊게 읽었다. 글제는 '행복'이었다. "알고 보니 엄마는 혼자 날 수 없는 새가 아니었다. 늘 자신이 불행하다고 생각했던 엄마였다. 아빠라는 날개가 없어도 좋았다. 엄마라는 이름만으로도 굳건히 중심을 잡고 날아오를 수 있을 것이다. 엄마는 지금 행복이라는 양 날개를 꿈틀거리며 날아오를 준비를 하고 있다. 엄마의 힘찬 날갯짓을 이제는 내가 돕고 싶다. 엄마에게 행복은 가까이 있었다."

내가 잘 아는 교수님이 한 분 있다. J교수는 독실한 기독교 신자로 전공 분야에서 상당한 권위를 가지고 있었고, 문단에서 소설작가로도 매우 유명한 분이다.

두 자녀를 두었는데, 모두가 비교적 별 문제 없이 공부도 잘하고 행동도 반듯했다. 그런데 어느 날부터 고등학교에 다니던 아들의 성적이 갑자기 떨어지고 행동도 이전과 같지 않았다. 심지어 아들이 학교폭력에 연루되어 학교에까지 불려 갔다. 그래서 아버지인 J교수는 처음으로 엄청 충격을 받았고 놀랐다고 한다. 그래서 학교에 있는 내게 조언을 얻기 위해 연락을 해왔다. 적어도 자식 하나만큼은 잘 키우고 있다고 자부했는데 그렇지 못했다는 것을 비로소 알았기 때문이었다. 그리고 누구보다 가정적으로 나름 행복하다고 느꼈는데 그것이 허상이었음을 알았다고 했다.

아이가 그렇게 된 그 원인을 가만히 곰곰이 생각해 보니까 그동안 자신이 학교다, 학회다, 논문이다, 소설 쓰기에 몰두해서 그 아들에게 많이 소홀히 했던 때문이 아닌가 반성했다고 한다. 그래서 어느 주말 오후, 그 아들을 데리고 함께 집에서 다소 먼 산에 올랐다. 물론 평소에 산을 좋아했던 J교수였지만 다소 의도적이었다. 답답한 서울 도심지를 떠나 이런저런 이야기를 나누면서 힘들지만 산의 정상까지 올랐다. 평소 등산을 자주 다닌 J교수였지만 높은 산에 오르기란 쉬운 일이 아니었다. 온몸이 땀에 젖고 숨이 차 몹시 헐떡이지 않을 수가 없었다. 함께 간 아들도 마찬가지였다. 그리고 산의 정상에 오른 J교수는 아들에게 기도를 하자고 했다고 한다.

기도의 내용은 특별한 것이 아니라, 지금까지 지나온 일에 대하여 감사하고 아들이 건강하게 고등학교에 다니고 있음을 감사드린 다음, 아들에게 보다 많은 사랑을 주지 못한 데 대한 반성과, 그 아들의 앞길을 부탁하는 것이었다. 그리고 그 아들에게 한 가지 약속을 했다.

"내가 이제부터 매주 토요일이면 여기에 올라와서 널 위해 기도할 작정이다. 그동안 이 일 저 일 바빠서 너에게 많은 사랑과 보다 깊은 정성을 쏟지 못해 미안하나. 이제부터는 너에게 사랑과 정성을 쏟겠다. 매주 땀을 흘리며 여기에 올라 기도를 할 생각이다.”

이렇게 했더니 당장 그다음 날부터 그 아들의 행동이 달라져서 열심히 공부하고 또 생활도 많이 좋아졌다는 것이다.

얼마 후 만난 J교수는 요즘 비로소 행복하다고 했다. 늘 직장에서, 집 밖에서만 자신의 행복을 찾았고, 그것이 전부인 양 거기에 만족했는데 겪어 보니 그것은 진정한 행복이 아니라 단순히 자기만족에 불과했다는 것을 알았다고 했다. 가장 가까이 있는 내 가족이 행복하지 않다 보니 다른 어떤 무엇을 해도 마음이 불편하고 모든 것이 편하지 않음을 느꼈다고 한다.

이른 새벽 신문을 배달하는 아저씨, 우유를 배달하는 아주머니, 또 거리를 청소하는 환경미화원 아저씨, 밤을 새워 달리는 열차나 화물 트럭을 운전하는 기사님, 추운 날 더운 날 가리지 않고 땀을 비 오듯 흘리고 숨을 헐떡거리며 택배를 하는 기사님들은 얼마나 행복할까, 그들은 정말 행복할까 하고 가끔 생각해 본다.

이 세상에 행복을 원하지 않는 사람은 아마 단 하나도 없을 것이다. 아니, 우리는 모두 이 행복이라는 것을 어떻게 붙잡아 보기 위해 날마다 밤마다 처절하게 이처럼 복잡한 세상을 아등바등 살며 때로는 방황하고 있는지 모른다.

우리 아이는 이른 아침 왜 피곤한 몸을 일으켜 등교할 준비를 하고, 부모들은 서둘러 출근하려고 하는가. 또 얼마나 많은 부모들은 아이 방문 앞에서 아이를 조금 더 재우려고 몇 번이나 망설이고 주저하다가 마침내 어째서 곤히 잠든 아이를 깨워서 학교에 보내려고 하는가. 모든 어머니들은 무엇 때문에 아침 일찍 일어나 날마다 찬물에 손을 담그면서 밥을 지어 식구들을 먹이려고 하는가.

하루하루 살다 보면 우리는 복잡한 일을 만나서 그것을 해결해야 하고, 때로는 어려운 사람을 만나서 땀을 흘려야 하는 경우도 참으로 많다. 왜일까. 결국 살기 위해서이고 오늘보다 나은 내일은 행복하게 살기 위해서이다. 이 '행복'이라는 것을 여느 물건처럼 사고 팔 수만 있다면 행복처럼 잘되는 장사는 이 세상에 없을 것이며, 아마도 이 '행복'가게처럼 사람들로 붐비는 가게는 없을 것이다.

그러나 불행히도 이 행복은 사고 팔 수가 없다. 따라서 돈을 가진 순서가 행복의 순서가 될 수 없고, 지위의 높낮이가 행복의 순서가 될 수 없으며, 권력의 많고 적음이 행복의 위치를 결정지어 주지 않는다.

일반 회사에서 계장이 대리보다 행복하고, 과장이 계장보다 행복하고, 부장이 과장보다 더 행복한 것이 아니며, 작은 다세대 주택에 사는 사람보다 대형 아파트에 사는 사람이 더 행복하며, 작은 상가를 가진 사람보다 상가 전체가 입주한 빌딩을 가진 사람이 한참 더 행복할 것 같지만 현실은 반드시 그렇지 않다. 오히려 사람의 행복은 그 반대인 경우가 더 많다.

더욱더 불가사의한 것은 이처럼 온 인류가 좋아하고 그렇게 얻으려고 하고 찾는 이 행복을 눈으로 본 사람이 없다는 것이다. 길거리에 서서 지나가는 수많은 사람들에게 행복을 본 사람이 있는지 물어보라. 바로 이 행복은 물체가 아니기 때문에 그 누구도 볼 수가 없다. 단지 우리가 살면서 느낄 뿐이다.

오늘 하루도 사람들은 저마다 자신만의 행복을 찾기 위해 부단히도 애쓰며 살아가고 있다. 그러나 세상이 주는 행복은 늘 영원하지 않다. 게다가 우리가 찾아낸 행복이 결코 영원하지 않기에 우리의 마음은 늘 공허하다. 이 때문에 지금의 내가 하는 이 생활을 행복하다고 느끼는 사람은 생각처럼 그렇게 많지 않다. 모두가 지금 자신의 생활에 대하여 불만족스럽고 불평스러운 사람들뿐이다.

그렇다면 우리 인간은 결코 행복할 수 없으면서 그 행복을 찾고 얻기 위해 이렇게 땀을 흘리는 것일까. 행복은 우리 모두에게 영원히 찾을 수 없는 수수께끼일까. 결코 그렇지 않다. 지금 바로 당장 내 옆에 와 있는 행복을 놓치고 있는 것은 아닐지 내 주변을 돌아보고 생각해 볼 일이다.

앞서 들려준 J교수님 이야기만 해도 그렇다. 부모들은 자녀들의 성적이 좀 부진하거나, 행동이 여의치 않으면 그 당사자인 아이만 탓하고 나무라고 야단친다. 학교 보내 주고, 학원 보내 주고, 해 달라는 것 다 해 주는데 뭐가 부족하고 불만이냐고 말이다.

학교에서 수많은 학생들을 지도해 보면 자녀가 잘못된 경우에는 반드시 그럴 만한 무슨 이유가 꼭 있다. 그 이유 중에 대표적인 것이 부모님이 방심과 무관심, 무지에서 오는 경우가 많다. 집에서 키우는 애완동물, 화초 하나에도 온갖 사랑과 정성을 기울여야 제대로 온전히 자란다. 하물며 사랑과 정성을 다 쏟아야 하는 아들과 딸 교육은 더 말해 무엇 하겠는가.

이렇게 날씨가 무척 추운 날이나 더운 날, 우리는 다른 어느 때보다도 감사하는 마음을 가지며 하루를 보내면 좋겠다. 나를 챙겨주는 부모님, 등굣길에 만난 교통경찰 아저씨, 내가 탄 버스 기사 아저씨, 우리 아이를 돌보아 주는 선생님 등…….

학교에서 아이들과 대화를 나누다 보면 집에 돈이 많은 것 보다 가족과 함께 맛있는 음식을 먹으며 오순도순 재미난 대화를 나누고 있을 때 아이들은 안정감 및 행복감을 가장 많이 느낀다고 말한다.

"범사에 감사하라"는 성경의 말씀도 있지만 우리 주변에서 땀 흘리는 모든 이에게 감사하는 마음을 가지는 것 또한 진정한 내 행복이 아니겠는가. 오늘부터라도 그저 생각만 해도 좋은 사람이 있다는 행복을 다 함께 느껴 보자.

인생의 행복을 찾는 당신, 행복은 항상 바로 내 곁에 날아와 있다. 붙잡지 않으면 언제든지 날아가는 한 마리 파랑새, 그리고 그 행복은 우리 근처에 있다는 지극히 평범한 사실을 알고 나면 오늘 하루도 행복하다.

다시 생각하는 스승의 자리

내 죽으면 한 개 바위가 되리라

하루가 다르게 세상이 변한다고는 하지만 그래도 대개의 사람들은 모두 학창 시절의 추억만큼은 소중히 간직하고 있다. 햇살 눈부신 창문을 사이로 그 안팎에서 일어나는 수많은 사연과 삽화들이 꿈같은 추억으로 엮이는 아련한 그 시절, 그때를 생각하면 창 너머 모교의 교정에 선 플라타너스 한 그루도 예사롭지 않고 농구대와 철봉대 주변에서 뛰놀던 동무들의 시끄러운 소리도 막연히 그립기만 하다. 그래도 말도 많고 탈도 많던 그 시절이 사제 간의 정도 많았다.

오래된 일이지만 우리 반 민우의 문제가 시끄럽게 될 것이란 예감을 가진 것은 1교시 수업 직전에 전화를 받고나서였다.

"당신이 우리 민우 담임 선생이요!?"

옆자리의 박 선생님으로부터 수화기를 받아들었을 때 상대방의 거친 목소리가 전화선을 타고 흐르고 있었다.

"거기가 학교지 사람 패는 곳이요?"

"누구신지, 그리고 무슨 말씀인지?"

그 뒤로부터 그쪽에서 무슨 얘기가 어떻게 나왔는지 내 머릿속에는 하나도 남아 있는 것이 없었다. 다만 당혹감과 수치와 분노가 한데 뒤엉킨 감정만이 불끈불끈 가슴을 밀치듯 솟아나는 것이었다. 나는 어제 있었던 일을 반추했다. 사건의 당사자인 민우는 성적은 비교적 우수했으나 평소 남의 약점을 들춰내기를 좋아하고 친구들 사이에 이간질을 잘해 급우들 사이에서 평판이 그다지 좋지 않았다. 어제는 얼마 전 아버지가 사업을 하다 구속된 친구 동영이의 아픈 마음을 건드려 한바탕 주먹다짐이 벌어진 사건이 있었다. 그 사실을 안 나는 동영이보다 특히 민우의 종아리를 더 많이 때렸다.

그럴 수가, 자식 안 귀한 부모 없다지만 제 자식을 맡아 가르치는 담임 선생님에게 어떻게 그럴 수가 있는 것일까? 옆 자리의 동료 선생님들이 아이들 문제로 학부모의 항의를 받아 고통스러워하는 것을 여러 번 보았지만, 막상 내가 당하고 보니 그 충격이 엄청 컸다. 생각할수록 가슴이 치받치고, 자존심이 상하고, 자괴감에 눈물이 삐져나옴을 주체할 수 없었다. 순간 나는 얼마 전 S선생님과의 우연한 재회를 떠올렸다.

복잡한 퇴근길이었다. 누구나 할 것 없이 자신의 부피만큼 짐짝꾸러미로 취급되는 만원버스나 지하철의 출퇴근길은 하루같이 겪는 일이지만, 비가 내리는 날은 유난히 더 힘들다. 그러다 보면 누구나 짜증이 나고 그날의 피곤지수는 상승하고 만다. 올여름 무더위와 가뭄으로 인한 피해가 연일 매스컴에 맛좋은 반찬처럼 오르내렸지만 그나마 시울은 잊을끼 싶으면 비가 내렸다. 기상청의 기상 예측이 연일 보기 좋게 빗나가자 그 존재 유무와 가치가 사람들의 입에 회자膾炙되고 있는 안타까운 상황이 연출되고 있었다.

그날도 이른 아침부터 잔뜩 찌푸려 있던 하늘은 퇴근시간이 가까워지면서 비를 내리기 시작했다. 아침에 비를 예측하고 우산을 미리 챙겨 준 아내가 최근의 기상청보다 여간 고맙지 않았다.

버스에서 내려 지하철로 환승하기 위해 바쁜 걸음으로 승강장으로 발길을 옮기고 있었다. 그곳은 이른 시간부터 등교하는 학생부터 출근하는 직장인까지 가장 많은 인파가 붐비는 교차로였다. 더군다나 지하철이 있는 내로변에 L백화점이 있어 사람과 차량이 뒤엉켜 혼잡이 대단했다. 그런데 그 많은 사람들이 발길을 멈추고 한 장면을 주시하고 있었다. 사람들이 길을 건너는 횡단보도 앞에서 노란 우의를 입은 한 할아버지가 어떤 젊은이와 입씨름을 하고 있었다. 또 예의 없는 젊은 사람 중의 하나이겠거니 하고 평소와 같이 무심히 지나치려다 그 노인, 할아버지를 보는 순간 나는 나도 모르게 거의 본능적으로 달려가 노인의 손을 잡았다.

"저기~ 선생님 맞지요?"

비록 교통표식의 모자를 눌러 쓰셨지만 후리후리한 키와 함께 학생인 우리에게도 늘 하셨던 '다음 시간까지 숙제해 오소.'와 '지난 수업 어디까지 했능기요?'에서 보듯 '~오소'와 '~능기요'로 대표되는 선생님 특유의 경상도 말투, S선생님이 분명했다. 선생님도 깜짝 놀라시더니 이내 씨익 하고 웃음을 지어 보이셨다.

"아니, 자네가 누궁기요? 아이고, 반갑소. 자네 바로 배작가가 아닝기요?"

"선생님, 어떻게 아직도 제 이름을……?"

"내가 자네를 어떻게 잊을 수 있능기요? 그러면 안 되능기요."

순간 참으로 부끄러웠다. 선생님은 까까머리 검정 교복 마지막 세대 80년대 초에 만났던 고등학교 문예반 선생님이었다. 이 글을 쓰고 있는 지금 내가 학교에서 국어를 가르치고, 신춘문예를 통해 등단하고, 글줄이나 쓴다고 끄적거리고 있는 자체가 모두 S선생님 덕분이다. 앞서 문학의 바탕을 깔아 주신 중학교 시절 국어 L선생님도 계시지만, 결정적인 문학의 길로 들어서게 한 장본인이 바로 S선생님이었다.

그날 퇴근 이후 선생님과 제대로 된 재회를 했다. 알고 보니 선생님은 정년퇴임 이후 자식들 때문에 상경하셨고, 자식들이 모두 출가한 후 소일거리를 찾다가 생각해 낸 것이 사회에 봉사하는 마음으로 출근길과 퇴근길 횡단보도 교통정리를 하신다는 것이었다. 아침에 본 장면은 횡단보도 신호가 끝났는데 건너려고 해서 참지 못하고 기어코 불러서 꾸중하고 있는 상황이었음을 설명하셨다.

"선생님, 대체 이게 몇 년 만이지요? 그동안 어떻게 지내셨어요? 요즘 세상도 험악한데 그러시다 무슨 봉변이나 당하시면 어쩌시려고요?"

"이보게, 좀 하나씩 물어볼 수 없능기요? 난 입이 하나밖에 없이시 힌 가지씩밖에 대답할 수가 없소."

선생님은 예나 지금이나 그 여유는 여전하셨다. 흰 머릿결과 주름진 얼굴을 제외하고는 그 유머스런 어투는 조금도 변하지 않았다. 우리는 식사를 하고 찻집에서 차를 마시며 밀린 이야기꽃을 피웠다.

"먹고 사는 것이야 어렵지 않지. 연금이 나오니까. 그런데 말이지, 일을 하지 않으니까 도무지 밥맛이 나질 않구만. 나도 문청文靑 시절이 있었다네. 집사람은 하늘로 떠났고 글이라도 계속 썼다면 지금 외로움이 조금은 덜할 텐데⋯⋯."

신생님은 내가 학교에 몸담고 있다는 이야기를 듣고 다른 제자들로부터 들은 바가 있다고 하시면서 매우 기뻐하셨다. 선생님은 모처럼 즐거운 듯 연신 웃으셨고 즐거워 하셨다. 이후 늦은 시간 소주잔까지 기울였고 나는 술이 과했던 선생님을 댁에까지 모실 수 있었다. 선생님의 마지막 당부가 지금도 내 귀에 쟁쟁하다.

"이보게, 열심히 살게. 스승의 자리는 늘 외롭지만 마음 든든한 자리일세. 그리고 쓸 수 있는 한 열심히 글 쓰고 책도 내게. 알겠능기요? 명심하게."

당시 고등학교 시절 어느 가을비 오는 날, 선생님은 수업하시다 말고 비 내리는 창밖을 내다보시면서 맨몸으로 비를 맞는 저 느티나무 교목의 의연함, 생명의 마지막까지 인생의 마지막 계절까지 남아 있는 나뭇잎의 오기를 너희들 것으로 하라던 선생님, 판·검사, 의사가 되고 그 어떤 지위와 자리에 올라가더라도 시를 읽고 소설을 읽어야만 삶과 인생을 제대로 알 수 있다며 모든 출발점은

'문학'이라고 강조하시던 선생님. 그리고는 유치환 시인의 「바위」를 나직이 읊조리던 선생님이었다.

"내 죽으면 한 개 바위가 되리라. 두 쪽으로 깨뜨려져도 소리하지 않는 바위가 되리라."

난 선생님에게 참으로 많은 것을 배웠다. 몇 푼의 동전 냄새가 나는 친절이 아닌 마음으로 인간을 사랑할 수 있는 진정한 방법을, 투박한 질화로 속에서 나는 구수한 된장찌개, 군밤 냄새와 같은 인정의 고귀함을, 그리고 우리네 이웃과 마른 떡 한 조각이라도 나누어 먹으며 살 수 있는 그러한 삶을 가르치는 참스승의 자리를 배웠던 것이다. 그리고 선생님의 한마디 말씀 하나하나가 내 삶에 큰 위로와 격려가 되었고, 지금도 내 가슴속에 따뜻한 온기로 남아 있다.

친구는 내게 이렇다

그 시절, 멈추어진 시간의 감옥 속에 갇히다

"나 고향 친구 K이다. 반갑다. 친구, 정말 반갑네 그려. 이거 얼마 만인지 모르겠네. 이 메일 보거든 연락 한 번 주면 좋겠네. 서울에 있는 다른 친구들도 자네 근황을 궁금해하면서, 서울에 산다는 자네 소식을 듣고 무척 반가워하더라. 시간이 나면 조만간 같이 꼭 저녁이라도 한 끼 먹었으면 좋겠네."

어느 날 메일을 받았다. 그것도 갑자기. 정말 반가웠다. 그리고 먼저 연락해 준 친구 K가 몹시 고마웠다. 사실 내가 먼저 한 번 연락을 해야지 하면서도 늦어졌다. 분명 내게도 그럴 수 있는 시간 과 마음의 여유가 있었기에 더 미안했다. 그보다 내 자신이 누구 보다 학창 시절의 순수한 마음을 잃어버리지 않고 간직하고 있었 기에 먼저 연락하지 못했던 부분이 못내 아쉬웠다. 굳이 핑계라도 댄다면 저마다 그저 사는 것이 바빴다고 말할 수밖에 다른 도리가 없다.

게다가 학교 동창인 경우 졸업하고 늘 항상 자주 보는 사이는 그래도 상관없지만, 내 경우 우리 사이처럼 적지 않은 세월이 흘렀을 때에는 더구나 그 만남이 쉽지 않다. 친구 사이라 하더라도 생각보다 여러 제약이 개입되어 있다. 지금 내 스스로 얼마간 자부심과 자긍심을 가지고 있고, 현재 학교에서 가르치는 아이들과 또 많은 학부모에게 존경을 받고 있을지 모르지만, 사회적으로 누구나 인정하는 큰 성공의 범주에 들어가지 못하는 경우에 그러하다. 물론 누가 뭐라 하지 않지만 마치 돈을 빌려 달라거나 다른 부탁이 있는 것처럼 불쑥 연락하기가 그렇게 말처럼 쉽지 않다.

흔히 사회적으로 성공하고 좀 더 잘나가는 친구에게 그렇지 못한 친구가 연락할 때에 생기는 자격지심自激之心도 전혀 없지는 않다. 사회에서의 성공 기준 또한 저마다 모호하지만, 일반적 기준에서 성공한 당사자는 친구 사이에 그런 것이 뭐가 중요하냐고 말할지 모른다. 그러나 우리가 사는 사회적 현실은 그렇지 않다.

친구 K는 동창들 중에서, 아니 우리나라 법조계에서 매우 성공한 사람이다. 더욱이 최근 들어 사법부 핵심 주요 인사 발표가 언론을 통해 나올 때마다 기대감을 갖고 나는 친구 K의 이름을 은연중에 찾고 확인하고 있었다. 서로 만나지 못하고 몸은 비록 떨어져 있어도 그 친구의 성공을 기원하고 있었다. 그 이유는 단순하다. 자주 만나고, 잘 보지 못하더라도 고향 친구이고 학교 동창이니까 더욱 그러했다.

실제 살다 보면 내 주변에서 그동안 생판 연락을 안 하던 친구가 금전 문제로 도움을 요청해 오는 경우나, 그 외 다른 도움이 필요해서 어느 날 갑자기 뜬금없이 전화가 오는 것을 많이 본다. 이 글을 쓰면서도 만약에 친구 K가 경제적으로 매우 곤경에 처했다는 입소문을 듣고 있는 차에 그가 연락을 해왔다면 나는 어떻게 반응하고 대처했을까 하는 생각을 잠깐이라도 하니, 괜히 멋쩍고 머쓱한 마음에 절로 웃음이 피식 나온다. 그렇다. 그동안 K에게 연락을 하지 않았던 것도 곰곰이 생각해 보니 내 스스로 본의 아니게 오해받기 싫어한 부분도 분명 있을 것이다. 친구 K는 고향에서 중학교 졸업 이후, 그것도 한참만에야 다소 결혼이 빨랐던 친구 J의 결혼식장에서 잠깐 보기도 했지만 손으로 대충 꼽아 보아도 30년 가까이 상당히 많은 시간이 흐른 세월이었다.

메일 답장을 보내고 그 이후 얼마 지나지 않아 우리는 서로 연락을 하고 만났다. 그것도 친구 K의 덕분에 중학교 시절의 친구 M과 H, G도 함께 만날 수 있었다. 세월이 흘러 다들 얼굴에 주름살과 흰 머릿결도 조금씩 생기고 있었지만, 모두들 검정 교복에 까까머리 중학교 시절의 그 동안童顔이 그대로 있어 더 좋았다.

기억해 보면 친구 M과는 앞뒤 자리에 앉아 사소한 것으로 티격태격 언쟁도 많이 했는데, 나는 아직도 다 기억하고 있는데 친구 M도 나처럼 지금도 그걸 기억하고 있을까? 궁금했다. G는 과묵하면서도 듬직한, 마음이 따스하고 정이 많은 친구였다. 야구를 할 때면 타격 자세가 안정된 모습이 지금도 기억에 남는다. 또 운동 중에서도 유난히 농구를 잘했던 친구 H의 집은 바로 학교 뒤편에 위치한 탓에 그의 집에 가서 밥도 같이 여러 번 먹었다. 늘 인

자하게 대해 주셨던 H의 아버지와 어머니의 모습이 지금도 생생하게 떠오른다. 밥을 먹고 난 뒤 다소 컴컴한 H의 방에서 우리 둘은 당시 사춘기 신체의 변화에 대해 호기심 어린 대화도 나누곤 했었는데, 그것도 아마 나만 기억하는 듯싶다. 이처럼 옛 추억은 이처럼 느닷없는 곳에서 다가와 느닷없는 감정으로 휘젓는다.

그 시절에는 공부를 나보다 잘했던 친구는 그렇게 많이 부럽지는 않았지만 말 잘하고 글 잘 쓰는 친구는 몹시 부러웠다. 그러고 보면 친구 H가 중2 때, '자서전'이란 제목으로 글을 써서 특히 내가 마음으로 연모戀慕했던 국어 L선생님께 칭찬받는 모습이 당시 내게는 매우 신선한 충격이었다. 특히 H는 언변도 좋았다. 그때 나는 시, 소설도 제대로 이해하지 못했던 시절인데, 자기 이야기를 쓰고 '자서전'이란 제목을 떡하니 붙였으니. 그때 나는 자서전이라는 어휘 자체도 모르고 있었으니 놀라지 않을 수가 없었다.

당시 시골에 사는 처지가 다 그랬지만, 그 순간 나는 한참이나 독서가 많이 부족하여 책읽기가 뒤처졌음에 자괴감이 엄습해서 얼마간 밤잠을 자지 못했다. 내가 생각해도 참 예민했다. 그러나 그게 계기가 되어 공부보다 부족했던 글쓰기, 물론 아무것도 모르면서도 책을 얻어다가 호기롭게 책 읽기와 글쓰기에 몰입하고 푹 빠졌던 것이 지금도 불쑥 떠오른다.

그러한 계기가 발단이 되어 고등학교 가서는 문예반 활동을 제법 했고, 고등학교 때는 교내대회는 물론 이름 있는 전국대회의 백일장 상노 웬만큼 받았다. 넉분에 눈예 특기생인 분학 장학생으로 등록금 한 푼 들이지 않고 공부하고 대학까지 졸업했다. 또 그 것이 밑거름이 되어 좋은 학점과 명성을 얻어 지금의 직장도 덤으로 얻었다. 더 나아가 매우 이른 나이로 한국 문단에 이름 석 자라도 내밀었으니 친구 H는 분명 평생 문학의 언저리에 맴돌고 있었을 내 삶에 가장 큰 영향을 끼친 한 사람의 공로자이리라. 물론 이 사실도 친구 H는 모르리라.

K와 함께 만난 친구 M과 H, G도 현재의 위치에서 사회적으로 저마다 자신의 능력을 발휘하고 있었다. 우리들은 대구 근교의 한적한 시골에서 태어나고 성장했지만, 지금은 모두 이곳 서울에서 아무 탈 없이 한 가정을 이루며 잘 살고 있다. 그리고 제 분야에서 모두 일가一家를 이루고 있으니 이 또한 모두들 성공한 삶과 인생이 아니겠는가.

그때나 지금이나 항상 자신을 낮추고 겸손한 K, 합리적이고 객관적인 사고의 M, 이미 그 시절 또래들보다 생각이 조숙하고 성숙했던 H, 늘 친구들을 너그럽게 받아 주고 이해해 주던 친구 G도 마찬가지다. 이처럼 저마다의 삶과 지향점이 있는데 앞서 내가 지나치게 그 성공과 행복의 기준을 사회적 눈높이로만 잘못 잡은 것 같아 친구들을 만날 때마다 매번 내 자신이 부끄럽기까지 했다.

처음 우리가 만난 지 몇 번 되지 않아 친구 G도 나와서 만나게 되었다. 역시 중학교 졸업 이후 처음이다. 재밌는 친구 G의 이야기를, 그의 삶을 듣다 보면 친구 G의 이야기는 어느덧 우리 모두의 이야기가 되고, 막걸리 한 잔을 곁들이다 보면 시간 가는 줄 모른다.

이제 우리 다섯은 지금 주기적으로 만나 등산도 하고 밥 먹으며 막걸리도 한잔한다. 그리고 시간이 나는 대로 세상 살아가는 이야기를 서로 나눈다. 여기에 무슨 이해관계가 있을 리가 만무하며 또한 지위나 직책 등 사회적 성공 여부가 그다지 중요하지 않다. 그저 다들 지금 하는 일이 잘되길 바라고, 이제 나이도 조금씩 들어가는 만큼 저마다 건강을 걱정하고 제대로 챙기길 바랄 뿐이다.

우리에게 친구란 어떤 존재인가? 흔히 말하듯 그냥 전화할 수 있고, 그냥 심심할 때 볼 수 있고, 그냥 함께 밥 먹고 술도 한잔할 수 있다. 그저 특별한 이유 없이 "그냥" 만나는 사람이 친구이다. 그래서 친구는 "그냥"이다. 어려울 때 따스한 말 한마디 해 주는 진정한 친구야말로 내 인생의 그 무엇보다도 가장 소중한 재산이 아니겠는가.

모든 추억이 그러하겠지만 특히 고향 친구에게서 떠올리는 여러 추억은 그 아름다움을 감상하는 사람의 것이라고 한다. 그것이 쓰라리고 슬픈 기억이라 하더라도, 뒷날 되새김질하여 단맛을 우려 낼 수 있는 것이면 더욱 좋다. 되새김질을 하면 할수록 더욱 단맛이 우러나는 것이 다름 아닌 바로 고향과 친구들의 추억이다.

추억이 많은 사람이 진정 행복한 사람이 아닐까. 잠시나마 고향 친구들로 인해 그 추억을 빈추해 내는 이 순간만큼은 분명 행복한 시간이다. 물론 내 마음대로 추억의 실타래를 풀어냈기에 이 글을 그 친구들이 읽는다면 동의하지 않을지도 모른다. 그래서 다시 말하지만, 추억은 감상하는 사람만의 자유라고 강변하고 싶다. 내 젊은 시절의 수많은 몽상과 절망들, 그 파도와 고랑을 넘나들던 그때가 그리워지는 것이 추억이다. 친구여, 우리의 추억이여! 늘 삶을 파도치게 하라.

부모라는 나무는 늙지 않는다

미운 우리 새끼, 그 사랑의 마음은 영원하다

우리 집은 평소 주중에는 TV를 거의 보지 않지만 주말이면 식구들이 약속이나 거실로 모여든다. 저녁 식사를 끝내고 여러 가지 차를 마시거나 과일을 나눠 먹으며 최근 보는 드라마가 있다. 종합채널 J방송사의 개국기념 특별 기획으로 제작된 〈무자식 상팔자〉라는 제목의 주말 드라마다.

요즘 3대도 드문데, 맨 위로 할아버지 할머니로부터 손녀의 새로 태어난 아기까지 모두 4대가 같은 집에서 오순도순 살면서도 말 그대로 '가지 많은 나무 바람 잘 날 없는' 가정이다. 단 하루도 조용할 날이 없고 자식들로 인한 시끄러운 사건과 사고가 끊이지 않는, 그러면서도 한편 서로 의지하고 사는 행복한 가정이라는 느낌을 항상 주는 드라마이다.

드라마에서 고등학교 교사로 퇴직한 맏이인 아들은 판사이던 큰딸이 결혼도 하지 않은 미혼모임에도 아이를 낳아 오고, 의사인 첫째 아들은 도무지 장가를 가려고 하지 않으시, 또 둘째 아들은 부모도 없는 미성년자 상대에게 장가가겠다고 한바탕 부모 속을 뒤집어 놓는다. 할아버지의 둘째나 셋째 아들의 집안도 요란하고 시끄럽기는 마찬가지다. 모두가 한집과 한동네 이웃에 모여 사는 모습을 그리고 있다.

그러던 드라마가 오늘 최종회를 마지막으로 종영했다. 비록 드라마이지만, 마음 한편으로 서운한 마음마저 드는 것은 무슨 이유일까? 하도 사건 사고가 많아 비록 정신 차리지 못할 정도로 이 '정신 차릴 수 없었던 가족 드라마'를 통해서나마 요즘 점점 사라져 가는 보기 드문 훈훈한 가족애와 인간애를 느끼고 있었던 것일까?

언젠가 또 열심히 보았던 〈엄마가 뿔났다〉라는 주말 드라마가 새삼 문득 오버랩 된다. 똑똑한 변호사로 항상 공부도 잘하고 부모의 자랑이었던 큰딸이, 아이가 있는 재혼한 남자와 결혼한다고 하자 부모는 충격을 받는다. 큰딸은 부모가 결혼을 허락하지 않자 내 인생이니 내 좋을 대로 살겠다고 부모가 반대해도 결혼하겠다고 한다. 그러자 아버지는 참다못해 "네 인생은 네 인생이지만, 내 인생에는 네 인생도 포함되어 있는 것이기에 반대하는 것이다."라고 말한다.

사실 이치에 맞는 말이다. 부모님 인생에 내 인생이 들어가 있다는 생각을 별로 해 보지 못하고 지내 왔던 대부분의 우리들에겐 가슴 뜨끔하게 하는 말이었다. 내 인생은 내 인생이지만 부모님 인생이기도 하기에 함부로 할 수 없다는 것이다. 그리고 보니 우리는 내 인생만 주장하며, 부모님 인생은 도무지 안중에 없는 듯이 살아온 것 같다. 그래서인지 오늘따라 유난히 내 자신 역시 부끄러워지며 숙연해짐을 느낀다.

조선 유교사회에서는 "신체 · 머리털 · 살갗은 부모로부터 물려받은 것으로서, 감히 훼상하지 않는 것이 효의 시작이다."라는 말 그대로, 머리를 길러 상투를 트는 것이 인륜의 기본인 효孝의 상징이라고 여긴 시대도 있었다.

이처럼 머리카락까지도 부모님이 주신 것이라 하여 목숨과도 바꿀 수 없다고 생각하던 때도 있었다. 효도를 모든 삶의 근본으로 여기는 유교 사상이 우리나라를 수백 년간 지탱해 왔는데, 경제적 여유와 민주주의가 발달된 요즘은 현대판 고려장高麗葬을 지낸 일이 오히려 신문을 장식하고 있다. 자녀들이 '노모를 안 모시겠다고 미루다 밤새 길거리에 방치했다.'는 뉴스이다.

5남 2녀, 모두 7남매를 키운 80세 노모를 딸이 모시다가 아들 보고 모시라고 아들 가게 앞에 데려다 놓고는 아들딸들이 대판 싸움을 하다가 결국 노모를 길거리에 방치해 둔 사건이다. 그러나 그 노모는 아들딸이 처벌을 받을까 봐 자기 잘못이라 했다는 내용이다. 경제적 발전이 수십 년 전보다 좋아지고, 자유민주주의 사상 아래 예전보다 쾌적하고 안락한 생활을 추구하는데도 오히려 과거에 비해 개인주의가 만연한 탓인지 더 심각한 사회 문제가 되고 있는 것이다.

얼마 전, 아내와 함께 봉사활동을 갈 기회가 있었다. 그곳에서 버려진 아이들을 돌보는 마중물 사업에 대한 이야기를 들었다. 요즘 이혼하는 부부가 증가하면서 아이들을 서로 돌보지 않겠다고 하여 버려진 아이들이 많다는 것이다. 그래서 '해외 입양도 많이 보내는 나라'라는 오명을 벗지 못하고 있다고 한다. 그래서 그런 아이들을 돌보는 곳에 조그만 보탬이 되고자 아내와 함께 회원으로 가입하였다.

부모도 이제는 자식을 돌보지 않고, 자식은 부모를 돌보지 않는 세상으로 변하고 있다. 내가 살고 있는 지역 아동 센터에 가 보면 수많은 아이들이 부모님의 사랑을 받지 못하고 지내는 것을 많이 본다. 그런 곳을 가 볼 때마다 나는 부모로서, 아버지로서 얼마나 제대로 하고 있는가를 돌아보기도 한다. 내 부모님이 나에게 아낌없이 주던 사랑을 나는 지금 내 자식들에게 얼마만큼 제대로 주고 있는가를 반성하고 내 자신을 성찰하게 된다.

모든 어버이, 부모님의 마음은 하나같다고 한다. 자신이 잘되는 것보다는 늘 자식을 먼저 생각한다는 것이다. 자식의 인생을 부모님, 즉 자기 자신의 인생보다 더 깊게, 크게 생각하는 것이다. 내가 지금 두 아이의 '부모'로서 나는 부모님이 내게 주셨던 만큼 자식에게 베풀 수 있을까?

확신할 수 없는 물음들이 꼬리에 꼬리를 물고 떠오른다. 부모님의 사랑이 너무나 당연하고 잘 맞아서 오래된 신발처럼 새삼 생각하지 못했고, 감사할 줄 몰랐던 것인지도 모르겠다. 평소에는 잘 생각하지 못하더라도 이런 가족 드라마 시청을 통해 그나마 느낄 수 있어 다행이다. 우리의 전통사회에서는 한 가정의 노인이신 할아버지 할머니를 모시고 사회활동의 주체가 되는 아버지 어머니가 아들과 딸들을 가르치며 살았다. 그러다 보니 자식 훈육은 저절로 이루어졌지만, 오늘날은 그러한 가정이 얼마나 있는가. 그러기에 이제 부모의 역할이 참으로 중요한 때이다.

오늘부터라도 '아버지'라는 이름의 나무로 제대로 살고 싶다. 그리고 지금 내 옆에는 '엄마'라는 이름의 나무가 있으니, 함께 '어버이'라는 이름의 '부모나무'가 되어 자식들에게 비바람도 막아 주고 그늘도 만들어 주고 싶다. 그러면서도 자식의 따끔한 훈육도 마다않는 제대로 된 나무가 되고 싶다. 그리고 그 부모나무는 자내 깨나 자식 걱정에 영원히 늙지도 않는다. 늙는 줄도 모른다.

내 부모님, 지금은 모두 돌아가시고 내 곁에 계시지 않지만 한평생 내게 조건 없이 베풀기만 하시던 부모님. 그 무한한 사랑을 떠올리고 생각해 보며 다시 한 번 부모님의 마음을 헤아려 보고 싶다. 그리고 그 사랑과 마음을 아내와 자식 모든 가족들에게 베풀고 싶다. 살아가는 동안 내 주변의 사람들과도 입속과 마음속까지 달달한 그 사랑과 마음을 나누고 싶다.

선생님께 쓰는 손편지

답답하고 안타까운 마음을 담는 그릇

아동문학가 이오덕 선생은 살아생전 1973년 겨울에 아동문학가
권정생 선생을 찾아갔다. 어른 아이 할 것 없이 모두 권정생 선생
의 동화 작품을 읽어야 한다는 생각으로 온 힘을 다해 권정생 선생
의 작품을 세상에 알리기 위해서다. 이를 계기로 이후 1973년부터
2002년까지 두 분이 주고받았던 편지글이 필사본으로 출간되었다.

이오덕 선생과 권정생 두 분이 실제로 주고받았던 손편지, 그
자체로서 감동이었다. 이 손편지에서 사람이 사람을 진정으로 만
나고 사랑하는 게 어떤 것인지 그대로 느낄 수 있었기 때문이다.
손편지를 주고받으며 친구가 어떤 것인지, 또 따뜻한 위로가 무엇
인지 알게 되었다. 손편지를 통해 서로에게 건네는 애틋한 마음이
편지를 읽는 우리에게도 고스란히 전해진다. 사람이 사람에게 받
을 수 있는 가장 따뜻한 위로가 여기, 바로 이 손편지에 담겨 있었
다. 손편지가 가지는 힘이다.

"바람처럼 오셨다가 많은 가르침을 주고 가셨습니다.

일평생 마음 놓고 제 투정을

선생님 앞에서 지껄일 수가 있었습니다."

_ 권정생

"동화 한 편 보내 주시면

상경하는 길에 잡지에 싣게 되도록 하겠습니다.

협회 기관지에는 고료가 없기 때문에

신문이나 다른 잡지에 싣도록 하고 싶습니다.

저는 선생님의 작품을 참으로 귀하고 값있는 것으로

아끼고 싶습니다."

_ 이오덕

요즘 학교는 많이 바뀌고 달라졌다. 그럼에도 아직도 매년 오월이면 색안경을 끼고 바라보는 시선에 안타깝다. 실제 우리 사회에서 학교, 즉 교육 분야가 타 분야에 비해 변화에 관해서는 다소 보수적인 부분이 없지 않았다. 그렇다고 학교와 교육이 바람이 불면 바람이 부는 대로, 물결이 치면 물결치는 대로 중심을 잡지 못하고 흔들리면 안 된다. 이제 학교도 일반인들과 언론에서 보는 부정적인 시선과 시각에서 완전하게 벗어나야 한다는 것이다. 그러기 위해서는 누구를 탓하기 전에 우리들 스스로, 모든 학교 구성원들의 노력이 선행되어야 한다.

매년 스승의 날이 다가오면 선생님들은 우울하다. 가장 즐겁고 행복해야 할 날인데도 이날이 차라리 없었으면 좋겠다, 학기 말로 옮겼으면 좋겠다는 의견과 생각들을 옆에서 듣다 보면 한편으로 수긍이 가고도 남는다. 전국에는 유치원을 비롯해 수많은 초중고가 있다. 그중 일부 잘못으로 전체가 매도당하는 느낌을 선생님들은 가지고 있다. 가재는 게 편이라서 하는 말이 아니라, 이는 어느 직종이나 계층을 막론하고 같은 상황이면 가지는 느낌은 마찬가지일 것이다.

청탁금지법, 일명 '김영란 법'이 시행된 이후 첫 스승의 날을 보냈다. 스승의 날에 학교에서는 카네이션을 학생 대표가 선생님에게 주는 것 외에는 개인이 주는 꽃이나 선물 등 모든 것을 불허했다. 모든 학교가 그렇게 한 것으로 알고 있다. 학생 대표는 전교회장, 학급 회장이 될 수도 있고 꼭 임원이 아니어도 누군가 아이들 대표로 공개적인 자리에서 선생님에게 카네이션을 준다면 문제가 되지 않는다. 학부모는 당연히 원칙적으로 안 된다.

아이들이 스승의 날 며칠 전부터 물었다. 선생님께 편지 쓰는 것도 안 되느냐고. 아이들의 질문을 받으면서 얼른 답변을 하지 못했다. "문자 메시지 보내면 되지." 하고 말했지만 순간 씁쓸한 마음이 들었다. 수업 종료령이 울렸다. 모든 상황과 취지를 알면서도 어쩌다가 사제지간이 이 지경까지 되었을까 하고 교실을 나왔다. 그리고 운동장으로 나가서 하늘을 올려다보았다. 오월의 하늘도 최근 미세먼지 때문인지 많이 뿌옇다. 마치 내 마음을 대변하고 있는 것 같다.

문제는 손편지인데, 아이들에게 대답은 해 줘야 할 것 같아 정확하게 알아보았다. 손편지의 경우 사회 통념상 '금품'이라고 볼 수 없어 가능할 것으로 본다는 게 권익위(국민권익위원회)와 또 오랜 기간 법조계에 있는 내 친구들의 답변이다.

지금 이 순간에도 학교는 아이들과 관련한 수많은 사안들이 발생하고 있다. 특히 같은 아이가 같은 문제를 계속 일으키고 연루되면 선생님들은 근본적인 문제 해결을 위해 아이의 부모님과 대화를 하고 싶어 한다. 그런데 잘못 전화했다가 오해를 받을까 봐 주저하고 그냥 넘어가는 모습이다. 또 아이를 키우는 부모의 입장에서는 아이 문제에 대해서 담임 선생님과 속 터놓은 상담을 하고 싶어 한다. 예전 같으면 쉽게 찾아갈 학교인데 오히려 요즘은 찾아가기가 어렵다는 말을 들었다.

교사의 입장에서 이런 제안을 한다. 지금은 휴대폰이나 메일 등 각종 통신기기 SNS상으로 쉽게 내 생각을 전달할 수 있지만, 아이 문제에 관한한 생각보다 쉽지 않다. 깊이 있는 얘기를 하기도 어렵지만, 부모님 입장에서는 걸리는 문제가 한두 가지가 아니다. 그래서 나 역시 아이 키우는 학부모 입장에서 다음의 제안을 하고 싶다. 아이 문제가 있을 때 먼저 선생님께 사유와 함께 상담을 요청하는 손편지를 쓰면 어떨까. 물론 내 경험이기도 하지만 손편지를 수고받은 나음에 선생님과 학부모가 만난나면 훨씬 대화와 싱

담이 쉬울 것 같다는 생각을 늘 한다. 마찬가지로 아이도 선생님과 상담하기 전에 손편지를 먼저 전달한다면 얼마나 좋을까 하는 생각을 한다.

손편지를 통해 내 마음을 얼마나 진실하게 잘 전달하고, 또 얼마나 상대방의 마음을 온전히 전달받을 수 있는지, 우리는 보았다. 물론 상황이 서로 다르다고 생각하는 사람도 있을 수 있다. 그러나 처음부터 불쑥 전화를 하다 보면 생각지도 않았던 서운한 감정이 앞서 문제 해결이 되지 않을 수 있다.

답답하고 안타까운 문제 해결을 위해 어떤 방법을 선택하든 간에 한순간의 선택에 아이의 미래가 달라질 수 있다면 아이들도, 부모들도 한번 손편지 쓰는 것을 생각해 볼 수 있지 않을까.

4

돌아보니 소중한 날에

그해 여름엔 그랬다

불효한 청개구리 삼형제가 울었다

하루 종일 계절을 재촉하는 비가 내렸다. 가뭄이 계속되다가 모처럼 칠월 들어 내린 여름 장맛비다. 자연의 순환은 약속이나 한 듯 어김없고 또다시 한 계절이 깊어 가는 비다. 이곳 서울 도심지에 어울리지 않는 난데없이 개구리 울음소리가 들려온다. "개굴 개굴 개구르르, 개골 개골 개골 가르르 걀걀걀걀……."

밤 열시가 넘은 시각, 하루 수업을 마치고 연이어 계속된 '방과 후 학교'와 '야간자율학습'이 끝나고 버스에서 내려 집으로 가는 늦은 밤에 우연히 듣게 된 개구리 소리다. 이것은 분명 개구리 울음소리이다. 도심지에서 듣다니 매우 놀랍고 반가운 마음에 무심코 지나치던 내 발걸음은 이내 멈추고 만다.

지금 사는 아파트는 재건축되어 재작년 시월부터 입주를 시작했다. 전체 아파트 가구 수가 무려 칠천 세대에 이를 정도로 아파트 단지가 매우 크다 보니 시공한 건설사 측에서는 입주민들을 위한 여러 편의 시설과 운동 시설 등을 만들었다. 그중에서도 가장 인상 깊고 특징적인 것이 자연 생태계 보전 명목으로 만든 인공 연못이다. 내 발걸음이 지금 그 연못가에 머물고 있다. 그 연못을 지나가다 우연히 듣게 된 개구리 소리 때문이다.

그동안 대학 진학 후 삼십 년이 넘는 이곳 서울 생활에서 오는 단조로움과 권태를 잠시라도 달래 볼까 싶어 지금 나는 연못가를 서성이고 있었다. 고개를 들어 보니 군데군데 드문드문 켜져 있는 아파트의 창에서 불빛이 새어 나온다. 그 불빛이 인공 연못 위에 마치 수정궁처럼 아른거리는 것을 보면, 문득 어린 시절 대구 외곽의 한 시골에서 보냈던 많은 시간들이 생각난다.

그 시절은 요즘 흔한 스마트폰, 컴퓨터 같은 문명의 이기와는 아주 멀리 떨어져 있었다. 초등학교 삼학년이 되어 비로소 전기가 들어왔다. 그래도 늘 사람 냄새가 넘쳐났다. 새벽이면 기침 소리로 온 마을을 깨우는, 6·25때 피난 내려와 이웃에 사시는 황해도가 고향이신 꼬부랑 할머니도, 충청도가 고향이신 귀멍멍 할아버지네도 인기척이 없는 날들이 많았다. 그래서 학교를 마치고 돌아오는 길에 때마침 장터라도 서는 날이면 동무들과 우르르 몰려갔다.

몹시도 춥던 겨울이 가고 봄이 오면 온종일 봄비가 푸슬푸슬 내렸다. 보리밭에도 촉촉이 빗물이 스며들었다. 오랜 겨울 가뭄 끝의 달디단 단비였다. 마침내 우우우 언 땅을 뚫고 나온 보리 싹들이 힘찬 기지개를 켰다. 여린 보리 싹들은 바람이 불 때마다 부르르 가늘게 몸을 떨었다. 붉은 황토밭에 풋연두 어린 깃들이 구물

구물 잔물결을 일렁였다. 경상도의 육자배기 소리가 낮고 유장하게 들렸다. 물도랑가의 버들강아지에 풋물이 탱탱 불어터졌다. 밭두렁엔 자살한 개불알꽃이 별똥별처럼 금싸라기로 피었다. 그 옆엔 여린 쑥들이 벌 떼처럼 돋아나고 있었다. 그렇게 하루가 다르게 자란 보리들은 빗물에 흠뻑 젖은 머리칼을 자꾸만 내둘러 물기를 털어냈다. 그러는 사이 뻐꾹새 소리에 보리가 하루가 다르게 누렇게 익어 갔다.

그렇게 조용한 마을이 뻐꾸기가 쉴 새 없이 온 산과 들을 울리는 오월 말이 되면 시끄럽고 바빠진다. 모내기철이 오년 온 동네가 야단법석이었다. 사람들은 누구에게 배웠는지 몰라도 익숙한 솜씨로 먼저 모판 작업부터 했다. 모판 작업은 모내기와는 사뭇 다르다. 먼저 볍씨를 나무로 만든 틀 속에 뿌려서 싹이 튼 것을 잘 길러 곱게 다듬어진 논바닥에 배치하는 작업이다. 이것이 다시 한 달 정도 이곳에서 적응하여 자라난 다음에야 비로소 모내기를 할 수 있다. 이 작업이 제대로 진행되어야 모를 낼 수 있도록 어린 벼가 순조롭게 자라난다. 그렇기 때문에 마을 사람들은 우리같이 철없는 어린아이를 다루듯 매우 조심스럽게 모판을 다루고 만져, 이것을 질서 정연하게 배치한 다음 비닐로 정성껏 지붕을 만들어 씌웠다.

내 또래의 아이들은 주전자로 물심부름과 막걸리 심부름을 하곤 했다. 우리들은 막걸리 심부름 와중에 주전자를 들고 가며 무슨 맛인가 하며 너 나 없이 홀짝홀짝 마셨던 일은 두고두고 친구들 사이에서 화제가 되었다. 그 가운데 아침 식사 후 점심을 들기 전에 먹는 새참 시간은 언제나 재미있고 신이 났다. 이 시간에는 주로 감자를 많이 삶아 먹지만 뜨거운 밥과 고추장, 김치 외에 각종 나물과 막걸리까지 곁들여졌었다. 활짝 핀 복숭아나무와 자두나무, 잎이 많은 버드나무가 어우러진 나무 그늘 아래서 파릇파릇하게 돋아난 풀밭의 언덕을 바라보노라면 모두가 동양화의 한 폭 같았다. 이때에 사람들은 생활 주변의 가벼운 이야기를 나눌 뿐만 아니라, 해가 갈수록 심해지는 해충 등 병충해 피해를 많이 걱정하기도 했다.

그 후는 모를 내기 위하여 다닥다닥 붙은 논들을 마을 어른들이 써레질하여 논물을 그득그득 담아 놓았다. 물이 가득 잡힌 빈 논에는 또 하나의 여름 밤하늘이 늘 떠 있었다. 그리고 그 논에는 밤새도록 지칠 줄 모르고 울어대는 개구리 소리가 연신 하늘과 땅 사이의 고요를 마구 뒤흔들었다. 와글와글거리는 개구리 소리에 물이랑마저 일고 하늘의 달과 별은 안개와 비에 젖은 도시의 가로등처럼 흐려지곤 했었다. 그 순간은 농촌 시골마을을 둘러싼 첩첩한 산과 나무들이 깊은 침묵에 잠겨드는 시간이었다.

시골 마을에서 살다 보면 도시에서는 들을 수 없는 은은한 자연의 소리를 많이 듣게 된다. 그곳에서는 어디서나 너무나 흔한 보리가 누렇게 익어 가는 늦봄과 별이 무수히 쏟아지는 여름의 밤에 뜰실에서 밤바낙이 가볍노독 들려오는 수많은 풀멸레 소리, 끝복

어귀에 있는 감나무와 마로니에 잎에 여름 소낙비가 후드득 듣고 지나가는 소리, 가을이 깊은 밤에 외양간의 소가 먹이를 되새김질할 때 목에 달린 워낭이 흔들려 땡그랑땡그랑 들려오는 워낭소리, 겨울이면 유난히 많은 눈이 내리고 그 눈보라 치는 새벽에 문득 잠에서 깨어났을 때 마당귀 한 귀퉁이에서 들려오는 함석지붕 흔들리는 소리……. 이러한 소리에 항시 절묘한 여운이 감돌아 무한한 자연의 정취를 느끼곤 했었다.

물론 여기에 비하면 개구리 소리는 그윽하지도 결코 은은하지도 않다. 한낮에는 조용하던 논배미가 저녁이 되면 개골개골 언제 그네끼리 합창 연습을 해두었는지 개구리 합창 소리가 천지사방으로 퍼져 나가 조용하던 시골 밤이 한바탕 왁자지껄하다. 가끔 한 녀석이 크게 울라치면 좀 잠잠해지는가 싶더니 다시 울음소리가 살아나기 시작한다. 이 개구리 소리는 모내기철에 들어야 꼭 제맛이 난다. 무슨 좋은 일이 있어, 아니 그렇게 슬픈 일이 있어 밤이 되면 저리도 울어댈까 하고 궁금증이 일었던 시절이었다. 그런데 헤아릴 수 없이 많은 개구리 떼들이 깊은 밤 농촌 시골 마을이 떠나가도록 개골개골 울어대는 소리를 듣고 있노라면 어느덧 가슴이 뭉클해지고 마침내 숙연해지기까지 했었다. 그 소리에는 이 세상 사람들의 온갖 희로애락이 담겨 있다고나 할까. 지금 생각하면 귀청이 떨리게 들렸던 개구리 소리는 남의 불행과 고통뿐만 아니라, 비록 미물이지만 심지어 사람들의 원한까지도 더불어 슬퍼하고 아파하는 공감 같은 것을 느끼게 하는 부분이 있었다.

우리 인간의 역사는 시간의 선 위에 굴러가는 소리와 모습의 연속이다. 소리가 달라지면 세상이 변해 갔고, 세상이 달라지면 소리도 그에 따라 변해 가지 않았을까. 더욱이 이제 우리 곁에서 자연의 소리는 차츰 문명의 소리에 밀려나고 있음을 본다. 개구리 소리는 더욱 그렇다. 작년 여름 방학을 이용하여 고향집에 들렀을 때, 나는 그 옛날 요란스러웠던 개구리 소리를 더 이상 듣지 못했다. 듣지 못한 것이 아니라, 그 요란스럽게 울어대는 개구리 소리는 온 데 간 데 없었다. 개구리 소리는 얼마간 있었지만, 그 소리는 참으로 미미하고 약했다.

이제는 농촌은 물론이고 산골 마을마저 뿌려지는 각종 농약으로 개구리 종족의 씨가 말라 가고 있다고 한다. 이에 따른 먹이사슬과 생태계의 파괴는 더 이상 말해 무엇 하겠는가? 적어도 내게 있어 그 시절의 개구리 소리는 매우 즐거운 소음騷音이었다. 만약 개구리의 요란한 울음이 없었다면 꽃이 피고, 숲이 우거지고, 개울물이 흐르며, 산새들이 더러 지저귄다 해도 산골 마을은 얼마나 외롭고 쓸쓸했을 것인가? 무척이나 적막했을 것이다.

할머니 무릎에 누워 듣던 그 여름철의 개구리 소리들. 할머니로부터 불효한 청개구리 삼형제 이야기를 들으며, 그 개구리 소리를 들으며 스르르 잠이 들곤 했었다. 참으로 다정다감한 자장가 소리로 느끼면서 말이다. 지금도 할머니의 나직한 목소리와 옛 소꿉동무들의 성겨운 목소리가 들려올 듯하다.

고향은 우리에게 이렇다
그 깊고 깊은 단단한 뿌리의 내력

고향故鄕. 성공한 사람에게 고향은 금의환향錦衣還鄕의 대상이기도
하다. 반대로 그렇지 못한 사람에게는 고향은 모든 걸 다 용서하고
위로해 주는 존재이기도 하다. 누구에게나 마음 깊이 존재하는 형
이상학이다. 고향에 대한 생각, 그 향수鄕愁는 어쩌면 잃어버린 보
물이나 어린 시절 놓쳐 버린 무지개를 찾으려는 몸부림과 같은 것
이 아닐까.

고향을 떠난 지 어느새 삼십 년이 넘었다. 흔한 말로 강산이 세
번 변하고 네 번 변할 준비를 하는 세월이다. 그래도 타지에서 살
며 우연히 '대구'라는 두 글자의 말만 들어도 반갑고 정겹다. 내 고
향 마을 세천리의 코끝을 스치는 그 옛날 저녁 짓는 연기 냄새, 고
향을 휘감고 흐르는 풀빛 강 냄새가 물씬 난다.

지금은 부모님이 계시지 않다 보니 일 년에 몇 번 찾아가지 못하
는 고향이지만, 그곳에 내리는 순간부터 숱한 유년 시절의 추억이
조각 서린 그 편린들을 만난다. 그런데 고향에 가는 날, 성서를 지
나 금호강을 가로지른 강창교를 건너면 시야에 들어오는 저 멀리

강정 마을과 죽곡리까지 이제 대부분 변했다. 강 건너에 위치한 내 고향 마을은 이제 그 넓은 들판에 아파트와 공단이 들어서서 아예 처음 보는 낯선 풍경 같다. 그 가운데 그래도 얼마간 남아 있는 고향의 산과 나무들, 그 흔적들과 만나 악수하고 등 두들기면 어느새 강 냄새와 고향 냄새, 그리고 푸근한 고향의 언어들이 서로의 가슴에 마음에 손과 반가움을 끼얹는 것이다.

고향, 그것은 돌이켜볼수록 영원히 잊히지 않는 선연한 추억이며 반추해 볼수록 아련한 그리움으로 남아 가슴 한구석을 찡하게 한다. 내 숨결마다 마디마디 혈관마다 그리고 심장 깊숙한 곳까지 차올라 한시라도 제자리에 멈추지 못하는 삶의 수레바퀴가 되어 내 기억의 한 자리를 옭아맨다.

지금 생각해 보면 몹시도 추운 그 겨울 아침에 등교하기 위해 고개 넘어 초등학교가 있는 서재리로 넘어가던 한 시간의 아침은 어린 나에게는 매우 힘들었다. 귀와 얼굴 볼의 살점을 떼어 가는 겨울바람과 눈보라는 대단했다. 박곡리의 들녘과 금호강 상류 쪽에서 불어오는 거세고 세찬 겨울 강바람은 지금도 잊을 수가 없다. 내게는 분명 시베리아 바람이었다. 그래도 두 살 터울로 나이 차가 많이 나지 않아 함께 초등학교를 다니던 누나 둘이 있어 그 힘든 어려움을 이겨 낼 수 있었다.

그때 남동생의 가방까지 기꺼이 들어 주던 누나들에 대한 그 고마움을 평생 잊을 수가 없다. 한번은 제대로 말로 표현해야 내 마음에 평생 미안함으로 남지 않을 것 같다. 그리고 집으로 돌이올 때에는 또래 동무들이 있어 덜 힘들었다. 지금도 얼굴을 보는 그때의 친구들을 만나면 여전히 늘 정겨운 것은 바로 어렵고 힘들 때 어린 시절을 함께 보낸 것이 한몫하고 있다.

고향 친구들과 함께했던 수많은 사건과 사연들이 있어 지금 만나도 언제 보아도 대화가 중단되는 법이 없다. 모여 앉아 추억들을 나누다 보면 늘 화기애애하다. 얼굴이 새까맣게 타도록 축구하고 야구하던 친구들이다. 땅따먹기와 공기놀이하던 친구들이다. 또 딸기와 오이 등 각종 서리, 물고기 잡이, 구슬과 딱지치기, 연날리기 등 함께했던 수많은 일들을 영원히 잊을 수가 없다.

근년에 와서 가장 안타까운 것은 그 친구들 중에서 한 친구가 먼저 우리들 곁을 떠나는 죽음을 목도한 것이다. 아직도 한창 일할 젊은 나이에 무엇이 그리 급해서 먼저 가야 했는지, 그 친구 J에게 오늘은 새삼 다시 물어보고 싶다. 함께 자란 친구의 때 이른 죽음은 잠 못 이루는 이 밤을 더 허허롭고도 무상하게 만든다.

이러한 살아가며 겪는 아픈 경험도 결국은 내 자신의 삶과 죽음의 본능을 포유한 삶의 리비도다. 내 삶이 끝나지 않는 한 영원히 나와 함께 걸어갈 내 영혼에 새겨지는 문신이라 생각하며 자위한다. 그렇기 때문에 고향에 얽힌 모든 일들은 지금도 내 삶의 표리에 여름날 끈끈한 엿처럼 붙어 있다.

잠시 고개 돌려 문득 뒤를 돌아보면 그곳에는 항상 내가 있었다. 까까머리 검정 고무신에 반짝이는 두 눈을 가졌던 아이, 새 운동화를 신으면 축구와 야구 어떤 운동이라도 좋아했던 아이, 교복을 입고서는 새하얀 교복 입은 단발머리 여학생만 보아도 수줍음이 많아 마음이 설레고 꿈이 많던, 비록 초라해도 좋고 보잘것없어도 부끄럽지 않은 숱한 내 모습들이다.

우리 집에서 막내로 태어나 자랐기에 형이나 누나들보다 할머니의 사랑, 아버지와 어머니의 사랑을 분에 넘치게 받으며 자랐다. 어린 시절은 철없는 응석받이였지만 그때 받은 무한한 사랑으로 인한 감수성 하나는 풍부했다. 시골에서 자라 도시에서 얻을 수 없는 정신적 자양분을 산과 들에서 맘껏 얻었다. 이것들이 모여 분명 지금 내 문학의 원천이 되었다.

고향, 그 이름만 들어도 마음이 설렌다. 수구초심首丘初心이라더니 나이 들면 들수록 더욱 고향을 찾게 되고 그리워한다. 살면서 가끔은 고향의 산천은 적어도 나 살아 있는 동안만이라도 그대로 있었으면 얼마나 좋을까 하는 생각을 그전부터 많이 해왔다. 하지만 이 또한 그저 내 욕심임을 잘 안다.

이제 내 고향은 돌아가도 옛정이 살아나지 않는 삭막한 고향이 되어 가고 있다. 어머니와 검은머리 파뿌리 되도록 백년해로를 다짐하던 아버지, 자상했던 어머니는 이제 큰 형님 댁에서 액자에 담겨 세월 가는지도 모르고 잔잔한 웃음과 함께 사람 좋은 웃음만 짓고 계신다.

고향의 산천도 인걸도, 그리고 명절과 정월대보름에 마을 곳곳에서 인파에서 벌어졌던 윷놀이, 쥐불놀이 등 즐겁고 신났던 민속

놀이도 한바탕 춘몽春夢처럼 느껴지는 고향의 흔적이다. 이런 허전하고 정이 붙지 않는 서글픈 모습으로 남아 있음은 비단 나만이 느끼는 감정은 아닌 듯하다. 교통수단의 발달로 이제 반나절이면 당도할 지리적 고향은 있지만 그곳은 이미 고향의 정을 잃어버린 곳이 되어 버렸다. 지금 비단 나만이 아니라 많은 사람들의 고향은 간직하고 있는 것보다 잃어버린 것이 많은, 내게는 점점 결핍된 공간이 되어 가고 있다.

그렇다. 나는 고향을 잃어버린 또 하나의 실향민이 된 심정으로 오늘도 시울 하늘 밑에서 고향을 그리워하며 살아가고 있다. 하기야 갈 수 없는 북쪽에 고향을 두고 그리워하는 수많은 실향민에 비하면 이런 푸념이 한갓 사치스런 넋두리에 그칠지 모르지만 말이다.

어제도 고향엘 다녀왔다. 초등학교 총동창회 체육대회가 있었다. 지금은 초등학교이지만 내가 다닐 때에는 국민학교였다. 따뜻하고 화창한 봄날을 이용해 열린다. 30년이 훌쩍 넘어 처음 온 친구도 있었다. 그 반가움은 이루 말로 표현할 수 없다. 모두들 기억의 주머니를 더듬어 그 시절 얘기를 하다 보면 시간 가는 줄 몰랐다. 이제 그 친구들도 많이 봐야 일 년에 두세 번 본다. 언제 보아도 그때를 이야기하고 또 해도 그 이야기의 샘은 도무지 마를 줄을 모른다.

이 봄, 그렇게도 높기만 했던 고향의 산, 그중에서 많은 부분이

깎여 나가고 아파트가 들어섰다. 많은 공장과 건물이 들어서면서 뛰놀고 멱을 감던 곳들도 매워졌다. 그리고 이제는 한없이 많이 낮아진 고향 마을 뒷산 굴미산에 올라 봄날에 얼굴 살짝 내민 할미꽃을 한 번이라도 보고 싶고, 누나들을 따라 산에 올라가서 따서 먹고 꺾어 오던 그 참꽃도 다시 보고 싶다.

고향의 사랑방 아궁이에서는 쇠죽 여물을 끓이는, 부뚜막 아궁이에서는 저녁밥 짓는 불쏘시개들이 활활 타오르는 모습이 지금도 눈에 선하다. 외양간에 매어 놓은 암소는 긴 혀로 새끼를 핥아 주는지 워낭소리를 심심치 않게 울리고, 가마솥에서 밥 익는 구수한 냄새가 코끝에 밀려온다.

그때 먹던 누룽지와 숭늉도 다시 맛보고 싶다. 그 시절 함께 뛰놀던 고향 친구 Y도, H도, 지금 이 순간도 고향의 모든 친구들이 다 보고 싶다.

아, 고향이여, 그리운 고향이여. 마음의 고향이여…….

인연의 순간
삶의 모든 순간은 만남이다

매년 2월이면 졸업식을 마치고 학년을 마무리하느라 학교는 더 분주하다. 그 바쁜 하루의 일과를 마치고 집으로 돌아와 지금은 저녁 식사를 마친 시간이다. 식사를 마치고 그래도 마음의 여유를 찾느라고 그 맛과 향이 은은한 게 좋아 자주 즐기는 감잎차 한 잔을 마신다. 오늘따라 창가의 바람도 잦아들어 집이 고요한 산사山寺 같다.

오늘은 여러 선생님과 만남을 기약하며, 그 기약을 알 수 없는 이별을 했다. 내가 지금 몸담고 있는 학교는 사립학교인 관계로 공립학교에 비해 상대적으로 새 학기를 앞두고 선생님들의 인사이동이 적은 편이다. 그런데 최근에는 반드시 그렇지도 않다. 지금은 학교마다 기간제교사가 많아지다 보니 일이 년 근무하고 학교를 옮기는 선생님도 많아졌다. 흔한 말로 '정들자 이별'이란 말이 똑 들어맞는 말이 되었다. 평소 가깝게 지내지 않았던 선생님은 그래도 아쉬움이 비교적 덜하다. 그러나 함께 식사와 차라도 자주 한 사이이거나 동 교과 또는 같은 업무부서라든가 할 때에는 섭섭

하고 서운한 감정이 드는 것이 사람 마음이다.

그중에서도 한동안 쉽게 잊히지 않을 선생님이 한 분 계시다. 바로 S선생님이다. S선생님은 같은 교과도 아니고, 같은 부서에 소속된 것도 아니었다. 내가 속한 부서 옆의 부서에 자리가 있었다. 그래서 출퇴근 시간에 다른 분보다도 자주 인사를 하는 환경이 되었다. S선생님은 우선 집이 지하철을 몇 번이나 환승해야만 하는 상당한 먼 거리에 있었음에도 불구하고 출근이 언제나 어떤 선생님보다도 빨랐다. 또 담임을 맡고 있지 않고 있었음에도 늦은 퇴근을 했고, 다음 날 수업 준비를 하고 있었다. 참으로 성실한 분이었다. 내 스스로가 평소 성실한 사람을 좋아하다 보니 자연스럽게 관심과 시선이 가는 분이었다.

S선생님이 주변 선생님의 관심을 받은 다른 이유가 또 있었다. S선생님은 날씬함을 넘어서서 자칫 너무 연약해 보인다는 것이었다. 언젠가 어느 선생님은 S선생님의 첫인상을 말하면서 바람이 불면 날아갈까 걱정이 된다고 했다. 내가 보기에도 처음에는 가을바람에 흔들리는 한 떨기 코스모스가 절로 연상이 되기도 했으니, 그렇게 본 분의 느낌이 결코 무리는 아닐 듯싶었다. 피부가 하얘서 그런지 백합을 떠오르게 한다는 분도 있었다. 그러나 S선생님은 지켜보면 볼수록 강단剛斷이 있었다. 섣부른 평가가 무색할 만큼 말 그대로 외유내강外柔內剛형이었다.

그리고 마지막 이유는 다소 의외였던 부분이다. 30대의 나이에 걸맞지 않은 건강 먹거리를 챙기는 모습에 주변 선생님 모두가 다시 한 번 놀랐다. 나 역시 살면서 한 번 건강의 중요성을 체험한 터라 평소 누구보다 건강한 먹거리에 많은 관심을 갖고 있었다. 그러던 차에 S선생님의 모습은 매우 인상적이었다. 아침마다 많은 먹거리를 전날 직접 만들어 준비해 오는 분이었다. 쑥이 많이 들어간 쑥버무리, 쑥송편, 쑥개떡, 그리고 소화가 잘되는 백설기, 인절미에, 옛 추억에 잠기게 만드는 군고구마, 껍질째 삶은 감자, 삶은 계란 등 그 종류를 일일이 나열하기 어려울 정도였다.

  한번은 슬쩍 물어보니 직접 <u>스스</u>로 다 만든다고 했다. 젊은 나이에 언제 누구에게 그런 음식을 만드는 법을 배웠는지 궁금하기까지 했다. 게다가 준비해 온 그것들을 혼자만 먹는 것이 아니라 그 먹거리를 항상 주변 선생님들께 나누었다. 또 누가 말하거나 시키지 않았는데 아침마다 원두커피를 내려 필요한 선생님들이 마시도록 배려하는 모습도 잊을 수 없다. 앞의 많은 먹거리들은 스스로의 건강을 위해서 집에서부터 미리 준비해 온 것이겠지만 그 나누는 마음이 참으로 따뜻했다.
  오늘 S선생님이 학교를 옮기게 되어 떠나는 날, 내가 주도하여 우리 부서 선생님들과 S선생님이 소속된 부서 선생님들과 다 함께 하는 식사 자리를 만들었다. 그래야만 그동안 진 마음의 짐이 다소 덜어질 것 같았다. 그 자리에서 모두들 다 함께 그간 말하지 못했던 고마운 마음을 인사로 전하고 나누었다. 비록 서로 헤어지게 되어 아쉬운 자리였지만 모처럼 웃음꽃이 피어나는 뜻깊은 자리였다. 식사 후에는 함께 담소를 나누며 차를 마시는 시간도 가졌다. 이런 시간을 가지고 나니 내 마음도 한결 가벼워지고 편해졌다. 동석했던 선생님들도 모두 같은 마음이었음이 그 표정에서 절로 느껴졌다.

　우리는 매일매일 살아가며 오늘 하루도 많은 인연을 만나고 맺는다. 모두가 그 인연을 소중히 여겼으면 하는 바람이다. 살다 보면 어쩌면 이후 다시 만나지 못할, 보고 싶어도 그럴 수 없는 아쉽고 안타까운 인연일 수도 있기에 더욱 그러하다. 살면서 그 인연의 시작만큼 끝맺음도 중요하지 않을까 하고 생각해 본다.
　피천득 선생의『인연』이란 글에 따르면, 우리네 사람들은 '그리워하는데도 한 번 만나고는 못 만나게 되기도 하고, 일생을 못 잊으면서도 아니 만나고 살기도 한다.'는 구절이 나온다. 이 구절은 늘 내게는 참으로 많은 생각과 위안을 전해 준다. 한 번 맺어진 인연은 그 인연의 끈으로 인해 언젠가는 다른 인연으로 다시 만나리라 생각한다. 그러기에 우리는 더 이상 짧은 만남으로 이별하여 아파하지 말고 마음으로나마 그 인연의 끈을 보다 길게 가져갈 수 있다고 생각한다.
　우리네 사람의 삶과 만남은 그 인연의 연속이기에 그러하다고 믿는 것이다. 살다 보면 우리는 예상치 못한 좋은 인연을 우연히 만나는가 하면, 반면에 S선생님의 경우처럼 안타깝고 아쉬운 인연을 경험하기도 한다. 살면서 좋은 인연만 만나고 있으면 얼마나 좋을까마는 반드시 그런 것만은 아닌 것 같다. 그럴 때마다 '인연'이란 말이 새삼 떠오르고 다시 한 번 내 손이 책꽂이 『인연』으로 향하고 있음을 본다.

여느 직장이 모두 그러하겠지만 학교도 그렇다. 지금 내가 매년 많은 아이들과 맺고 있는 인연 하나하나에 쉽고 헛된 것이 어디 있겠는가. 우리가 느끼지 못하는 사이 맺어지는 그 인연들이 우리 삶을 마디마디 연결해 주고 있기에 오늘 하루도 우리는 사람 냄새 나는 삶, 삶다운 삶을 살아가고 있는 것이 아닐까.

혼자 간직하기에는 너무나 소중하고 아름다워서, 모르는 사람에게 막 이야기해 주고, 들려주고 싶고 알려 주고 싶은, 자랑하고 싶은 인연이 있는 사람은 행복하다. 그런 의미에서 난 행복하다. S선생님 같은 아름다운 인연을 만나고, 해마다 수많은 아이들과 새로운 인연을 맺을 수 있어서 그러하다.

우리가 살아가며 맞닥뜨리는 삶의 모든 순간은 만남이다. 그 만남의 순간과 인연의 순간에서 남기는 흔적은 서로에게, 우리 모두에게 평생 잊지 못할 기억이 된다. 그래서 우리들은 만나는 인연마다 따뜻한 흔적과 기억이 되고 싶은지도 모른다.

첫눈을 기다리다

동화책 속에 앉아 동시를 읽다

지난겨울 서울엔 모처럼 유난히 많은 눈이 내렸다. 근래 좀처럼 얼지 않던 한강을 얼게 하고 며칠째 몰아붙이던 강추위도 1월의 대한大寒을 지나 중순을 넘어서더니 한풀 꺾였는지 오늘 귓불을 스치고 지나는 바람결엔 제법 푸근함이 스며 있다. 올해도 어김없이 첫눈이 내렸다. 첫눈을 바라보는 사람들의 얼굴은 언제나 즐겁다. 엊그제 내린 첫눈은 근래에 보기 드물 정도로 풍성하게 내린 편이었다.

　겨울이 되면 언젠가부터 습관처럼 첫눈을 기다린다. 이제는 동화 속 왕자를 꿈꾸는 어린아이도, 사랑하는 연인과 달콤한 데이트를 꿈꾸는 청춘의 나이가 아닌데도 말이다. 그러나 매번 서울의 첫눈은 내리다 마는 듯하다. 먼 곳에서부터 날아오느라 힘이 드는지 풀풀 내리다가는 휙 하고 스치는 바람에 저만치 날아가 주저앉고 만다. 힘없이 내리는 눈송이들, 작고 희미한 군무群舞를 이루며 끼리끼리 날리는 것이 꼭 요즘 서울 사람의 메마른 마음을 대하는 듯하다. 그래서인지 무미건조하고 조금은 삭막하게까지 느껴진다. 내 어릴 적 고향에선 파릇이 돋아나던 보리밭이 가득 차노록 첫눈부터 풍성하게 내렸었는데…….

도시의 눈雪은 마음의 여유를 점점 잃어 가는 현대인의 속성을 닮아 가고 있는 것은 아닐까. 내리는 눈은 같은 눈일진대 그 느낌이 이렇게도 다르다. 나도 이제 도회지 사람이 다 되었구나 하는 생각을 하며 슬며시 피식하고 혼자 웃어 본다. 그러다 이내 어릴 적 고향 생각에 잠겨 본다.

당시 사방을 둘러보아도 눈에 보이는 것은 산뿐인 내 고향 마을. 늦가을 자고 일어나면 하얗게 지붕을 덮는, 찬 기운이 내려와 어느새 무서리가 살짝 내리니 찬 이슬 한로寒露다. 겨울이 다가왔음을 알 수 있다. 그리고 나면 무서리 세 번에 오는 된서리로 본격적인 겨울이 시작된다. 겨울이 깊어 갈수록 이어지던 은백색의 깨끗하고 황홀한 아름다움은 고향 마을을 더욱 풍성하고 포근하게 감싸 주었다. 유년 시절, 그런 날이면 나 같은 사내아이들은 꿈에 부풀어 커다란 계획을 세우는데, 바로 큰형을 따라 토끼사냥을 가는 것이다.

눈이 오면 지금도 잊히지 않는 추억 한 토막이 있다. 그날의 눈은 경이로움과 환상을 가져다주기에 충분했다. 전날부터 펑펑 쏟아져 내리던 눈은 아침까지 계속 내려 무릎 위까지 쌓여 있었다. 일찌감치 잠이 깬 나는 점점 밝아 오기 시작하는 미명의 새벽, 마루에 멍하니 서서 앞산의 아름다운 설경雪景을 바라보고 있었다. 해가 떠오르기 전의 어둠이 점점 엷어지면서 뿜어내는 흰 빛은 그냥 하얀 빛깔로 있지 않고 신비한 색깔로 온 마을을 휘감고 있었다. 어린 시절 또래들보다 유난히 감수성이 예민했던 나는 이상스레 차분해진 마음으로 눈이 꾸며 준 우리 마을의 경치를 작품처럼 감상鑑賞하고 있었다.

점차 해가 솟으면서 바람은 흔적도 없이 사라지고, 온통 은백색 비단을 펼쳐 놓은 것 같던 겨울 손님은 햇살에 탐스런 웃음을 터뜨리며 가장 아름다운 용모로 빛나고 있었다. 추녀 끝 기다란 고드름 사이로 눈의 무게를 지탱하지 못한 쩌어엉 쩌엉 하고 나뭇가지 부러지는 소리와 무너져 내리는 앞산의 눈덩이 눈사태도 보였다.

이윽고 아침을 먹은 내 또래들은 형들을 따라 삼삼오오 어울리지도 않은 여름 장화를 신고 벙어리장갑을 챙겨들고는 용감하게 마을 뒷산을 향했다. 아무도 밟지 않은 눈 위를 신선한 기분으로 걸으며 학교 음악시간에 풍금 소리에 맞춰 배운 동요를 마냥 콧노래로 흥얼거렸다. 그러나 푹푹 꺼지는 눈과 무릎을 넘는 높이로, 내 걸음은 제자리걸음에서 맴도는 듯했다.

이마에는 땀이 정신없이 흘렀다. 옷은 아랫도리부터 눈에 범벅이 되어 무겁기만 한데 겨우 산 입구에 다다르고 있었다. 지쳐서 헉헉대며 발갛게 상기된 뺨을 한 내게 그만 집으로 돌아가라는 철이 형의 소리는 허공으로 흩어지고 커다란 손동작만 나를 재촉할 뿐이었다. 덥다. 신발 속엔 눈이 가득 찼지만 발에서는 땀이 나고 장갑을 벗은 지도 이미 오래였다.

형은 가벼운 걸음걸이로 잎시가며 눈 위의 도기 발자국 찍기에 정신이 없다. 거침없이 헤쳐 나가는 철이 형의 성격이 자못 부럽기도 하고 제법 씩씩한 태도가 멋져 보이기도 했다.

힘겹게 눈으로 뒤덮인 언덕배기를 오르니 제법 평평한 곳에 이르렀다. "형은 의리 없이 저 혼자 앞서 가고 있어. 나야 오든 말든 잘난 척하고 앞서 갔겠다? 이따 두고 보라지." 속으로는 화가 나도 정말 떼어 놓고 가면 어쩌나 겁이 나서 아무 말도 못하고 열심히 따라가기만 했다. 올가미를 놓아두었을 장소엔 이미 토끼가 자고 간 흔적뿐이었다. 눈을 헤집고 덤불을 뒤져 솔가지 늘어진 곳에도 가 보았지만, 토끼 대신 인기척에 놀란 꿩이며 산새들이 은가루를 허공에 뿌리며 날아오르곤 했다.

토끼를 잡기 위해 놓았던 올가미는 여기저기 보였지만 토끼는 정작 얼씬도 안 했으니 맥이 빠질 수밖에⋯⋯. 내린 눈으로 눌려서 꼭 죄어진 올가미를 느슨하게 풀어 토끼 머리가 들어갈 만큼 헐겁게 해 놓기도 하면서 산속을 헤매다 보니 시간이 가는 것도 잊었던가 보다. 정오가 벌써 꽤나 지났다. 주위를 둘러보던 내게 우연히 동굴처럼 생긴 곳이 눈에 띄었다. 우리는 그곳으로 들어가 젖은 양말이며 옷을 말리기로 했다. 철이 형이 생솔가지와 가랑잎을 긁어 왔는데, 솔가지엔 눈덩이가 매달려 있고 덤불에서 모아 온 듯 가랑잎은 젖어 있으니 불이 잘 붙지 않았다.

땀이 식어서인지 추위가 밀려오기 시작하고 발이 얼어붙는가 싶은데 그제야 겨우 생솔가지에 불이 붙었다. 피어오르는 연기에 쿨룩거리며 신발이랑 장갑 등을 말리고 있는데, 갑자기 '후다닥' 하

고 동굴 안쪽으로부터 작은 물체가 우리들 머리 위를 휙 하고 스쳐
갔다. 순간 "토끼다!" 철이 형과 다른 형들이 재빠른 걸음은 굴 밖
으로 뛰어나갔지만 어찌 토끼의 걸음을 따라잡을 수 있을까. 동굴
속에서 늘어지게 낮잠을 즐기던 토끼는 매캐한 생솔가지의 연기에
놀라서 밖으로 뛰쳐나왔던 것이다.

오늘은 토끼를 잡을 운이 아닌가 보다. 그렇게 헤매고 다녀도
구경조차 못했던 토끼를 가까이서 그냥 놓치고 만 우리는 그냥 돌
아가기로 하고 굴에서 나왔다. 그전에 잡은 토끼 얘기를 손짓 발
짓 섞어 가며 들려주던 철이 형도 오늘은 더 이상 어쩔 수가 없나
보았다.

한낮이라도 산바람은 제법 차갑게 불었지만, 햇살은 따스하게
머리를 내리쬐고 소나무 가지마다 눈의 무게를 힘겨워하며 휘어지
게 늘어져 있었다. 인적이 끊긴 겨울 산의 화려한 큰 잔치. 난 무
아지경無我地境에 빠져 형과 또래들과 떨어져 계속 앞으로 나아갔
다. 나무에서 떨어지는 하이얀 눈 포말, 나를 축복해 주려는 은가
루 세례에 경이로움을 느끼며 눈 내린 동화 속을 걸었다. 며칠을
벼르다 결국 토끼 한 마리 잡지 못하고 내려오는 걸음은 푹푹 빠지
는 눈밭 속이지만 가벼운 마음이었다. 진짜 아름다운 고향의 따스
한 정경과 멋진 산속의 세계를 실컷 맛볼 수 있는 기회였다.

그 시절, 세상의 더러움을 고스란히 덮어 주며 순간일지라도 정
갈한 마음을 갖고 세상을 바라볼 수 있게 마음을 씻어 주던 눈. 그

하얀 눈 내린 산속의 풍성한 여유와 깨끗한 모습을 다시 대하고 싶다. 기교를 부린 정원수庭園樹도 아니요, 균형미를 계산한 것도 아니지만 순수한 모습으로 꾸밈이 없던 자연이기에 때론 이기적인 모습으로 변해 가는 나를 스스로 비추어 볼 수 있는 거울이 되기도 한다.

언제나 그때의 마음처럼 화려하지 않으면서 순수한 마음을 갖도록 노력하지만, 내면보다 겉치레에 더 신경이 쓰였다. 살아오면서 남에게 보여 주는 생활을 할 때가 있었음을 부끄럽게 생각한다. 서울에선 눈이 내리면 기쁨도 잠깐, 청소부 아저씨의 빗자루에 밀려 구석진 곳에서 추한 모습으로 녹아 가는 이 도시 겨울의 풍경화를 마주한다. 그런 때는 풍성하게 쏟아지던 눈과 멋진 추억이 있는 유년 시절의 내 고향에 가고 싶다.

얼마 전 눈이 내릴 것 같은 하늘이 회색빛으로 낮게 드리워진 날, 한 통의 편지를 받았다. 아직도 내 고향 대구에서 교편을 잡고 있는 고교 시절 내 단짝 친구의 편지였다. 고향에서 날아온 제법 두툼한 그 편지는 내게 더욱 고향의 하늘을, 고향에 내린 그 흰 눈을 생각하게 했다. 어린 시절 친구들과 뛰놀던 고향의 모습이 눈에 선하게 그림처럼 떠올랐다. 나는 기도한다. 내 마음에, 내 삶의 시간에 고향의 추억이 영원히 남아 있기를 간절하게, 뜨겁게 기도한다. 고향이 많이 그립다. 그리고 그 시절 친구들도 유난히 더욱 보고 싶다. 점점 깊어 가는 이 겨울처럼, 내 마음도 어느새 고향으로 귀소歸巢하고 있다. 오늘 동화책 속에서 동시를 읽는다.

소설 같은, 영화 같은 이야기
그리움과 목마름, 그 기다림의 꽃밭에서

추석 연휴를 불과 며칠 앞두고 문상聞喪을 다녀왔다. 친구가 자식이 없는 그의 작은아버지에게 아들 아닌 아들 노릇을 하고 있었다. 그러다 보니 문상객도 많지 않아 함께 밤새워 빈소를 지키게 되었다. 그날 한 사람의 기구한 운명과 삶을 전해 들었다. 그냥 흘려버리기에는 너무나 안타까운 기막힌 사연이었다.

한평생을 군에서 보낸 친구의 작은아버지는 슬하에 아들이 없으셨다. 아예 자식이 없으셨다. 그러다 보니 조카인 친구가 아들 노릇을 자연히 하게 되었다. 근래에 와서 친구는 주말이면 단 하루도 빠지지 않고 여든이 훌쩍 넘으신 그의 작은아버지를 모시고 서울현충원엘 들렀다. 말년에 그의 작은아버지의 유일한 낙이었다.

작은아버지는 군 제대 후 처음부터 동작구 인근 동네를 고집하셔서 인근의 현충원 방문이 그다지 어렵지 않았다. 아마도 젊은 시절 6·25 한국전쟁을 몸소 겪으셨고, 당신의 삶을 온통 흔들어 놓았던 전쟁의 상흔을 이곳에서 확인하고 그 위안을 받으시려는 것 같았다. 친구도 그러한 작은아버지의 모습을 통해서 자신이 미처 알지 못했던 가족사의 어떤 사연과 비밀을 알 수 있지 않을까 하는 작은 기대감도 있었다.

그가 작은아버지와 함께한, 가장 마지막 현충원 방문은 팔월의 마지막 주말이었다. 하루 전에는 비가 내렸지만, 그날은 유난했던 여름 폭염도 다소 누그러지고 아침에는 제법 선선한 바람까지 불어 친구는 아내와 함께 작은아버지를 모시고 현충원을 찾았다.

언젠가 어디 경치 좋은 곳엘 모시고 나들이 가려 했지만 군 생활 중에 이미 좋은 경치는 다 보았노라 하시며 극구 사양하셨다고 한다. 이후 그는 작은아버지의 성격과 마음을 잘 알기에 감히 엄두도 내지 못했다. 서울현충원은 대통령 묘소와 장군 묘역 위쪽으로는 제법 좋은 산책로가 있었다. 친구는 산책로 옆 수령이 오래된 소나무를 타고 오르며 그 질긴 생명력을 가진 담쟁이를 볼 때마다, 평생 마음의 벽에 저 담쟁이처럼 붙은 채 살아남아 있는 작은아버지의 옛일을 떠올릴 수 있었다고 한다.

어느 해인가 대학 시절 겨울방학을 이용해 친구가 고향을 찾았을 때, 그의 아버지는 어두운 형광불빛 아래서 누렇게 빛바랜 일기장 한 권을 펼쳐 보고 계셨다.

"네 작은아버지 것이다. 참 오래도 되었구나. 예전에 네 숙부가 갑자기 군엘 가기 전, 그냥 두고 간 것을 버리기도 그렇고, 또 돌려주자니 옛 생각에 괴로워할까 봐 여태껏 주지도 못하고 있다."

그의 아버지 말씀에 따르면 6·25 전쟁이 일어나는 바람에 당시

대학에 다니던 그의 작은아버지는 약관弱冠의 젊은 나이로 자원입대를 했다고 한다. 그런데 이웃 마을에는 부모들끼리도 장래를 약속한 정혼녀가 있었다. 모두 전쟁이 금방 끝날 줄 알았기에 작은아버지는 그냥 곧바로 입대하였다. 그런데 마침내 사달이 났다. 남쪽으로 내려가는 피난길에 정혼녀 일가족이 떨어진 포탄에 모두 죽는 끔찍한 일이 일어난 것이다. 이후 작은아버지는 부모 같은 형인 아버지의 끈질기고 기나긴 설득에도 끝내 혼인하지 않고 혼자 살았다고 한다.

"재 너머 이웃 마을에 있는 처자와 네 작은아버지는 서로 재를 넘나들며 좋아하는 사이였다. 그 처자는 대대로 집안도 좋았지만 내가 봐도 기가 막히게 이뻤지. 게다가 맘도 어찌나 이쁜지 인근 동네에 그 소문이 자자했지……." 그때 친구는 아버지의 말에 어느 정도 수긍했지만, 그날 밤 아버지 몰래 작은아버지의 일기장을 몰래 보면서 그 사연에 충분히 공감할 수 있었다고 했다.

"목마른 기다림의 꽃밭에서 / 바람 입술로 / 꽃잎에 입맞춤하다가 / 아쉬운 긴 이별의 시간을 앞두고 / 그저 빈손으로 재를 넘어오면서도 / 금방 그댈 그리워했네 / 아, 아 지금은 함께 동행할 수 없는 그대여 / 지금 잠 못 드는 이 밤이 새도록 / 오로지 그리움 하나로 / 홀로 별빛 실타래를 풀고 있는데 / 저 멀리 포성이 들리자 / 지금 그대 있는 재 너머로 / 유성 하나가 긴 꼬리를 남기며 떨어지고 있네."

친구가 읽어 본 작은아버지의 일기장에는 두 사람이 주고받은 가슴을 저미고 마음을 울리는 다사로운 시와 글이 가득했다. 그의 아버지 말씀은 전쟁이 끝나고 작은아버지는 군 제대도 얼마든지 가능했지만, 정혼녀에 대한 생각을 떨치기 위해서인지 평생 직업 군인의 길을 택했다고 한다.

그리고 십 여 전, 친구의 아버지는 돌아가시기 전에 그에게 신신당부하셨다. 당신이 죽고 나면 6·25때 총탄에 맞아 그 후유증으로 다리가 불편한 작은아버지를 아버지처럼 여기고 지극정성을 다해 모시라고. 그리고 돌아가신 후에는 작은아버지를 대전현충원엘 모실 수 있다는 말씀도 하셨다고 한다.

친구의 작은아버지는 평생을 지휘관으로 군 생활을 하셨다. 그 가운데 군 작전 중 사고로 여러 부하 장병이 순직했을 때는 마치 자식을 잃은 것처럼 그렇게 슬퍼하시며 그 유해를 직접 현충원에 안장했다. 특히 언젠가 가장 아끼던 부하 지휘관이 탱크와 보병 합동훈련인 철야 행군 중에 피로에 지친 병사가 탱크 바퀴 밑으로 깔리는 것을 밀쳐내고 대신 순직한 이야기는 조카인 친구에게도 눈물로 들려주셨다. 당시 어렸던 친구도 그 일을 생생히 기억하고 있었다. 그의 작은아버지에게 현충원은 마치 자식을 가슴에 묻은 곳이나 다름이 없었기에 당신도 나중에 그 자식 옆에 묻히고 싶다는 이야기를 형인 그의 아버지 앞에서 종종 말했던 것이다.

"아버지, 작은아버지의 삶에 있어서 6·25 전쟁은 여전히 진행 중인 큰 아픔일 것 같네요. 그러고 보니 제가 작은아버지에 대해 너무 많이 몰랐어요."

　가까운 살붙이 피붙이 하나 없이 평생을 군에서 보냈던 친구의 작은아버지, 그 동생의 일생을 지켜본 친구의 아버지는 마지막까지 편히 눈을 감지 못하셨다고 한다. 작은아버지는 당신이 그토록 사랑했던 여자를 전쟁으로 떠나보내면서 이 땅에 두 번 다시 사랑하는 가족을 잃는 전쟁의 비극이 일어나지 말아야 한다는 일념으로 사신 것을, 이제야 친구는 안다고 했다.

　친구는 늦은 밤 적막 같은 빈소에서 술잔을 건네며 말했다.

　"작은아버지의 바람은 이 땅에 자신처럼 그 전쟁의 상처로 고통받는 사람이 더 이상 없기를 바라는 마음이 아니었을까 싶다."

　그의 작은아버지의 삶을 통해 이 땅에 그 전쟁은 비록 끝났지만, 여전히 전쟁의 기억과 상처가 우리 곁에 남아 있다는 것을 알 수 있었다. 물론 여전히 6·25 전쟁은 진행형이요, 마침표를 찍을 수 없는 전쟁인 셈이다.

　지금도 핵실험과 미사일 발사를 계속하고 있는 저 북쪽을 보면 60여 년 전 친구의 작은아버지와 같은 많은 분들이 피와 눈물로써 지켜 낸 이 산하가 더욱 소중하기만 하다. 이러한 분들의 헌신과 희생이 있었기에 이 나라가 지켜진 것이다. 이들은 비록 죽어 땅에 묻혔지만 그 마음과 정신은 지금도 우리 가슴에 모두 한 송이 꽃으로 피어나고 있다. 세상에서 가장 아름다운 꽃으로 말이다.

사랑하는 가족이 있는 사람

우리 마음에 생생하게 살아 있는 사람들

지금 생각해 보면 참으로 우연이었다. 한 5년 전, 새해 1월이었다. 학교에 몸담고 있는 나는 겨울방학을 맞아 모처럼 가족 나들이를 계획하고 있었다. 당시 한 조간신문에 실린 기사, 가슴이 뭉클한 애절한 글을 읽게 되었고, 그 일이 계기가 되어 우리 가족의 현충원 방문은 시작되었다.

"아들아! 그동안 뜸했지? 지난주에는 내가 심장이 안 좋아 병원에 다녀왔다. 엄마도 잘 있다. 오늘따라 네가 더욱 보고 싶구나."

이렇게 시작되는 편지, 국립대전현충원에 편지 한 통이 배달되었다고 한다. 그런데 그 편지의 수신인은 공교롭게도 살아 있는 사람이 아니라, '사병 1묘역 비석번호 5454번 전새한'이라는 순직 군인이었다. 그리고 편지의 발신인은 당시 대전현충원에 잠들어 있는 '전새한' 장병의 아버지이신 '전태웅'이라는 할아버지였다. 할아버지는 현재 경북 경산에서 15평짜리 다세대주택에 할머니와 단둘이 살면서, 대전현충원 묘역에 잠들어 있는 외아들에게 거의 보름에 한 통씩 가족의 근황을 담담하게 적은 편지를 그간 무려 15년간이나 써 왔다고 한다.

할아버지가 처음 편지를 쓰게 된 사연은 군복무 중 당시 21살의 꽃다운 청춘의 나이에 숨진 아들 생각으로 괴로워하는 것을 본 할머니가 할아버지에게 '속으로 가슴앓이하며 삭이지 말고 아들이 외국에 있다 치고 편지라도 써 보라'고 권유한 것이 계기가 되었다고 한다. 그렇게 해서 그간 무려 15년간 대전현충원 묘역에 잠든 전새한 군인 앞으로 그때까지 4백 통이 훨씬 넘는 편지가 왔다고 한다.

더군다나 더욱 놀란 것은 그 편지를 받은 대전현충원 민원봉사실에서 근무하는 직원분들이 편지를 개봉해 돌아가면서 바로 전새한 군인의 묘석 앞에서 마치 살아 있는 사람에게 들려주듯이 편지 내용을 크게 소리 내어 읽어 준다는 것이었다. 눈물 나는 감동이었다.

그때 신문의 사연을 읽은 나는 금세 콧잔등이 시큰해져 왔고, 내 옆에서 함께 신문을 읽던 중학생 딸아이는 눈물을 글썽이고 있었다. 이를 옆에서 지켜보던 아내는 안타까웠던지 이내 한마디 거들고 나섰다.

"참으로 안타까운 사연이네요. 그러지 말고 방학이니까 아이들 데리고 대전현충원엘 한번 다녀오지 그래요?"

이 사연을 본 뒤, 나는 처음으로 아이들에겐 산교육이 될 수 있는 좋은 기회다 싶어 대전현충원으로 가족나들이를 하게 되었다. 둘째 이이기 초등학생이라 놀이동산에 가지 않고 현충원에 가는 것을 어떻게 생각할까 내심 걱정도 되었으나 그것은 나의 기우였다. 처음에 아이들은 그 많은 묘지와 비석 앞에 신기해하면서도 적잖이 놀라는 얼굴이었다. 그러나 전쟁의 무서움과 공포, 비참함에 대한 아빠의 설명을 듣고는 수긍이 가는 얼굴들이었다.

그날 우리 가족은 앞선 사연의 주인공인 전새한 군인 아저씨의 묘역도 직접 볼 수 있었다. 그날 이후 우리 가족은 주말이면 가까운 서울현충원에 가족나들이로 가게 되는 계기가 되었다. 지금도 잊을 수 없는 것은 서울현충원 유공자 묘역에서 볼 수 있는 수많은 묘석에 새겨진 글귀였다.

"내 아픈 스물 청춘, 내 서러운 스물 청춘엔 조국을 등지고 조국 광복을 위해 싸웠는데… 사랑하는 아들아! 이젠 너의 차례가 아닌가?"

"그리워라 내 아들아! 보고 싶은 내 아들아! 자고 나면 만나려나, 꿈을 꾸면 찾으려나, 흘러간 강물처럼 어디로 가 버렸니… 그 모습이 너무도 그립구나."

묘석에 새겨진 글들은 미래 우리 후손들에게 대를 이은 나라 사랑을 당부하는 글, 하루아침에 자식을 잃은 비통한 어머니의 눈물로 쓴 글, 또 고인의 일생을 기리는 글에는 일제강점기부터 6·25전쟁에 이르기까지 조국을 몸 바쳤던 애국지사와 호국용사, 전몰장병들의 혼이 담긴 것 같아 섬뜩함을 느끼기도 했고 비장감마저 묻어나기도 했다.

그날 내가 아내와 두 아이에게 묘석에 새겨진 글들을 하나하나 자세히 설명해 주자, 모두들 하나같이 숙연함 그 자체였다. 큰 배움이었다. 우리 가족이 이렇게 함께 뜻깊은 나들이를 하고 준비해 온 김밥과 과일을 나눠 먹으며 담소를 즐기며 오붓한 시간을 보낼 수 있음도 바로 이들의 숭고한 희생이 없었다면 과연 가능한 일인가? 현충원은 정말 많은 분들이 조국과 민족을 위해 기꺼이 자신의 몸을 던져 산화, 희생했다는 것을 직접 눈으로 확인하는 살아 있는 역사의 현장이다.

처음 대전현충원을 다녀온 날, 저녁 식사를 하려고 가족이 다 모인 자리에서 큰애가 했던 말이 기억난다.

"아빠, 오늘만 현충원에 갔다 올 것이 아니라, 봄 · 여름 · 가을 · 겨울 일 년에 네 번은 갔으면 해요. 오늘 처음 가 보고 거기 잠들어 계시는 많은 군인 아저씨한테 너무 부끄러웠어요. 아빠, 허락해 주실 거죠?"

"아니, 그게 어디 허락하고 말고 할 일이 아니잖니? 얼마나 좋은 일인데…….."

당시 중학교에 다니는 딸아이가 이렇게 말하기까지는 아마 대전과 서울현충원을 둘러보고 순국선열과 애국지사, 호국용사들로부터 마음으로 조국 사랑과 민족 사랑의 숭고한 마음과 정신을 전해 받은 까닭이 아닐까 싶었다. 그날 저녁 우리 가족은 만장일치로 결정했고, 지금도 자랑스러운 것은 계절이 바뀔 때마다 주말을 이용하여 현충원에 가족 나들이를 한다. 처음에는 아주 사소하게 시작된 현충원 방문이 지금 생각해 보면 결코 멀리 있지 않은 가까운 나라 사랑의 길임을 알았기에 마음이 더욱 뿌듯하다.

서울현충원은 가 보면 알겠지만 의외로 가 볼 만하다. 시끄러운 유원지 놀이공원 나들이보다 매우 조용히 잘 단장되어 있고 산책로를 걸어 보면 오히려 더 마음의 힐링이 된다는 느낌이다.

우리에게 삶의 질이란 무엇이겠는가. 그것은 세상을 바라보는 따뜻한 가슴에 있다. 이 세상을 함께 더불어 살아가며 진정한 삶의 질을 누리려면 가슴이 따뜻해야 한다. 세상을 살아가면서 가장 중요한 것은 내 주변과 이웃에게 좀 더 따뜻해지고 친절해져야 한다는 것이다. 가령 내가 오늘 어떤 사람을 만났다면 그 사람에게 내 안의 따뜻한 가슴이 전해져야 한다. 실제 그렇게만 된다면 세상은 보다 살 만하지 않을까.

현충원 방문을 통해서 가족들에게 죽은 영혼들에게도, 살아 있는 이에게도 따뜻한 사람이 되는 방법을 가르쳐 주고 싶었다.

"우리 곁에는 그 무엇보다 소중한 사랑하는 가족이 있다."

동창회에 나가 보면

젊음의 뒤안길과 그늘 아래의 벤치

많은 사람들이 이런 말을 한다. "사람은 절대 안 변한다!"고. 그런
데 또 한쪽에서는 이런 말들을 한다. "사람이 생각보다 굉장히 쉽
게 변하네!"라고. 그렇다면 사람은 살면서 변할까, 아니면 변하지
않을까.

    연말에 동창회에 나갔다. 약속 시간에 맞추어 친구들이 하나둘
씩 모여들기 시작했다. 다 모이기까지는 다소 이른 시간이었다.
먼저 도착한 친구들은 지난번 모임 때 처음 나왔던 친구 P에 대한
이야기로 여념이 없었다. P는 도착하기 전이었다. P를 두고 어떤
친구는 예전 학교 때나 지금이나 여전히 똑같고 변한 것이 하나도
없다고 했다.

    그런데 일부 다른 친구들은 그 친구를 잘 몰라서 하는 말이라면
서 학창 시절과는 변해도 너무 변했다는 논리를 펴고 있었다. 자
연스럽게 나도 그 화제에 끼어들이 지난번 한 번 보고 섣부른 추측

과 판단은 유보하자고 한마디 툭 던졌지만 은근히 관심이 생겼다. 그러고 보니 P는 졸업한 지 20년이 지나고서야 동창회에 나왔다.

세상 살면서 사람은 변하는가, 그렇지 않은가에 대한 말들을 많이 하곤 하는데, 과연 어느 말이 맞을까 하는 고민을 누구나 한 번쯤 해 보았을 것이다. 아니, 더 정확하게는 어느 말이 어떤 경우에 더 맞는 말일까? 별것 아닐 수도 있겠으나 사람의 변함과 그렇지 않음 그 차이와 이유를 아는 것은 이 시대를 사는 모든 사람들에게 매우 중요한 화두가 될 것이다. 실제 우리는 종종 이 문제에 부딪히지만 명확한 답을 내놓지 못하고 있다.

그런데 중요한 사실 하나는 한 사람에게 있어서 잘 변하지 않는 것은 그 사람의 능력 못지않게 그 성격이라는 점이다. 대부분의 경우 이 둘은 아무리 늦게 잡아도 나이 스무 살을 넘어서면 그 사람의 일생에 있어서 잘 변하지 않고 그대로 지속되는 편이다.

여기서의 능력은 일의 숙련도를 의미하는 것이 아니다. IQ, 기억력, 연산능력, 사고 스피드와 같은 기초적인 개별 인지능력을 말한다. 이런 능력은 사건 사고 등 외부의 요인이 갑자기 발생하지 않는 한 변하는 경우는 거의 없으며, 점차 나이가 들어 노화가 진행되면서 약간씩 떨어지는 경향이 일반적이다. IQ와 같은 지능검사를 고등학교 때까지는 받지만, 그 이후 성인이 되면 그 검사를 받는 것도 이 때문이다.

그렇다면 여기서 말하는 가장 중요한 사람의 성격은 어떨까? 성격은 두말할 필요가 없다. 학창 시절 친구들을 수십 년이 지난 후 동창회에서 만나면, 대부분의 성격은 그대로이다. 모두 입이 벌어질 만큼 차마 놀라울 정도이다. 따라서 이 둘을 굳이 입에 올리지 않더라도 우리는 사람이 변하지 않는다는 말을 그리도 많이 하고 살아가는 것인지도 모른다.

다음 이야기는 내가 현재 몸담고 있는 직장에서 실제 몸소 겪은 일이다. 내가 신임교사로 부임해서 A선생님이 학교를 옮길 때까지 동 교과 교사로서 십 년 이상 함께 생활했다. 적지 않은 시간을 함께 보냈다. 그래서 A선생님의 가정 내의 생활과 모습 등 다른 것은 몰라도, 적어도 학교 내의 생활과 모습은 비교적 소상히 알고 있는 편이다.

A선생님은 당시 모든 동 교과 선생님이 인정했듯이 교과에 대한 전문지식과 학식이 탁월했다. 또 학문적 깊이도 대단했다. 그 외에도 평소 빈틈없는 정리정돈은 동료 선생님의 탄성을 자아내게 할 만큼 철저했다. 그분이 펜으로 쓴 글씨체에는 그분의 성격이 온전히 담겨 있었다.

그런데 이해되지 않는 일들이 일어났다. 도무지 학생들로부터 인정을 받지 못하고 배척받은 것이다. 그때 학생들은 오히려 지금보다 학생들의 의식 수준도 높았고 생각도 깊었다. 그러다 보니 모든 동 교과 선생님들도 대체 무엇 때문에 학생들이 그럴까 하고 자연스레 관심을 갖게 되었다. 지금도 그러하다고 느끼는 사람들이 많지만, 당시 입시 제도는 시시각각으로 변하고 있었다. 징

부가 바뀔 때마다, 주무 장관이 교체될 때마다 바뀌었다고 말하면 다소 지나칠까?

입시는 학력고사에서 수능으로, 수능도 2회 실시에서 1회 실시로, 수능과 대학별고사가 함께 실시되어 학생들도 지도하는 선생님들도 모두 힘들었다. 결국 변화되는 입시에 맞춰 수업을 진행해야 하는데, A선생님의 수업은 기존 본고사 수업 방식에서 전혀 바뀌지 않고 있었다. 정기고사 진도를 나가지 못해 매번 나머지 수업 내용을 유인물로 대체하다 보니 학생들은 격앙했다. 더욱이 수업 중 입시와 전혀 부관한 한자어 하나에 매달려 대부분의 시간을 보내는 상황이 반복되다 보니, 학생들의 반응은 일정 어느 정도 이해가 갈 만했다.

물론 그렇다고 여기서 그분의 교육철학과 교육방침이 잘못됐다는 것을 논하려는 것이 아니다. 그분은 나름 분명 남이 가지지 못한 교육자로서 올곧은 면도 분명히 있었다. 이런 면은 분명 그분만의 장점이다. A선생님의 수업 방식은 끝끝내 바뀌지 않았고, 결국 고등학교라는 교육 공간을 떠나 중학교로 가시게 되었다.

지금 생각해 보면 그분의 교과 외의 학교생활도 시종일관, 초지일관 같은 모습으로 상황에 따른 변화와는 거리가 멀었다. A선생님의 자택에 다녀온 분과 지금도 당시 함께 생활했던 분들의 이야기를 들어 보면 이구동성으로 사람은 쉽게 변하지 않는다고, 또 쉽게 바뀌지 않고 죽어도 그 성격은 변하지 않는다는 말들을 한다. 앞서 동창회 이야기를 했는데, 좀 더 그 이야기해 보자.

정말 오랜만에 만난 동창들 중에 학창 시절 모습과는 달리 확 바뀌어 있다는 느낌을 주는 친구들이 분명히 있다. 그리고 이때 우리는 그 친구들을 만난 후 비로소 이야기한다. 그 친구가 흔히 말하는 큰 성공을 해서, 혹은 일이 지독히 안 풀려서라는 말로써 그 바뀌었다는 느낌과 인상의 이유를 쉽게 말한다. 하지만 많은 심리학자들의 수많은 연구들을 종합해 보면, 그 변화의 근본적 원인은 결국 자아 존중감에 있다는 것이다. 자아 존중감은 말 그대로 자신을 존중하고 사랑하는 마음이다.

그런데 이것이 왜 중요한가? 자신의 능력과 한계에 대해 어떻게 생각하는지에 대한 전반적인 그 사람 스스로의 의견이기 때문이다. 그것은 역경을 이겨 내고 성취를 만들어 낼 수 있다는 확신과 직결된다. 그렇다면 동창회에서 우리 모두에게 확 바뀌었다는 느낌을 주는 친구들은 지난 시간 그 친구의 무엇이 달라지고 변화한 것일까? 결국 그 해답은 바뀐 그 친구의 자존감을 보고 있는 것이다. 단지 그 방향이 상승이든 하강이든 말이다.

오늘 이후에는 내 옆에 있는 친구, 남편과 아내 그리고 내 주위에 있는 사람의 성격과 능력을 내 입맛과 취향대로 바꾸려 하지 말자. 어차피 쉽게 바뀌지 않고, 바꿀 수 없는 것이 사람이라면 그 대신 그 사람의 관점에서 그 사람을 이해하면 화합과 조화의 길이 보이지 않을까. 그것이 더불어 우리 모두 함께 살아가는 삶의 지혜가 아닐까.

갑자기 찾아온 손님

치매도 천연두 마마 같은 손님이다

신학기가 되면 학교는 유난히 더 바쁘다. 긴 겨울방학이 끝나고 삼월 개학 전후 늘 찾아오는 낯설고 생소한 환경, 심리적 부적응으로 한동안 마음마저 부산스럽다. 게다가 요즘 매스컴에도 오르내리는 일종의 직업병인 교사 우울증까지 느끼며 정신없이 보내는 하루다. 그런 가운데 갑자기 허물없이 지내는 친구 K로부터 문자가 왔다.

30년이 넘도록 K를 스스럼없이 만나 왔지만 그동안 한 번도 먼저 술을 제안한 적이 없었다. 그래서 직감적으로 무슨 일이 있나 하고 퇴근 이후 약속 장소로 나갔다. 최근에 서로 바쁜 핑계로 만나지 못한 기간이 오래되어서일까, 만나자마자 첫눈에 무척 수척해진 얼굴과 몸이 야윈 K를 보고 속으로 적잖이 놀랐다. 평소 유머도 많고 늘 해맑은 얼굴의 K가 아니었다.

"어머니가 치매이셔. 너한테까지 좀 더 일찍 말하지 못해 미안하다."

K는 그렇게 한마디 툭 던지며 눈시울이 이내 붉어졌다. 전혀 예

상치 못한 K의 말을 듣는 순간 나는 얼른 대답을 못했다. 마치 내 어머니의 치매를 처음 진단받은 것처럼. 비로소 정신을 차리고 가까스로 '뭐가 미안해, 언제부터'라는 말을 간신히 내뱉고 있는 나를 발견했다.

"벌써 3년이나 됐어. 오늘 요양병원에 모셨어."

"상황이 그런데도 왜 한 번도 말하지 않았니?"

K 스스로가 올해로 채 칠십이 갓 지난 어머니의 치매를 인정하지 못했다고 털어놓았다. 병원엘 다니며 치료하면 금방 좋아지겠거니 하고 차마 말할 수 없었다고 했다. 어머니의 치매가 남에게 부끄럽기까지 했다고 한다. 어이가 없었다. 술잔을 주고받으며 이야기를 들으면서 한편으로 그럴 수도 있겠다는 생각이 들었다.

3년 전 어느 날, 퇴근하는 K에게 느닷없이 '오빠는 왜 장가를 가지 않느냐'고 물었던 어머니. 그렇게 K에게 시작된 치매 어머니와의 색다른 동거는 '웃고 우는 드라마'였다. 그런 '어머니 드라마'가 결말로 가려는지 자신과 아내의 몸에 이상 증상이 나타났다고 한다. 먼저 아내는 시어머니 병수발에 우울증과 대인기피증을 앓았다.

K 자신도 원인 모를 두통이 생겼다. 처음에는 가벼운 두통으로 시작되어 점차 관절을 시작으로 팔다리와 온몸 신경에 통증이 생겼다. 그 통증이 마치 대상포진의 통증과 비슷할 정도로 아프고 도저히 참기가 어려울 지경에 이르렀다. 어머니와 함께 아내, 자신끼지 세 사람이 치료를 시작했지만 차도가 없었다. 게다가 하루

가 다르게 점점 심해져 가는 어머니의 치매 증세가 아내와 자신을 더 버티지 못할 정도로 지치게 만들었다. 한계점에 이르렀던 것이다. 긴 병에 효자 없다고 그것이 오늘 어머니를 요양병원에 모시게 된 또 다른 요인이었다.

며칠 전, 퇴근길에 무심코 눈에 띈 치매요양병원 현수막, K의 마음이 몹시 흔들렸다. 무엇보다 요양병원으로 어머니를 모시는 것이 불효라는 생각에 고민하고 또 고민했다. 그러다 우선 어머니를 더 잘 모실 방법이라는 생각이 들었다. 주변 지인 그 누구에게 물어봐도 요양병원에 모시는 것이 결코 불효가 아니라는 이야기를 들은 것이다. 그리고 아내를 더 이상 그냥 그대로 둬서는 안 된다는 생각도 했다. 그렇게 해서 '어머니 드라마'는 파란만장한 예고편을 거쳐 요양병원에 모시는 결말로 가게 되었다.

K의 어머니는 일찍 남편을 잃고 오로지 아들만 바라보며 어머니 당신보다 더 사랑하며 평생을 사셨다. 대학 때부터 내가 K의 집에 들를 때마다 늘 웃으며 맞아 주시고 따뜻한 밥을 지어 주셨던 어머니. 그 고마움에 문학도를 꿈꾸던 내가 가끔 사들고 가는 꽃 한 송이, 시집과 소설집 한 권에 감동하시던 어머니였다. 술잔을 주고받으며 K의 이야기를 들으면 들을수록 순간순간 내 마음이 더 쓰리고 아파 왔다.

어느 누가 한 말처럼 늙는다는 것은 경험과 지혜를 얻는 대신, 몸의 기능을 하나씩 잃어 가는 과정일지도 모른다. 누군가가 쉽게 듣고 또 누군가는 쉽게 걷는 일을 하지 못하고, 경험과 지혜조차 잃어버린 채 도무지 기약 없는 치매라는 깊은 어둠의 강에 잠기기도 한다.

언젠가 본 드라마의 한 장면에서 망막 색소 변성증을 앓고 있는 주인공이 나이 듦에 따라 자신의 시각 장애가 점점 심해지는 것을 두고 독백을 하는 장면이 나온다.

"그나마 다행스럽게 나는 눈으로 보는 것만 잃어버리고 있다. 내게는 아직도 걸어 다닐 만한 든든한 두 다리와 세상을 듣는 귀와 이렇게 두 눈이 멀어져 가도 나 자신을 받아들일 수 있는 지혜가 고스란히 남아 있다는 것은 얼마나 다행인가. 감사하자. 감사하고 또 감사하자. 나는 사랑하는 내 아내의 남편이고, 아이들의 아버지이고, 무엇보다 지금 이렇게 두 발로 서 있지 않은가!"

참으로 울림이 있는 명대사다. 집에서 키우는 십여 년 남짓한 수명을 가진 애완견도 점차 나이 들면서 몸의 기능이 노화되고 퇴화되어 가는 것을 본다. 하물며 백세를 누리는 사람이라고 생로병사에서 예외일 수 있으랴. 사람도 나이 들면 몸의 기능이 어딘가 하나씩 탈이 생기는 것이 어쩌면 자연의 섭리가 아닌가 싶다.

살면서 치매처럼 예고치 않은 갑작스런 방문은 없었으면 한다. 그래도 부득이 찾아온다면 잘 다스려서 고이 보내 드리기만 해야 하는 손님이다. 그 옛날 천연두 마마처럼.

인생 공부
알고 보면 야구는 참 재밌는 인생 공부다

"분노가 없는 사회는 발전도 없다."
평소 이 말에 나는 많이 공감한다. 왜냐하면 사람들이 무언가를 향해 분노한다는 것은 그 대상에 심적 일체감을 느꼈기 때문이다. 그리고 그 분노의 대상은 우리 사회 전반에 다 해당한다. 스포츠의 경우에도 결코 예외가 아니다.

보통 사람은 누구나 젊을 때나, 나이가 많아진 이후에나 여전한 저마다의 취미를 하나씩 가지고 있다. 그 취미가 세월이 흘러 바뀌고 변하는 사람도 있지만, 시종일관 그렇지 않은 사람도 있다. 사람마다 취미는 참으로 다양하다. 그것이 얼마 전 이세돌이 알파고와 세기의 대국으로 세간의 관심과 이목을 끌었던 바둑이든, 등산이든 운동이든, 그것 아닌 그 무엇이든 자기만이 가지는 관심과 취미가 있다. 이처럼 취미생활은 그 사람에게 삶의 활력소이다.

나 역시 그런 면에서 마찬가지다. 요즘 국민 스포츠가 된 프로야구가 82년 처음 시즌을 시작한 이후 나는 줄곧 속된 말로 프로야구 골수팬이다. 처음에는 특정 팀만을 응원했는데, 30년 이상 야구를 보다 보니 나름 내공이 쌓였다. 지금은 국내 프로야구 10개 팀 모두를 나름 응원하고 분석하는 자칭 '야신野神'이 되었다면 픽하고 코웃음을 치는 사람도 있으리라. 그러나 누가 뭐래도 바쁜 일상생활 속에서도 나처럼 야구에 대해 몰래(?) 많이 공부한 사람도 흔하지 않다. 어쩌면 아예 없다고 자부한다. 물론 이것도 과욕과 자아도취의 내 생각이지만 그렇게 생각한다.

그 일례로 그날 하루 치러진 10개 구단 경기를 어떤 형태로든 챙겨 보는 것은 물론이고, 언론을 통해 그날 발표되는 모든 야구 관련 기사는 잠자리 들기 전에 전부 다 읽는다. 그리고 보면 야구 전문기자도 나처럼 그날 경기와 관련하여 쏟아지는 기사를 다 보고 읽지 못하지 않나 싶다. 그래서 누가 오늘 이 시점에서 프로야구를 업으로 사는 사람, 전문가는 몰라도 어느 일반인과 어떤 야구 토론을 벌이더라도 그 논쟁에서 이길 자신이 있다. 그것이 가능한 이유는 꾸준한(?) 야구 공부 덕분이다.

세상에서 내가 좋아하는 것 중 또 하나는 독서, 즉 책 읽기다. 일반적으로 보통 공부는 학생처럼 더러 하기 싫은 때도 있지만, 이 야구 공부는 스스로 좋아 즐기며 하는 독서처럼 하나의 '야구 읽기'라서 아무리 해도 힘들지 않다. 그렇다면 나는 무엇 때문에 야구에 몰입하게 되었는가. 이 자리에서 나도 어린 시절에는 정말 야구 선수가, 그 이후에는 유능한 야구지도자가 되고 싶었다는 등 개인적 사연을 시시콜콜 다 밝히기는 어렵다. 그때는 한국 프로야구가 태동을 하기 전이니……. 결론적으로 말하면, 야구는 어느 경기를 막론하고 몰입하고 보면 그것은 한 편의 드라마이고 영화다. 그리고 야구가 인생 그 자체임을 매번 경기를 보며 통렬하게 실감한다.

　오늘 점심 식사를 하고 잠시 휴식하며 야구 관련 기사를 읽다 보니 유난히 눈에 들어오는 기사가 하나 있었다. 우리나라 현재 프로야구 감독 중에서도 명장名將이며 앞에서 잠시 말한 '야신野神'으로 불리는 K감독님이 경기 도중에 심한 감기몸살과 어지럼증으로 갑자기 내원하여 정밀 검사를 받고 있다는 기사였다. 참으로 마음이 무겁고 안타까운 기사였다. 그도 그럴 것이, 작년에 이어 올해 그분이 맡은 그 팀은 여러 전문가에 의해 올해 우승 후보로 거론되었다. 그런데 지금 시즌 초이지만 성적은 최하위인 꼴찌를 면하지 못하고 있었다. 그러다 보니 수많은 소속 팬들과 야구인들로부터 엄청난 비난과 분노를 사고 있었다.
　심지어 소속팀의 팬은 말할 것도 없고 야구팬들의 K감독에 대한 분노가 하늘을 찌르고 있었다. 나도 K감독님의 개인적 성향과 성격을 누구보다 잘 아는지라 밤잠을 이루지 못한 채 그분이 받을 스트레스를 미루어 짐작을 하고도 남음이 있었다. 칠십이 넘은 고령에도 불구하고 지금도 예전과 마찬가지로 경기 중에 끊임없이 경기를 메모한다. 또 마음에 들지 않은 경기를 했을 때는 경기 후 재차 복기復棋하고 스스로 무엇이 문제였는지 납득이 되고서야 잠자리에 드는 것으로 유명했다. 문득 오래전의 일이지만, 그해 시즌 전에 일본 오키나와 캠프에서 K감독님이 인터뷰를 한 기사를 읽은 적이 있다.

"그간의 내 야구는 '나 홀로 레이스'였다. 나만 앞을 보고 달렸지, 뒤에 따라오는 코치, 선수들과 보조를 맞춰 뛸 생각을 하지 않았다. 시대를 앞서 나가는 야구를 한다고 자부했지만, 실제론 나만 앞서 나갔지, 역시 코치나 선수들은 저 뒤에 있었다. 그러다 일본 지바롯데 마린스에서 바비 발렌타인 감독을 만났다. 발렌타인 감독은 매사 합리적이고, 긍정적이었다. 선수들에게 믿음을 강요하는 대신 믿음을 어떻게 끌어낼지 고민했다. '데이터'란 숫자 그 이면에 숨어 있는 인간의 창의력과 잠재력에 더 주목하는 거 같다. 우리 팀 SK 와이번스에는 젊은 선수가 많다. 강도 높은 훈련도 중요하지만, '왜 야구를 잘해야 하는지, 야구를 잘하면 어떤 결과가 주어지는지' 충분하게 설명할 생각이다. 그리고 나만 뛰는 게 아니라 코치, 선수들과 보조를 맞춰 정상을 향해 뛰어갈 거다. 무엇보다 앞으로 야구가 어떻게 변화하는지 발 빠르게 파악해 시대에 맞는 야구를 펼칠 계획이다."

사실 나는 그때 K감독님의 이야기를 읽고 큰 감동을 받았다. '베테랑 감독'이 들려주시는 잔잔한 속내를 듣고 감동받은 건 비단 나만이 아닐 것이다. 특히나 감독님이 수차례 강조하신 '변화'라는 단어는 내 가슴속에서 북소리만큼이나 큰 울림이 되었다. 그러했던 감독님이 어려움에 처한 것을 보니 결코 남의 일처럼 여겨지지 않았다. 그래서 감히 말씀드리고 싶은 것이 있다.

최근 감독님이 맡은 팀의 경기를 보면 수많은 야구인이나 야구기자들이 조언하는 것처럼 앞서 스스로 당신이 강조했던 그 '변화'와 동떨어진 혼자만의 야구를 하고 있다는 느낌이 든다. 젊은 시절이 감독님이 추구했던 벌떼식 야구, 닫히고 갇힌 야구에서 여전히 벗어나지 못한 채 답습하고 있다는 생각이 드는 것은 유독 나만 그러할까. 그래서 적어도 끝까지 누가 뭐래도 감독님과 감독님을 끝까지 믿고 지지하는 이들을 위해 변화를 선택해 달라고 부탁하고 싶다.

지금 우리는 소통이 부재한 시대에 살고 있다. 소통이 부재할 때, 내 욕심만을 채울 때, 내 것만을 주장할 때, 나보단 남 탓만을 할 때, 그 결과가 어떤지를 우리 모두는 최근 우리 사회를 보면 정확히 확인할 수 있다.

얼마 전인 2017년 5월 23일, K감독이 H구단의 지휘봉을 내려놓았다. 자진 사퇴의 사임이든, 구단에 의한 경질이든 프로야구판에서 물러난 것이다. 감독이 중도에 팀을 그만둔다는 것은 가슴 아픈 일이다. 팀이든, 선수이든, 팬이든 그 심정은 비슷하다. 2014년 10월, K감독이 감독의 부임 이후 H구단은 역사상 가장 큰 사랑을 받았다. 팬이 많아졌고, 이는 관중 증가로 확인이 됐다. K감독의 지분이 크다는 것은 H구단도 인정한다. 그러나 그것이 '나쁜 관심'으로 바뀌었을 때 그룹이 받는 압박감은 예상보다 크다는 것도 같이 드러났다. 야구계의 한 관계자는 "K감독께서 H구단에 복귀하지 않으시고 그대로 1군 감독 경력이 끝났다면 역사적으로 추앙됐을 분"이라고 했다.

프로야구 감독은 처음엔 화려한 스포트라이트 속에 지휘봉을 잡는다. 그러나 떠날 때는 언제나 짙은 그림자가 드리운다. 프로야구 감독들의 숙명이다. 어쩌면 우리 인생이 그렇다.

문득 불어 간, 가을바람

우리들의 개망초꽃 피는 섬이 떠나다

시월, 눈이 시리도록 파란 계절. 이름난 화가의 익숙하고 능란한 붓끝으로도 결코 완성될 수 없는 생생하게 살아 있는 그림이 지금 S공원 수변호수 속에 비친다. 푸름을 머금은 느티나무와 버드나무 가지들이 한결 여유 있는 계절의 춤을 춘다. 햇살이 어린 가지 끝에는 푸르르 날개를 떨며 이름 모를 새 한 마리가 소리 없이 내려앉는다.

학교 점심시간에 문득 올려다본 시월의 하늘은 하루 사이에 어제와는 또 다르게 끝닿을 줄 모를 만큼 높아져 있다. 하늘을 바라보는 내 눈이 시릴 만큼 새파랗고, 하루가 다르게 물들어 가는 교정의 느티나무들도 그 푸르고 파란 가을 하늘을 향해 하루 종일 서로 키 대보며 두 팔을 벌린 채 웅장하게 세월을 견딘 그 위용을 뽐내고 있다. 큰 나무, 작은 나무를 보다 보니 유년 시절이 아련히 떠오른다.

이 도시 한가운데서도 새들이 노래한다. 새들은 바람에 살짝 흔들리는 버드나무 가지 사이에서, 그리고 나의 귀와 눈에서 재잘거

린다. 간지럽다. 나무 사이로 올려다본 하늘은 이내 나의 마음을 채워 간다. 푸른 물감이 하늘에 번져 나가는 계절의 하늘은 더욱 더 높아만 간다. 그리고 일순간 저 푸른 가을하늘이 내 마음에 가까이 오면, 그것은 새로운 탄생이 되고 새로운 젊음이 된다.

그런데 지금 집 앞 S공원에서 절정의 가을 풍경을 보고 있지만 오늘따라 여느 때와 다르게 내 마음이 구멍 뚫린 가슴처럼 허전하다. 갑자기 공원의 나무들과 주변 건물들도 덩달아 쓸쓸해 보인다. 어쩌면 지금 저 저물어 가는 가을처럼 내 마음이 휑 하니 외롭고 쓸쓸해 더 그럴지도 모른다.

얼마 전, 살아가며 평소 서로의 답답한 일이 생길 때면 서로 마음을 나누던 한 친구를, 갑자기 불쑥 불어와 이 공원을 휩쓸고 지나가는 저 바람처럼 떠나보냈다.

그 친구의 일 년 가까이 계속된 투병의 마지막 그 순간, 더 이상 알아보지 못할 정도로 변해 버린 모습으로 앙상한 뼈에 가죽으로만 남아 야월 대로 야윈 몸으로 병상에 누워 그토록 울지 않으려고 몸부림치다 내 손을 잡고 끝내 뜨거운 눈물을 주르륵 흘리던 그 친구를 속절없이 보내고 말았다. 그 흔한 드라마나 영화의 한 장면처럼 너무나 예고 없이 갑작스레 찾아온 병마 앞에 속수무책으로 당했다. 도대체 무슨 말을 해야 하는가, 할 말이 없었다.

그리고는 그 친구를 수의로 감싼 그의 가슴 위로 흙을 내려놓으며, 그 흔한 인생무상과 삶의 의미를 골백번 더 뇌이면서 서 있는 나를 발견하고 있었다. 그 빠르고 느림의 차이가 있을 수 있을 뿐 도대체 우리 삶에서 그 누구도 인간의 정해진 생로병사에서 결코 예외일 수 없고 벗어나지 못하는가. 인간의 생명이 이렇게 나약하단 말인가. 아직 갈 나이가 아닌데 무엇이 바빠서 모두들 서둘러 떠나는지 그저 한숨만 나올 뿐이다. 내일 모레가 곧 오십 줄인데 들어서 보지도 못한 채 가고 있다. 아직 왕성한 나이인데, 친구는 마지막 문병에서 '다른 미련은 없지만, 하나밖에 없는 아들, 결혼만 시키고 가도 이처럼 아쉬울 건 없을 겁니다' 하며 말하던, 파르스름하게 떨리던 그 친구 목소리가 내 귀에 맴돈다.

마음을 나누던 친구를 떠나보내 보지 않은 사람은 아무래도 잘 모른다. 지금 비록 많은 시간이 흘렀지만, 세월과 무관하게 항상 가슴에 남아 잊히지 않는 또 한 친구가 있다. 대학 입시를 앞둔 꼭 이맘때 그때도 지금처럼 소중한 한 친구를 참 빠른 나이에 잃었다. 그 친구는 내가 대구 근교 시골에서 초등학교와 중학교를 보내고 고등학교에서 처음 만났던 친구였다.

대구란 곳에 왔을 때, 모든 것이 낯설고 생소했다. 도시와 시골의 차이인지 도무지 친구들과 대화가 쉽게 되질 않았고, 그들과 내가 나누는 화제가 너무 달라 너무나 낯선 세계에 떨어진 꼭 외계인 같았다. 글쓰기가 좋아 문예반 활동을 하던 내게 다가와서 손 내밀어 주었던 여자 친구였다. 예쁜 여고생이었다. 우리는 첫눈에 서로 좋아했고 마음이 통함을 느꼈다.

우리는 수업이 끝나면 늘 만나 붙어 다녔고 책을 보러 시립도서관에 가든, 함께 라면을 먹으러 가든 늘 단짝이었다. 그렇게 우리는 이 년 가까이 최고의 단짝이었다. 책도 같이 읽고 글도 쓰며 서로의 생각과 마음을 나누었다. 그러던 친구가 이학년 겨울방학 때부터 시원스런 웃음을 잃어버린 채 웃지 않고 자꾸만 머리가 아프다고 했다. 겨울이라 처음에 나도 감기인 줄로만 알았다. 그 시간이 계속되기에 내가 마치 지독한 독감에 걸린 것처럼 하고 병원에서 약을 받아다 주기도 했다.

그런데 그 친구에게 찾아온 그 몹쓸 병은 난생 듣지도 보지도 못했던 '악성림프종'이라는 병명으로, 일종의 암이었다. 그때는 혹시 그녀를 잃을지도 모른다는 생각에 겁이 났다. 당시 주말이면 짬짬이 시간을 내어 적십자 혈액원이 있는 거리에 나가 헌혈증을 모으고, 아버지가 의사인 친구들을 통해 도움이 될 만한 자료를 모으기도 했다. 그러나 나의 노력과 희망도 뒤로한 채 일 년의 투병 끝에 그해 시월의 마지막 날, 그녀는 조용히 눈을 감았다. 그리고 그녀의 부모님과 따라, 대구 근교 낙동강 둔치를 찾아 떠나가는 가을바람과 함께 그녀의 가엾은 영혼과 이별했다. 당시 나는 어린 나이에 그 여자 친구로 인해 하늘이 무너지는 아픔을 겪었다.

시월의 마지막 날, 평소 혼자 자주 들렀던 대구의 한 공원에 오니 유난히 웃을 때 보조개가 예뻤던 그 친구가 생각난다. 푸르고 새파란 시월의 하늘을 닮은 미소를 지닌 그녀였다. 그때 그녀를 떠나보내며 남자답지 않게 참 많이도 울었었다. 인천에 있던 대구의 K병원에서 듣지 말아야 할 그녀의 소리를 듣고야 말았다. 송곳 같은 뾰족한 골수주사를 척추에 맞으며 비명을 지르던 그녀를 목소리를 생각하면 지금도 마음 한쪽이 너무도 아프게 저려 온다. 아, 그 친구도 이제는 편히 저 푸른 하늘의 흰 구름처럼 나를 내려다보며 나를 생각하고 있을까? 친구 M, 참으로 보고 싶다. 정말 보고 싶다.

오늘 그동안 정신없이 살아온 내 모습을 생각해 본다. 이 도시와 매연, 사람 속에서 어린 시절부터 간직해 왔던 때 묻지 않은 그 순수한 마음을 잃지나 않았는지, 살아온 삶을 돌이켜 반추하고 성찰해 본다.

어릴 적에 내가 생각한 이 세상은 너무나 아름다운 곳이었다. 특히 어릴 때 자랐던 곳은 사람이 많이 그리웠지만 동화 속 풍경처럼 예쁘고 아름다웠다. 친구의 손을 잡고서 들로 산으로 뛰어다니며 메뚜기, 물고기를 잡고 개구리를 잡으며 이름 모를 예쁜 들꽃도 꺾고 풀잎도 뜯어서 모자도 만들었었다. 그러던 내가 사실 고등학교 때부터 이 도시에 와서 살게 되면서 하루가 다르게 내 꿈을, 내 모습을 잃어 가고 있었다. 도시 출신의 아이들과 똑같은 모습을 하고 있었고, 똑같은 생각을 하고 있는 내 모습을 보고서 놀란 적이 한두 번이 아니었다. 그러던 내가 그 친구 M으로 인해 그나마 내 모습을 지켜 가고 있었는지 모른다.

지금 내 머리 위의 하늘은 분명 맑은데, 저쪽 아파트촌 위의 하늘은 그렇지가 않았다. 내 머리 위의 하늘이 그림물감의 청색 튜

브에서 막 짜 놓은 푸른빛 물감이라면, 빌딩 쪽의 하늘은 회색 물감에다 물을 너무 섞어 놓은 것처럼 흐린 색이었고, 더 멀리의 하늘은 마치 중국에서 넘어온 봄 황사로 인해 뿌연 안개가 자욱한 날씨 같았다.

공원의 나무 숲길을 걸으면 수많은 생명을 만난다. 생명은 늘 흐르는 강물처럼 새롭다. 숲을 가까이하고 그 숲 속에서 많은 생명체들과 교감하며 나누면서 사는 기쁨, 그것을 내가 낱낱이 전부 다 알지는 못한다. 그렇지만 나는 그렇게 살고 싶었다. 그래서 지금 그렇게 살려고 무던히 노력하고 있다.

바람이 불 때마다 우수수 노란 비가 쏟아진다. 팔랑팔랑 수천수만의 노랑나비 떼가 날아든다. 정지 화면처럼 고요한 나그네의 어깨 위로 사뿐히 내려앉은 은행잎을 바라본다. 이 은행나무의 꽃말은 '장수'라고, 살며시 다가가 속삭이고 싶었다.

시월의 하늘을 보면서, 공원의 맑은 하늘 아래서, 내가 살아왔고 또 살아가야 하는 이 도시를 그 안에 있을 때 보다 더 확실하게 바라볼 수 있었다. 거리의 사람들은 무표정한 얼굴로 걸어서 아니면 버스나 승용차를 타고서 무서운 속도로 스쳐 지나가지만, 그들 역시 나처럼 이 공원의 맑은 하늘 아래 앉아 있으면 모두들 얼굴을 펴고 웃으리라. 모두들 이 시월의 풍경을 바라보면 어릴 적 천진난만하고 순수한 모습으로 돌아가리라. 저 때 묻지 않고 깨끗한 셰질의 신록의 모습으로 돌아가리리고 확신힌다.

유별난 가계부
세상은 슬픔과도 어우러져 살아야 한다

염량세태, 하루가 다르게 변하고 바뀌는 세상인심. '일신우일신日新
又日新'해야 할 우리 공직사회의 분위기와 환경이 달라짐을 피부로
느낀다. 특히 점점 사회 지도층인 공직자와 지위가 높은 분들의 도
덕적 해이moral hazard가 자못 심각하여 국민들 모두가 걱정하고 있
으며 허탈감과 안타까움을 자아낸다.

요즘 학생들은 인터넷에 누구나 쉽게 접하게 되면서 과거에 비
해 각종 사회 문제나 비리 등의 보도에 쉽게 접근하고 노출되어 있
는 현실이다. 그러다 보니 아이들이 쓴 글을 보면, 언론보도에서
접하는 사회 지도층이나 정치인과 기업인들이 세금을 적게 내기
위하여 뇌물을 주고받고 탈세를 하는 것을 두고 새삼 놀랄 큰 문제
가 아니라는 시각을 갖고 있어 참으로 놀라지 않을 수 없었다.

오늘은 자동차세 납부고지서가 배달되었다. 표지에 귀하는 서
울시 모범납세자로 선정되었으니 우대내용을 확인하라는 문구가

눈에 들어온다.

지난겨울 어느 날이었던 것으로 기억된다. 마침 그날 퇴근을 하던 나는 현관문을 열고 들어오자마자 다짜고짜 아내부터 찾았다. 그때 아내는 세탁실에서 세탁기를 돌리며 빨래를 하고 있는 중이었다.

"여보! 어디 있어요? 나 좀 봐요!"

"무슨 일 있어요? 또 뭐가 잘못됐어요?"

평소 내가 다급하게 아내를 찾을 때는 대부분 다음의 세 가지 경우 중 하나이기 때문이다.

첫 번째는, 아내가 1층 우편함에 있는 각종 공과금 지로통지서를 제때 확인하지 못해서 납부일자를 연체한 경우이다. 두 번째는, 본인은 실수라고 하지만 간혹 아내가 교통법규를 준수하지 않아 교통 범칙금 납부를 알리는 연분홍색의 납부 안내장이 집에 날아왔을 때이다. 그리고 마지막 한 가지는, 일 년에 정기적으로 나오는 재산세 등 세금 고지서를 깜박 잊고 있었거나, 아파트 현관문 앞에 재활용 쓰레기를 방치했다가 이웃 주민으로부터 한소리를 듣는 경우이다. 아내의 대답은 내가 급히 찾자, 그중에 어느 하나인가 지레짐작하고 겁을 먹고 있던 모양이었다.

그도 그럴 것이, 얼마 전에 아내는 두 번째 경우인 횡단보도 근처에 불법주차를 했다가 주차 위반 범칙금이 날아온 데 이어, 한번은 교차로 교통신호 위반 범칙금으로 집안이 한바탕 소동을 겪은 적이 있었다. 그때 위반 물론 아내는 정말 잠깐 사이라고 항변 ─ 은 아내가 했지만 내가 울며 겨자 먹기로 벌점에다 두 번의 범칙금을 납부하였다. 물론 처음이었다면 이해할 수도 있는 일이지만 본인 의도와 다르게 아내는 도로교통법규를 자주 위반해서 내 핀잔을 듣던 터였다.

아내 스스로도 범칙금으로 내는 돈을 아까워했고, 처음 듣는 다른 사람 같으면 범칙금으로 내야 할 돈이 아까워서 내가 난리를 쳤다고 쉽게 생각할지 모르지만 반드시 그것만은 아니었다. 그때 나는 아내에게 분명 이렇게 말했었다.

"범칙금으로 내야 할 돈이 결코 적은 것도 아니시만, 돈이 문제가 아니라 무엇보다 왜 지켜야 할 교통법규를 지키지 않는 거예요. 운전을 처음 하는 초보자도 아닌데, 교차로 횡단보도 신호 위반은 그 특성상 엄청난 교통사고, 인명 사고로 이어질 수 있다는 것을 왜 몰라요!"

그러나 당시 아내를 찾은 것은 세 번째 경우에 해당되는 일이었다.

"여보, 엊그제 자동차세 상·하반기 모두 납부했다면서? 근데 오늘 미납 독촉장이 날아온 건 또 어떻게 된 거예요?"

"글쎄요, 분명히 내가 직접 은행에 가서 당신 시키는 대로 일 년치 모두를 납부하고 10% 할인까지 받았는데 저도 왜 그런지 그 이유를 잘 모르겠네요……."

"아이고, 참! 일을 어떻게 처리했기에 독촉장이 날아올 수 있어요?"

그러나 나중에 막상 확인하고 나니, 아내 잘못만은 아니었다. 다름 아닌 이사를 하는 과정에서 벌어진 일이었다. 이사를 한 날이 12월 17일이니까 그 당시 자동차세 납부 고지서가 각 가정으로 한창 배달되는 시기였다. 그러다 보니 미처 배달된 하반기 자동차세 납부 고지서를 받지 못하고 이사를 했고, 자연스레 12월 말 납부기한을 넘겼다는 사실을 아내와 내가 모두 까맣게 잊어버리고 있었던 것이었다. 즉, 이번에 날아온 독촉장은 지난해 자동차세 납부 미납 고지서인 셈이었다. 꼭 아내만의 책임이 아니었으므로 다소 성급했던 나는 아내에게 진심으로 미안하다는 말을 하였다. 그날 저녁 식사를 마친 우리 가족은 가장인 내 요청으로 가족회의가 강제 소집되었고 난 이런 말을 했다.

"모두들, 아버지 이야기 잘 들어라. 재작년까지는 엄마가 일을 하셨기 때문에 대부분 공과금이나 세금 납부를 이 아버지가 도맡았지만, 엄마가 일을 그만둔 작년부터 엄마에게 모든 처리를 맡겼더니 여간 불안하지 않고 위태위태하구나. 그렇다고 학교 일로 바쁜 아버지가 또 맡을 수도 없고……. 그래서 말인데 엄마가 쓰는 생활비 가계부처럼 또 다른 세금 가계부를 쓰면 좋을 것 같은데, 올해부터 공과금은 대부분 자동이체 되어 있으니 '세금 가계부'를 쓰면 어떨까? 그렇게 되면 납부 기한이 지나 과태료, 연체료 같은 것을 낼 필요도 없고, 절세 방법도 생길 테고. 여러모로 일석이조인 것 같은데 모두들 찬성하지?"

아내는 다음 날부터 우리 집 세금 가계부를 만들고, 또 국세청 홈페이지도 저녁마다 들어가서 일 년 동안 우리 집에서 내야 하는 세금들을 정리해 목록을 만들었다. 그날부터 우리 집은 유별난 세금 가계부를 갖게 되었다. 아울러 세금별로 절세할 수 있는 방법도 찾아 모았다. 그래서인지 몰라도 아내는 이제 누구보다 비교적 세금에 관한한 매우 해박한 지식을 가지고 있다. 아울러 덕분에 부동산 지식도 상당히 가진 편이다.

그날 이후, 우리 가족은 주말이면 아내를 통해 세금에 대해 공부하는 시간을 가지게 되었다. 그리하여 학교에 다니는 우리 집 두 아이도 실생활에서 세금은 우리와 떼려야 뗄 수 없는 관계에 놓여 있다는 것도 알게 되었다. 아울러 세금이 나라 살림에 매우 중요하다는 점도 알게 되었다.

내가 벌어 온 돈으로 우리 집이 유지되듯이 나라도 국민이 낸 세금이 있어야 운영된다는 평범한 사실을 말이다. 아울러 자신들이 문구점에서 노트나 필기도구를 하나 사게 되면 거기에도 모두 세금이 포함되어 있다는 것과, 또 친구들과 피자나 햄버거를 사 먹더라도 물건 값과 10%의 부가가치세를 내고 있음도 그동안 아이들은 잘 모르고 있었던 부분이었다. 어른들만 세금을 내는 것이 아니라, 자신과 같은 또래의 학생들도 일상 소비생활에서 열심히 세금을 납부하고 있는 셈이다.

일반적으로 괜히 빼앗긴다는 기분과 마음으로 울며 겨자 먹기로 낸다고 생각하는 세금은 실상은 우리에게 있어서 뗄 수 없는 물과 산소 같은 존재이고, 올바른 납세 의식을 가진 국민이 많은 나라야말로 그 나라의 진정한 국력이라는 사실이다.

세상은 더불어 살아야 한다. 가령 내가 낸 세금이 아깝다고 외치고 주장하기 전에 내가 하는 일로 인해 국가나 사회, 타인에게 피해나 불편이 돌아가지 않을까 하는 인간적인 배려와 사람다운 염치가 우리 모두에게 필요하다.

지금까지 내 성격만큼 다소 유별났던 우리 집 이야기였다. 지금까지 내 성격만큼 다소 유별났던 우리 집 이야기였다.